あゝ、荒野

寺山修司

角川文庫 15570

目次

「あゝ、荒野」のための広告

二木建二

愛称〈バリカン〉と呼ばれる床屋無宿のちんぴら。彼は吃りで赤面対人恐怖症に悩んでいる。家出してボクサーになった彼は、ようやく住みついたジムの窓をあけて夜の新宿のネオンの荒野に目をむける。ふと、ある疑問が彼をとらえる。新宿西口会館のサントリー（SUNTORY）のネオンのYという字だけが後れて点《つ》くのは、一体何故だろうか？

二木建夫

バリカンの親父。一人残された孤独な老人は養老院にいく気にもなれない。福祉国家のアメリカの養老院で「誰も私に話しかけてくれない」と遺書をのこして首を吊《つ》った老人の記事を読んだからである。彼はいつでも懐中に「話のネタになる本」を持ち、話し相手をさがして漂泊らっている。人は話しだしたら止めることを知らない彼を指して、「長距離話者」と名づけたが、いつまで話していても彼は充《み》たされない。

新宿新次

彼はレコード屋の前で立止る。村田英雄がうたっている。「若いうちだよ、鍛《きた》えておこう。いまにおまえの時代が来るぞ」――だが新次は村田英雄が嘘つきだということを知っている。「おまえの時代」というものなどは存在しない。ただ「おれの時代」を奪いあうエネルギーだけがほんものなのだ。彼は五尺九寸のユリシーズの肉体を持った二十歳のチャンピオンをめざすボクサーである。

曽根芳子

性にしか関心を持たない女店員。彼女の乳房は木村屋のパンのようにふっくらとしているという定評がある。彼女はいつも健康で上機嫌である。なぜなら彼女はコメディアン渥美清のファンであって「丈夫で長持ち」することこそ人生の理想だと思っているのである。

川崎敬三

映画俳優川崎敬三そっくりの顔をした男。早稲田大学の自殺研究会のメンバーである。彼の趣味は「絶望」である。彼は自殺研究会のメンバーと図って秋の文化祭のために「自殺機」を作製する計画をたてて、それに成功した。だが、この「自殺機」をテストしてみるための自殺志願者がなかなかつかまらない。だれか、いいカモはいないだろうか？

宮木太一

〈裏町《バックストリート》の実業家《ビジネスマン》〉。性的不能者。「四十男の日記」をつづる男である。彼はマーケットの経営には成功したが、人生の経営には成功しなかった。同性愛の秘密結社にも入ってみたがうまくうちとけられず、最近は妻を殴ることを唯一の生甲斐《いきがい》にしている。

あゝ、荒野

第一章

マッチ擦るつかのま海に霧ふかし見捨つるほどの祖国はありや

1

〈バリカン〉が生まれてはじめて買った書物は三百二十ページの厚さの「吃りの治し方」であった。彼はそれを五度続けて読み、六度目には目次をすらすらと、吃らずに読めるようになった。彼はそれを寝るときには枕の下に入れておき、あとは行李《こうり》の中にしまっておいた。その本は、まるで故郷からとどいた長い手紙のように吃りの彼を、はげました。

第一ページをめくると、ヘルマン・グッツマン博士という名で、

人類の九十九パーセントは吃りである

と書いてある。それを見るたびに〈バリカン〉は、人類の残りの一パーセントが、自分の周囲にばかりひしめいているのだと思って悲しくなった。ああ、俺は悪い場所に住んでいるんだ——と〈バリカン〉は思った。

ああ　ここには長くいられない
ああ　ここでは闇はわたしを捕えない

ここでは闇はわたしを捕えない
あばよ　あばよ[*1]

そんな訳で、彼は人類の残りの一パーセントたちから逃れるために、転々と勤め先を変えることになった。もちろん、どこへ行っても彼の仕事は他人の頭髪を刈る仕事であったが、それには彼は充分満足していたのである。「靴みがきは、人間の一番低い場所で商売しているが、床屋ってのは人間の一番高い場所が仕事場だからな」と、むかし勤めていた店の主人はよく言ったものだ。「俺たちは、人間の頭の草刈りをしてるんだ」

〈バリカン〉は三ヵ月を周期として、人手の少ない理髪店を転々とまわる臨時雇いの、床屋無宿、べつの言葉で言えばバリカン渡り鳥であった。体は図抜けて大きく、ホルスタイン種の牛を思わせる風貌《ふうぼう》で、そのくせひどい感傷家なので、肉体と精神とが何時も仲違《なかたが》いをしているような印象を与えた。子供の頃からひどい吃りなので、いつも笑いものにされ、そのせいかすっかり人間ぎらいになってしまっていた。だが、彼自身は自分のことを「人間ぎらい」などではなくて「人間きらわれ」だと思っていた。そして、何とかして周囲にひしめく人類の一パーセントたちに好かれたいと思っていたのである。俺の心境は……と〈バリカン〉は古いレコードのジャケットを撫《な》でまわして一人言を言った。「俺の心境は、このレコードがよく知っている」

それは、ホルスタイン種の牛を思わせる大男などには全く不釣合の、きわめて甘い題の唄《うた》であった。タイトル「愛するために、愛されたい」[*2]もう一度くりかえして「愛するために、愛されたい」

だが、他人に愛されるためには吃りを癒《なお》さなくてはならない。そこで、彼は「吃りの治し方」の教える矯正法はすべて実行してみることにした。**御飯をよくかんで食べること**。これには一番熱心に従った。あるときなど、一口の御飯を口に入れて、ラジオの美空ひばりが「旅笠道中」を歌いはじめてから歌い終るまで嚙《か》みつづけて、とうとう顎《あご》の神経を麻《ま》痺《ひ》させてしまったし、またあるときなど、あんまり長く食卓の前に坐《すわ》っていたので理髪店の主人に「そんなに大食されたんでは、いくら働いて貰《もら》っても何にもならない」と追い出されてしまった。**靴をゆっくりはくこと**。彼は縁起をかつぐ性分だったので靴はいつも左からはいたが、焦らないために紐《ひも》のない大きめの靴を愛用していた。それでも彼は靴をはくときにはわざわざ階段の昇り口に腰をかけて数を数えながらはいていたのである。**話すことばがはっきり決まらないうちには話そうとは焦らないこと**。その通りであった。彼は万一、路上で道を訊《き》かれても決して答えることなどしなかった。「まっすぐ行って右へ曲る」というべきか「右へ曲るまでまっすぐ行く」というべきかを決めることは難しいし、決めないで話そうとすると吃ることが明らかだからである。**電話のベルが鳴っても徒《いたず》らに**

*1　ここには長くいられない……黒人民謡。
*2　愛するために、愛されたい……映画「熱風」の主題曲。

駈《か》けよらぬこと。もし、電話のベルが鳴ってすぐに駈けよったら、たちまち吃ってしまうだろう。しかし、駈けよらずに放っておいたら電話のベルの騒音ですっかり耳が参ってしまうだろう。だから彼は、決して電話の近くにはいないようにと心がけたのである。

だが、これほど訓《おし》えを守ったにもかかわらず〈バリカン〉の吃り対人赤面恐怖症は一向に快方にむかわなかった。〈バリカン〉は、その大きな肉体にもかかわらず、いつも臆病《おくびょう》な家畜のように身の始末をつけかねていた。このままで二十歳になってしまったら、俺は完全に役立たずになってしまうだろう、と彼は思った。「吃りの治し方」に残されてある矯正法は、あとは「言葉だけで理解しあうことはせぬこと」という一項だけである。そこには「歌による自己表現」「スポーツによる自己表現」などの例があげてあって、「どんな吃りでも歌をうたうときは吃りません」という解説と歌をうたっている中年の男の写真が載っているのだった。彼はそのページに「言葉に国境はあるが、スポーツには国境がない」と書いているのがとても好きだった。

ある日、〈バリカン〉は、新聞のなかにまぎれこんでいるボクシング・ジムの「練習生募集」のチラシに目を止めた。それには「弱き者よ、来たれ！」と書いてあった。「弱き者よ、来たれ！　きみを鍛《きた》えるのは引受けた」〈バリカン〉は自分が吃るのは、弱さのせいだと知っていた。だからこそ、そのチラシを二度読んで二日考え、そして思い切って入門してみようと決めたのだった。

2

新次が少年院を出て来て最初に耳にした「音楽」は村田英雄の「柔道一代」であった。

若いうちだよ　きたえておこう
いまにおまえの時代がくるぞ
泣きたかったら講道館の
青い畳の上で泣け

それをききながら新次はパチンコ屋の地獄の雑踏に背中を洗われながら、自分のあまりにも早すぎた人生の挫折《ざせつ》について、しみじみと考えていた。村田英雄の、あの部厚い唇はいつもスピーカーごしに「おまえの時代」「おまえの時代」と唱えつづけているが、ほんとうに「おまえの時代」なんてものを待っていたら、いつかはその分け前を貰えるだろうか？　いやいや、と新次はするどい目で、パチンコ台の中のタマの人生航路を目で追いながら呟《つぶや》いた。（実は「おまえの時代」なんてありゃしないのさ。誰だって「おれの時代」のことには熱中しているが「おまえの時代」のことにまでは手がまわらねえ。そんなものを待っていたら老いぼれになってしまっても、まだ少年院の世話になりっ放しでいるだろう。「おまえの時代」なんてのにありつくのはまるでお月さんへ梯子《はしご》をかけるような話だよ。

たとえ、うまく梯子がかかったところで、のぼってゆくうちに自分の方が老いぼれてし

まって、お月さんなんかにゃ絶対手がとどきっこねえんだ。村田英雄さん。村田英雄さん。

あんたは嘘つきですね。「おまえの時代」にかける梯子なんざ、どこにもありゃしません

よ。それなのにあんたはいつも俺たちに甘い言葉をかけてくれる。いまに、いまに、いま

に……いまに)

「おい」

と、パチンコ屋の親指無宿たちの中の一人が新次に声をかけた。「おまえ、テレビに出たくないかね?」ふり向くと、帽子をかむった片目の男が人なつっこそうに一つかみの玉を新次の玉うけに入れてくれた。「テレビに?」と新次は訊き返した。「エキストラの募集かい?」すると片目は、自分のにぎりこぶしを平手で叩《たた》いてみせて「拳闘《けんとう》だ」と言った。「ボクシングをやるんだ。おまえならきっといいボクサーになれるだろう」新次は片目の顔をよく見た。その顔は、長いボクサー生活を物語るようにすっかりこわれてしまっていたが、しかしどこかに善良さが漂っていた。「ボクサーにって、どうしてなるんだい?」と新次が訊《たず》ねると片目は「俺だよ」と言った。そして一枚のチラシを彼の手に渡した。「俺を尊敬しな。そうすりゃ、きっといいボクサーになれるだろう。今のおまえにとっち

や尊敬ぐらい安いものはないだろう？」

あくる日、新次は歌舞伎町《かぶきちよう》に行ってみた。ピースの函《はこ》の裏に書いて貰った片目の地図を頼りに、新宿大映の裏の路地へ入ってゆくと、二丁目の玉突屋の階下に「海洋《オーシヤン》拳闘クラブ」という小さな看板が出ていた。日のいっぱい当ったドアをノックしても返事がなかったので、新次がそっと中を覗《のぞ》いてみると、ジムの中は薄暗くて、誰もいなかった。天井からはパンチング・ボールや（巨大な腸詰《ソーセージ》）を思わせるサンド・バッグがぶら下っていたが、長い間使ってないらしく埃《ほこり》がうっすらと、翳《かげ》のように覆いかぶさっていた。新次は中へ靴のまま上りこんで、片隅の机に腰を下ろした。

すると中に一人の先客がいて、新次を見てびっくりしたように立ち上り、ていねいなバッタのような挨拶《あいさつ》を返してよこした。それがチラシを見てやってきた〈バリカン〉なのだった。二人はしばらくだまって、ジムの片隅に腰かけていたが何一つ言葉をかわさなかった。ただ時々顔があうたび新次がニヤリとするので〈バリカン〉も仕方なく、誘いこまれるように笑い返すことになった。二人のすぐ前には汚れた下着が新聞に包まれて山と積まれてあったが、よく見ると新聞は「競馬週報」か「馬」かに限られていた。新次は、その物置のような、蜘蛛《くも》の巣だらけのジムを、まるで引越人のようなはずんだ目で眺めわたした。

新次は自分の皮膚の下で何かが唸《うな》るのを感じた。(どうやら、ユカイなことが始まりそうだぜ)と新次は思った。こんなことは今までにない体験だった。

実際、新次は昼の間は、心を問題にしないで済む男であった。「もしも心がすべてなら、いとしいお金は何になる」という歌だってあるじゃないか。ジューク・ボックスに十円入れて、畠山みどりの歌にあわせて怒鳴りまくっていれば、心なんか、ひとりで路地を曲ってどっかへ帰っていってしまうのさ。心なんか、川をわたって群衆の中へ、地下鉄にのって遠い田舎へ、帰っていってしまうさ。心なんて、一種の排泄《はいせつ》物みたいなもんで、「夜になるとたまって来るが、朝になると出ていっちまう」ものだ。そう考えると何となく可笑《おか》しくなって来た。新次は素手で、ポンポン……と、サンド・バッグを叩いてみた。埃が雨になって降り腸詰《ソーセージ》の翳が床の上をゆっくりと上下した。

「どうだい。いけそうじゃないか」

と新次はふいに〈バリカン〉に声をかけた。おまえも叩いてみな。〈バリカン〉はおずおずと立って言われる通りにその腸詰《ソーセージ》の前に身がまえてみた。「さあ、二、三発やってみな!」新次がもう一度上機嫌で言った。〈バリカン〉は力一杯その腸詰《ソーセージ》を叩いてみた。

「気分がすっとするだろう?」

〈バリカン〉は首をふった。

「おれは……怖いよ」

それでも〈バリカン〉はもう一発、もう一発と叩きこんでみた。「畜生！　おれは、怖いよ、怖いよ」

〈片目の〉掘口は、二人を並べて、裸にして立たせてみた。それから少し歩かせて、

「おい、足が曲ってるな」

と、失望したように言った。「まっすぐには、ならんのか？」「その方が、いいんですよ」と新次が〈バリカン〉の立場で弁明してやった。

「独特のフット・ワークが出来ますよ」片目は、しゃがみこんで、まるでパドックで馬を検《しら》べるときのように、膝《ひざ》を押したりひっぱったりしてみた。「こ、こ、故障では、ないんです」と〈バリカン〉は、背の低い片目を見下ろすように洟《はな》のつまった声で言った。（この、足の曲った理由について〈バリカン〉は特別に考えてみたことはなかった。しかし、十年間の理髪稼業が彼の足を曲げてしまったことだけはたしかだった。「床屋無宿」になって、左ギッチョの彼が客の頭を刈るためには、並の方法では出来なかったのである。彼は左足を柱にし、右足を曲げて立ち、右手で調髪椅子の枕をおさえながら左手でバリカンを操った。高さを調節できる椅子があれば問題はなかったのだが、彼の働いた店は旧式の応接椅子を使っていたのだ）

「まあ、いいさ」と片目は言った。「俺はちんばは嫌いじゃねえ。ちんばだってチャンピオンはいたもんだ」

そう言うと、片目はうまそうに、タムス（葉巻）に火をつけた。頭には、昨日買ったばかりの中折帽《ソフト・ハット》が、中が思いきり引っこんで鳥の巣のように乗っかっていた。「歯はどうする？」と片目が言った。「歯は、引っこぬいてしまうかね？」二人は顔を見あわせた。〈バリカン〉は一瞬泣きそうな表情になった。「な、な、なんで、そんなことをするんです？」

「試合じゃ、何といっても歯がガンなのさ」と片目は強弁した。「歯があると、マウスピースとの折あいがよくないんだ。それに舌を嚙《か》むって心配もある。相手のパンチを喰《くら》って歯を砕くと、大ていの奴は参っちまうもんな」新次は突然、大きな声で笑い出した。しかし、その笑いがテレかくしであることは自分にもすぐわかった。「だから、いっそのことはじめっから歯なんか無い方がいいのさ」そう言うと片目は自分の口をあけてみせた。口のなかは真っ暗な荒野で、まるで百メートルもの奥行きがあるかと思われるほどだった。「何も、石っころで歯を砕け！　っちう訳じゃねえんだよ。……ただ、俺は安く抜いてくれる医者を知ってるからね。それで、一寸《ちょつと》訊いてみたまでさ」片目は、ガス・コンロに大きな鍋《なべ》をのせながら弁解した。

「コーヒーでも沸かすかね……」

それから、ぐっと調子を変えて言った。「何しろ、再開したばっかりのジムだからな。

できるだけ家庭的に行きたいと思ってるんだ、家庭的に」
そして「生活の一切は俺の方で引受ける。だから、今までの仕事を整理してきて、こっちに住込む。いいかね？　おまえらはこれからはプロなのだ。プロ・ボクサーらしい誇りを持って貰《もら》いたい」

3

宮木太一こと、通称〈大声の宮木〉は、ディスカウント・ビジネスマン[*1]である。彼の経営するスーパー・マーケットは新宿歌舞伎町の表通りにあったが、人たちは彼を指して「裏町の財界人」と呼んでいた。もちろん、彼もそのことばに甘んじていて（と言うより、彼は裏町《バックストリート》という言葉が好きだったので）自分のスーパー・マーケットも全部たんぽぽマーケットという裏町的な呼称で統一していた。彼は、マンモス化された財界とは、まったく関係のない場所で、このたんぽぽチェーンのスーパー・マーケットを都内の下町のあちこちに設けて、日陰の商売だったディスカウントを「大声」で、日向《ひなた》に押し出して来たのである。
彼は、どちらかと言えば近代経営をモットーとした政治性の強い実業家ではなく、人生を大切にしたがる古風な商人のタイプに属していた。（もっとも、そのために、近代化と

＊1　Discount……安売り。主に耐久消費財を中心としたもの。

は縁の遠い日本の流通機構にうまく適合していたのだが……）ともかく、彼の特色の一ばん著しい点は、その「安売り」を恥じない、お人好しのような豪放さにあったのだ。彼は一ヵ所においてたんぽぽマーケットがどんなに繁昌《はんじょう》しても、その建物をデパート並みには拡大しなかった。そして、その利潤をまわして、また別の町に小さなスーパー・マーケットを作り「たんぽぽ」チェーンの傘下に加えた。そのために、彼のディスカウント・ハウスは文字通り、野生の雑草たんぽぽのように、裏町の日向の流通経済の溝に咲きみだれて行った。それはまるで、激流のような勢いでさえあった。そして、〈大声の宮木〉の名は、主婦たちの中にも知れわたり、裏町の「実業家」としてよりも、むしろチャールス・ロートンばりの肥満した外貌《がいぼう》で親しまれるようにさえなっていった。勿論《もちろん》、そうなればなるほど彼の商法は財界のトップ・ビジネスマンたちからはヒンシュクを買った。そして「正価維持協定」や、締め出しのほかに暗闇でピストルの弾丸まで見舞われることもあった。また、彼が東北の農村出身であることから「田吾作経営」のたんぽぽさん、という言葉が生まれ、「安かろう、悪かろう」時代の再来だとまで反宣伝されるようになった。

弱電気の大メーカーのある経営者が、箱根《はこね》の仙石原《せんごくはら》のゴルフ場で、新聞記者に宮木のことを訊《き》かれたときに、

「あの人は、食料品や、衣料品だけでなく、日本語も安売りしてるんですよ」

と嘲笑《ちょうしょう》したことから、彼の訛《なま》りのひどさも忽《たちま》ちマンガ的に戯画化されて話題になった。

実際、彼のズーズー弁はひどいものだった。しかし、ズーズー弁を愛用している彼には彼なりの言い分もあったのである。「近頃の標準語なんてだめね。あんなもんは、政治しか語れん言葉だ。わしが方言を使うのは、今じゃ『人生を語る』言葉が方言だけしか残っちょらんからなんですよ。いいかね。**人生を語る言葉は、方言しか残っとらんのですよ**」

その宮木が、スーパー・マーケットの経営を思いついたのは、第二次大戦の戦場である。関東軍の一兵卒としてソ満国境へ応召されて行った彼は、死ぬほどの空腹の重さを体験した。そして食料品が「**幸福のかわりにあるものではなくて、幸福それ自身である**」ということを悟り、復員したら先《ま》ず、食料品市場《スーパー・マーケット》をやろうと決心したのである。

彼は、はじめ新宿に小さな食料品商（というよりは漬物の現金問屋）をはじめた。店先に「福神漬《ふくじんづけ》」とか「ハリハリ漬《づけ》」の正札《レッテル》だけを貼りだしておいて、小さな樫《かし》の木の椅子に坐《すわ》って、友人の仙二と二人で客《カモ》のひっかかるのを待つという商法である。そして客が「千《せん》枚漬《まいづけ》を五十円くれ」と言って入ってくると、仙二にあとをたのみ、その五十円を持って裏口から脱け出すと、自転車にとび乗って、中野の漬物メーカーまで吹っとんで買いにゆくのだ。（留守をまかされた仙二は、漬物を買いに来た客にお茶をすすめ、機嫌をとり結んでぎりぎり時間をかせぐ）いわば「走れメロス」一式の現金問屋というからくりであった。

やがて、漬物メーカーで四十五円に値切った千枚漬を買って宮木が帰ってくると、やっと客はお茶から解放されて品物を手に入れる。時間はかかるが「ほしい漬物なら、何でも必ず手に入れてきてやる」ということが信用になって、宮木の薄利多売法が、どんどん成功していった。この元手《もとで》のかからぬ現金問屋が、次第に宮木に自信を植えつけた。彼は、現金《げんなま》さえ見せれば、どんなメーカーでも品物を売ってくれる、ということを知り、生産者側には、つねに余剰品がダブついている、という現実を知るようになった。そこで、「買い手の気持で、値を叩く」ことに興味を持ち始め、(しかも、メーカーと客との間に、自分しか仲介人が入らぬようにして)現金で安く「漬物を買ってやる代理人」としてのたんぽぽマーケットを創設し、スーパー市場のはしりにしたのである。勿論、無知で単純な〈大声の〉宮木太一にとって、それが流通革命のキング・カレント・システムに押し流されているものだということなどは、知らなかった。ただ、少しでも安く漬物を売り、それを喜んで買って帰る主婦たちを見ながら、まるで「漬物のかわりに、幸福を売っている」ような錯覚を楽しんでいたのである。「裏町の財界人」は、こうして漬物の現金問屋から、従業員二人の五坪の店で出発して、次第に増築し、いつのまにか鉄筋ビルの食品、衣料品市場に発展して行った。

「薄利多売」方式は、同業者にはツマはじきされても、主婦たちには圧倒的な人気があった。そして、彼の一代記は「新宿民報」のような地域紙にも大きく(白豚《チャールス・ロートン》のような似顔と共に)載るようになったのである。——しかし、その〈大声の〉宮木も、仕事をはなれると、ひどく孤独な男であった。彼は友人の弁護士に、口ぐせのように言っていた。「一年ごとに、憂鬱《ゆううつ》になって来るよ」それがどうしてか、ということを宮木は言わなかったが、弁護士はいつでも「わかったように」しみじみと同情してやっていた。宮木太一には、世間で誰もが知ってるように「無いものが三つもあった」からである。それは、**子供と、家庭の幸福と、そして性的能力**なのであった。この「小市民の三種の神器」を三つとも全部、宮木太一は持ち合わせていなかったのである。

4

このへんで小説風な因果律をつけるとすれば歌舞伎町にボクシング・ジムを再開した片目は、この宮木太一の義弟にあたる。片目は自分の姉が「まるでダメな」宮木のもとに嫁いでゆき、焙《あぶ》られるような孤独な日々をすごしていることを知って、宮木に反感を持っていた。しかし、片目自身ひどく貧乏をしていたので、その反感を持っている宮木のもとへ借財に出かけねばならないときがあった。特に、ジムの再開にあたっては物入りが多くて片目も肩身の狭い思いで義兄をしばしば訪れることになった。そんなとき片目は決まって自分に言いきかせていた。

「俺の義兄は漬物を売っているが、俺は人間を売っている。漬物と人間じゃ、商売のスケールが違わあな」

外には雨が降り出していた。

「どうする?」

と〈バリカン〉が帽子を濡《ぬ》らさないように手をかざしながら訊くと「俺は、これから新《しん》橋《ばし》まで行かなきゃならないんだ」

と片目は答えた。「妹が、整形病院に入院してるもんでね」

「病気ですか?」

「なにね」と、片目は手で自分の直立猿人的な低さの鼻を指さして「ハナの美容さね」

と言った。

「おまえ、ついて来なよ」片目は〈バリカン〉の肩をポンと叩《たた》いてから、新次の方へ首をのばした。

「おまえはどうするね?」

「俺は残るよ」

と新次は言った。

「残って、ジムへ帰ってるよ」

「そうか。じゃ、先に帰ってメシを炊いといてくれ」

と、片目は言いのこして、泥水をとばして来たタクシーに威勢よく手をあげた。タクシーが去って二人がいなくなると、新次は何となくホッとした。

(俺はいま、街に一人で立っているな)

と新次は思った。(一人で立っている)ことと(一人立ちしている)ことが同じに感動できるほど、新次にはボクサーになったことの新しい自信が湧きかけていた。

雨に頬を濡らして新次は目をつむった。

買ったばかりの帽子で、雨をうけとめて、映画の題のように「帽子いっぱいの雨」を土産に、一体、歌舞伎町の誰を訪ねて行ってやろうかね。と思った。だが、誰も友人《ダチ》がいるわけでもない。新次は、電柱の一本ずつに手をふれて歩いていった。

「性器短小の悩み解決！　すぐに相談に来たれ」

というポスターの隣にマックス・ローチの歯をむき出した顔が貼り出されてあり、その脇にベース・アップの賃金闘争ポスターと、小さな手製の鉛筆がきの尋ね人の貼紙が並んでいたりした。それを一々読みながら歩いてゆくうちに、新次はすっかりびしょ濡れになってしまった。そこで、楽器店を覗《のぞ》いている〈奥さん〉の雨傘の中にとびこんでゆこうとすると、〈奥さん〉はギョッとしたように新次を見返した。新次は(自分の一番自信のある顔で)ニヤッと笑ったが内マタ歩きの〈奥さん〉は、その新次を受け入れようとはしなかった。そこで新次は〈無理相合傘〉のまま並んで歩こうとすると〈奥さん〉は、たまり

かねたように、

「警官を呼びますよ」

と声をあげた。

（まるで、ピックルスが歯ぎしりするような、ちんまりとした悲鳴だったので、新次はうんざりして立ち止ってしまった）そして、その〈奥さん〉の逃げるように歩き去ってゆく尻《しり》の動きを見ながら、ふと前に読んだことのある詩で送別してやった。

大人にさわられると　口からよだれ
たらすくせに
ポリさま　この子
ポリさま　この子　なんてかなしげにさわぐんだよ　バアちゃんのをさわったらどう
だい　なにいってるんだい　そんなしなびたやつなんて　いやだよ。
昔は昔今は今
しなびたやつにようはない[*1]

新次は、雨の中で思わず膝《ひざ》を叩いて哄笑《こうしょう》した。

新次が、ミラノ座横の喫茶店「トップ」に入ってゆくと、ボーイはまるで、殴りこみをかけられたように目を剝《む》いた。新次の新しい帽子もジャンパーも、下駄《げた》も、何もかも水び

たしになっていたが新次は一向に無頓着《むとんちゃく》だった。（彼は服装の趣味には、そんなに五月蠅《うるさ》い方ではなかったのである）
新次が「コーヒーをくれ」と言うと、ボーイは湯気の出るタオルを彼に渡しながら「雨をしぼったらどうですか？」と忠告した。「構いやしねえよ」と新次は突っぱねた。「体の熱で、じきに乾くだろうさ」他の客たちは、テレビに夢中だった。テレビの中では渥美清が（台本通りの）冗談を言って聴視者を笑わせていた。『それじゃ、俺の顔が立たねえ！っていうのを英語知らねえ奴が英語にすると、

My Face is not Stand

となるんですよ』
それを聞いて客たちはドッと合笑した。それは合唱とはべつの、いかにも合笑ということばの似合うアンサンブルのとれたものだった。
――新次はコーヒーを飲んでいる客たちを見まわした。大学生。サラリーマン。家族連れ。そして入口のドアの近くで一人でコーヒーを飲んでいる、あの〈お嬢さん〉は何者だろう？
新次は、その赤いレイン・コートと長靴の似合い方から、「もしかしたら、映画女優《スタア》かも知れない」と思って、小肥《こぶと》りして愛くるしい〈お嬢さん〉に目をとめた。〈お嬢さん〉はすっかりテレビに夢中だった。やがて、喫茶店のレジの電話が鳴った。すると、その

＊1　藤森安和の詩の一節。

〈お嬢さん〉がびっくりしたように立上って、受話器をとりあげた。そしてひどく大きな声で、（ほとんど反射的に）

「甲州屋でございますが」

と言ったのだ。

おや、客かと思ったら彼女は、この店の子だったのか、と新次は思った。それにしても「甲州屋とはまた何だろう」――そのとき、ボーイが大股《おおまた》に寄っていって〈お嬢さん〉に、「お客さん、すみませんねえ」と言って受話器を受けとると、早口に、

「喫茶店トップでございますが」

と言い直した。〈お嬢さん〉は、自分のしたことに気がつくと真赤になってしまい、しばらく呆然《ぼうぜん》としていたが、急に泣きそうな顔になって雨の中へとび出していってしまった。（ちえっ！　自分の店とまちがえて、ヘマしやがったな？）と思うと新次は急におかしくなってきた。そこで、新次は〈お嬢さん〉のあとを追いかけたのである。

「おまえ、店員だね？」

と新次が言った。

「甲州屋ってソバ屋に働いてるんだ」

ケロッとした顔で〈お嬢さん〉は笑った。

「あたし、ヘマしちゃったの」

「ああ、見てたよ」

と新次は言った。

「俺ははじめ、女優かと思ってたんだ」

あら、ありがとう。と〈お嬢さん〉は言った。「一人なの？」

「ああ」と新次は顔の雨を手で拭《ふ》きながらうなずいた。「あたしも、一人よ」と〈お嬢さん〉は言った。そして二人は並んで歩き出した。〈お嬢さん〉の名前は芳子。年は十八歳。よく喋《しゃべ》り、よく笑い、よく食べた。二人はスロット・マシーンをし、酒を飲み、ダンスをし、最後には「雨にぬれたから、お風呂《ふろ》へ入ってあったまろう」という理由で、旅館へ行った。旅館は「ばんだい」という名の、みすぼらしい和風の連れ込みだったが、それでも充分だった。ただ新次が気になることは、芳子がときどき「新次さん」と呼ぶところを間違えて「お客さん」と呼ぶこと位のものであった。

5

すっかり日が沈むと、ネオンが灯《とも》るだろう。窓の外は、一望のネオンの荒野になるだろう。と思いながら、新次と芳子は肌と肌とをぴったりと押しつけあっていた。

芳子は、赤いレイン・コートの下には、くたびれたワンピースを着ていて、シュミーズには（他の奉公人の洗濯物とまぎれないように）ヨシコと縫いとりをつけてあった。レイン・コートを脱いでしまうと〈お嬢さん〉という感じは全くなく、シュミーズを濡《ぬ》れ紙のようにはりつけた肌が（木村屋のパンのように）熱くもり上っていた。

日が沈みきってしまうと部屋の中は、まっくらだった。

「電気つけようか」と芳子が言った。いらないよ。と新次は暗闇の中で、おふくろにでも甘えるように、シュミーズのおっぱいに頬をこすりつけ、耳をすましていた。階段の下からは、別のアベックの入浴の音が、まるで〈河〉の音のように流れてくるのだった。

おいらは　いろんな河を知っている
この世さながらの昔からのいろんな河を
人の肉体に流れている血よりも古い河を知っている＊1

芳子が、人の好《よ》さそうな目をひらいて「あたし、喜劇が好きよ」と言った。「渥美清のファンなの」新次は黙って、唇で芳子のおっぱいを味わっていた。

「あたしも丈夫で長持ちしたいわ」すると新次が、顔をあげて何かを言おうとした。しかし、すぐに止めて、また芳子の「体の中で牛乳があったまっている」ようなおっぱいを、唇で吸いはじめたのである。くすぐったそうに寝返りを打つ芳子の、まるで〈喜劇〉を愉《たの》しむようなふくみ笑いを、新次は噛《か》みちぎった。そして心はこう言っていた。（渥美清のあの、下駄面め、危機感のない肉体野郎め。大体、俳優の顔が「丈夫で長持ち」などしてたまるもんだろうか。いつこわれるかわからないから、人は俳優の面をしみじみと愛するのではないだろうか。渥美清の人気だってそうさ。「あんなに破壊された顔でも、まだどこかで壊れるかも知れない」と思うからファンがついてゆく。それなのにあいつめ、思い上って、「丈夫で長持ちする顔」だなどとホザきやがって！）

「痛いわ」

　と芳子が思わず身をくねらした。と、突然、新次は凶暴に芳子のシュミーズをまくりあげて、わけもないのに怒った顔を、芳子の太股《ふともも》の根に埋めて、そこをはげしく漁《あさ》りはじめたのだ。芳子の体はそり反《かえ》って、汗ばんだ腿《もも》が新次をきつくしめつけた。新次ははげしく体をずり上げると、目をつむってこんどは芳子の中に入って行った。それから二人は絡みあったまま、はげしく声をあげて毛布ごとベッドの下に落ちた。落ちたあとも二人は熱く求めあい、もう一望のネオンの荒野からは、すっかり遠ざかってしまっていた。闇の中でお人好しの芳子の情欲は思ったより深く（まるで救いをもとめるようにしがみついて）二人はベッドの足に頭をひどく打ちつけた。

　新次が、ほんの少し力をゆるめると、ふいに芳子は大きな声で「逃げる！　逃げる！」と叫んだ。新次はびっくりしてまた腰を激しく使いはじめた。（一瞬、何が逃げるのか、

＊1　黒人と河……Langston Hughes の詩。

どこへ逃げるのかを確かめることは出来ない。この真暗闇の中では、動作を休んだら逃げたものは忽《たちま》ち見失われてしまうことだろう）その何ものかを逃がさないために、新次の腰ははげしく芳子の肉体を叩《たた》き砕き、ひき寄せ、そして〈河〉の中で呻《うめ》き声をあげた。やがて力尽きて、新次が終ったあとでも、まだ不安は残っていた。ぐったりとしている芳子に、新次は訊《き》いた。「どうだった？」

新次は、ほんの少しの自信で目をかがやかせて芳子の顔色を覗《のぞ》きこもうとした。

しかし、芳子の目はひどく悲しそうに新次を見返すだけであった。

「逃げちゃったわ」

それから新次はくたびれて、うとうととした。芳子の「お風呂へ入ってくるわね」と言う声を聞きながら、ベッドにうつぶせて、〈河〉の夢を見ていたのである。彼の視野には広漠とした河が流れていた。（それは、この都会のジャングル全体をも浸してしまう優しさで、ゆったりと重く流れていた）もしかしたら「人の肉体に流れている血よりも古い河」にめぐりあえるのは、こんな一刻でしかないだろう。彼は流れてくるその〈河〉に向って目をとじ、口をひらいた。鯉のぼりが風をのみこむように、彼の眠りを〈河〉が浸してゆき、彼は自分が光の中で無限に薄まり、広がってゆくのを感じながら意識を失っていった。目をさましたのは、真夜中になってからである。自分のクシャミに醒《さ》めて、ベッドをまさぐってみると、芳子はいなかった。新次はとび起きて灯《あか》りをつけた。芳子のものは何一つ無かった。――それどころか、新次は自分のズボンのポケットに手をいれて「しまった！」と声をあげた。朝、片目から貰《もら》ったばかりの金が、残らず盗《と》られていたのである。ジャンパーのポケットの煙草も靴もすっかり盗られていて、ただ今朝買ったばかりの帽子だけが（愛嬌《あいきょう》のように）テーブルの上に置きのこされてあった。

「畜生め！」と新次はこぶしで平手をバシッと叩いた。「どうしてやるか、見てるがいい！」

6

〈バリカン〉は、新次より先に帰って、ジムの屋根裏でうとうととしていた。眠くなってくるたび思い出すのは、いつでも吃りを遺伝させた（と〈バリカン〉は思っている）――たった一人の親父のことだった。親父はまだ、あのネジのゆるんだコーヒー挽《ひ》き機械を一人でひきながら、無気力に、自虐的に（まるで、自分自身を家畜小舎《ごや》に閉じこめてしまいながら）ひっそりと生きているだろうか？　親父は、万引きで刑事にふみこまれるたびに、刑事に「おれは跛だが、それでもやる気か！」と言って立向っていった。そして泣きながら釈放されて帰ってきては、〈バリカン〉に「おまえだけが頼りだ。どうか、おれを捨てないでくれ」と言って、すがりついて泣いたものだった。〈親父さん。おれは、あんたを愛してたよ〉と〈バリカン〉は思った。〈愛していたからこそ捨てたんだ〉全くのところ、気の弱い〈バリカン〉が跛の親父を捨てて、床屋無宿の渡り鳥になるためには大へんな勇気が要った。たかがバリカン商売に入るために、まるで新派の幕切れのような葛藤《かっとう》が生ずるなどとは〈バリカン〉自身、考えてもみなかったが、親父は床屋が嫌いだったのである。「いいか、建」と、親父はよく言ったものだ。「世の中へ出ようと思ったら、**世の中の頭を**独占していかなきゃダメだ。床屋なんて三文稼業だ。だが頭の外皮をイジっているかぎりは所詮《しょせん》は客を変えることなんか出来やしないじゃないか」そして親父は赤らんだ鼻をひくひくとさせて、「世の中の頭を独占する商売とは……それは政治である」と豪語した。政治！　政治！

しかし、一体跛の親父にとって政治とは何だったのであろうか？　二幸の裏の屋台で、豚肉の焼鳥を食いながら、屋台のおかみさんに向って天下国家を論じて、焼鳥代をゴマかすことが政治ならば、あの目まぐるしい道路工事の轟音《ごうおん》の方は、何の力によるものなのだろうか？「親父さん。政治は理屈じゃないよ。政治はアジアでも、唯物論でもない。政治はほら、あの、ガンガンと頭の痛くなるような道路工事音だのタクシーの値段なんだよ」と〈バリカン〉は言った。「政治なんて、話しするようなことじゃないよ」

すると親父は「おまえは何て精神が低いんだ。精神がまるで、公衆便所並みだぞ」

と応酬してきたものだ。（あの頃モモヒキを修理している愚痴屋の親父と、四畳半で、油虫をつぶしながら、あんな議論をしているときはまだよかったんだ。あれで生活ができるものならば、おれだってもう一度帰ってゆきたい位だよ、親父さん）
だが、万引き以外に収入のない親父は「アカシアの雨にうたれて、このまま死んでしまいたい」という歌が好きで、あの貧弱なチョビ髭《ひげ》だけをクレジットにして、どんどん親子ぐるみで堕落していこうとしていたのだもんな。酔っぱらうと「おれは、西田佐知子のまるはだかを抱きたいね」と言い「建よ。おまえにも近いうち、万引きのコツを教えてやるからな」と言っていた親父さん。あの、愛すべき跛の小男は、生れてからたった一度も人の注目を集めたことはなかったのだ。小学校から成績も家柄も中の中位で、何の取柄もなく、（川に溺《おぼ》れた子供を助けるような偶然の栄誉もなく）一人で写真を撮ってもらったことさえもなかった男。——そして、人目に立ちたいばっかりに終戦直後に煙突男の真似をして高所デモをやろうとしてパン屋の屋根から落ちて足を折って跛になった男。〈バリカン〉は、新宿の街の夜景の中にしみじみと親父を抒情《じよじよう》した。

ひとりのときには、モモヒキの上に陰毛をむしり並べている**親父さん**！
トラホームで文無しの**親父さん**！
仏壇掃除とお世辞だけが趣味の**親父さん**！
豚のようなイビキと大食いと

いつも何かに脅《おび》えている親父さん!

ときには養老院の前まで行って
黙って帰ってくる孤独で怠け者の親父さん!

酔っぱらうと立ち小便しながら眠ってしまう親父さん!

借金取りが来たり、面倒が起きたりすると、すぐに「アカシアの雨にうたれて、このまま死んでしまいたい」と歌う親父さん!

そのくせ胃ガンの怖い親父さん!

生まれてからただの一度も飛行機に乗ったことのない親父さん!

助平で、お人好《ひとよ》しで、そのくせ人を裏切っている親父さん!

どこへ行ってしまったかわからない親父さん!

〈バリカン〉は、その親父の頭を一度も刈ってやったこともなかったなあ。と、思い出した。

その夜、〈バリカン〉は屋根裏から新宿の〈ネオンの荒野〉を見わたして、ふと考えた。

西口会館のSUNTORYのネオンのYの字だけがいつも遅れて点《つ》くのはなぜだろうか?

(愚鈍な彼には、そのことがまるで人生上の何かを解く鍵《かぎ》のように思われたのである)

西口会館のSUNTORYのネオンのYの字だけが遅れて点くのは、あれは行方不明の親父から俺への見えない暗号なのだろうか？　それともあのYの字はネオンの仲間での孤独な吃りなのだろうか？　この俺のように吃りなのだろう。

第二章

公園まで嘔吐せしもの捨てに来てその洗面器しばらく見つむ

1

芳子が帰って来たとき、ムギは何時ものように階段を半分降りたところに腰かけて、呆《ぼ》んやりしていた。

まるで、厄病神のように、アパート「港館」の階段を一人占めにして坐《すわ》っている老娼のムギのその、疲れきった目は、何時でも何も見ていないのだった。だがアパートの、他の居住人たちは、そのムギを指して、「あれは、階段に腰かけて、郵便屋を待ってるんだよ」と噂をした。「三十年前に、田舎へ生み捨てて来た倅《せがれ》から、葉書が来るかと思ってるに違いないよ」

しかし、ムギは猫背の郵便配達人が、港館の暗い裏口（表口は餃子《ギョーザ》専門店の一口亭《ひとくちてい》につながっていた）を素通りしていってしまったあとでも、階段から立ち上らなかった。

水気のない髪、その髪にまで滋養をまわしきれない皺《しわ》だらけの小さな軀《からだ》。それを、一年中同じスカートで包んで、彼女は何かを待っていたのである。港館の階段には、居住人たちが自分のサンダルを探すのに困らない程度の薄明りの、煤《すす》けた裸電球が一つ下っていた。長いコードが、階段の半ばまで垂れ下っているので、電球が首吊《くびつ》りしているように見えたが――それだけが、廊下を含めて港館の階段の明りなのであった。勿論《もちろん》、ときには、裸電球の二十ワットよりも明るい朝の陽ざしがさしこむこともあった。機嫌のいい日のムギは、階段に腰かけたままで、下で洗濯している誰彼となしに、ミルンの童話を話しかけた。

「あたしは、階段を半分降りたところが好きだよ。ここが『あたしの場所』だよ。てっぺんでもなくって、一ばん下でもない」勿論、誰も聞いてやしなかった。アパートで、ムギの話し相手になることは、他の居住人から物笑いになることを意味していたのだ。「この階段を半分降りたところからは、上へものぼれるし、下へも降りていける。どっちへ行っても、何だかいいことがあるような気がするね」

このみすぼらしい老娼ムギは、ある朝、新聞に目を止めた。アメリカの養老院で一人の老女が、「誰も私に話しかけてくれない」という遺書を残して自殺した、という記事が、小さく載っていたからである。「誰も、私に話しかけてくれない」というのは、どういうことだろう、とムギは思った。

「誰も私にお金を呉《く》れない」というのならわかるけど。

部屋代が

天国へ送れるのなら、いいのにな。*1

2

芳子はムギが嫌いだったので、いつもなら階段を駈《か》けのぼってしまうところであった。

しかし、今日は少し事情が違っていた。

彼女の赤いレイン・コートのポケットには、新次からまき上げた金が入っていて、それが、ほかほかのハッキンカイロのように芳子の心を暖めていた。彼女は、階段の途中で立止って、紙袋から長い一本の飴《あめ》を取り出して言った。

「おばさん。金太郎飴食べない?」

——階段に腰かけた顔色の悪い厄病神は、びっくりしたように顔をあげた。誰かから「話しかけられる」のは、まったくしばらくぶりのことであった。裏の戸口から射しこんでいる月の光と、芳子の言葉。誕生日でもないのに……と、ムギは思った。

「あたし、金太郎飴って好きなのよ」そう言いながら芳子は、ムギと並んで階段に腰かけ、上機嫌で金太郎飴をポキッと折った。ほら、この飴。どこを折っても金太郎が同じ顔して笑ってるでしょう。どこを折ってもよ。

折っても折っても同じ顔。このシツコイ笑い顔のくり返し。大抵の人は、二、三回折る

*1　小さな（しかし重要な）抒情詩……Langston Hughes

と、あとは気持が悪くなって折るのを止めてしまうのよ。

ムギは、貰《もら》った一本を（真似て）ポキッと折ってみた。すると、やっぱり金太郎は笑っていた。しかし、ムギにはそれが笑顔には見えなかった。――むしろ、折っても折っても泣きっ面！　渋面！　着色顔面神経痛！

「ねえ、おばさん」と芳子が言った。

「階段で眠ると、風邪をひくわよ」

「寝やしないよ」

とムギは言った。こうやって、腰かけていると、中華料理店の看板の陰から昇る月が高くなるにつれて、裏口から射しこんでくる月あかりも一段ずつ階段をのぼってくる。忘れ去られてしまった木の階段を、まるで年老いた昔の男のようにゆっくりとした足どりで昇ってくる月のあかりが、やがて波打際のようにムギの足許《あしもと》を湿らせるときに、自分の孤独さが水輪のなかに広がって消えてゆくのだ。

「お月見だよ」と、あぶれ続きの老娼は言った。

「月が昇るのを見るの、好きなんだよ」

「なら、いいけど」と、芳子はムギの肩に手をかけた。薄い冬の小さな崖《がけ》のような肩に。

そして、何時でも人生観のくい違うこの老娼にも、あたし位のチャッカリさがあればいいのにな、と思った。でもものは考え様だっていうからムギはみじめさをたのしんでいるのかも知れないけれど。芳子は、トントン、トンと階段をのぼって行って、てっぺんからふりむくと、枯れた髪のムギの後頭部に向ってはげましてやった。

「ねえ。おばさん。あたし、今日、渥美清のテレビ見て来たの。おばさんも『**丈夫で長持ち**』するといいわね。丈夫で長持ちしてると、何時かはきっといいことがあるんだから」

3

港館は、新宿二丁目の旧赤線地帯の廃墟《はいきょ》の中にあった。表通りはヌードスタジオで、板一枚へだててアパートになっていた。だが、ヌードスタジオと便所、水道炊事場は共同になっていたので、木のドアをノックすると、便所の中から素裸のモデルが週刊誌を持って出てくるということもあった。

ここはもとは、もぐりの売春宿で「桃夢楼」という名だったのが、今では、娼婦たちの寝ぐらになって(たまに客を連れこむ女もいたが)ラジオを聞いたり、自炊をしたり、南京虫退治をしたりするための憩いの場所、「この世の他の場所」になっていたのである。

洗濯干場が低いので、ネオンの荒野は見えないが、それでもスタジオの古い手巻きポータブルで「湖畔の宿」などを聞きながらシュミーズやパンティを干すのは悪い気持ではなかった。

部屋は全部で七つあり、一番隅っこに芳子の（鉛筆書きの）表札が出ていた。芳子は、このアパートでたった一人の素人娘で、四谷《よつや》のそば屋までバスで通っていたのである。このあたりは、貧民窟《くつ》よりはマシだが、蝿が多くて有名なジャングル地帯で、一年じゅう麻薬係の刑事《デカ》や、社会派を自称するカメラマンが入りこんでいた。

芳子が、こんなアパートに棲《す》みついたのは「安いから」と「面白いから」だったが、他の居住人たちは、堅気の芳子を敬遠していて、決して許しあおうとはしなかった。娼婦たちにとっては、**「商売で、あれをしゃぶったことのあるものじゃないと、人生なんかわからない」**のである。芳子は、ここで口紅をつけないときの娼婦たちの日常生活の実態を見知った。たとえば、ママ・テリーは真夜中に、自分のてのひらの生命線を長くしようとして、鋏《はさみ》を持って、暗い黄色い電球の下にうずくまっていたし、創価学会員のマヤは同室のしのぶと間代のことで、つかみあいの喧嘩《けんか》を、月末ごとに、繰り返していた。

毎週末、ラジオのヒット・パレードに「島育ち」を投書しに、葉書を持って階段を下りてゆく貞枝は子宮癌だったし、老いぼれのスピッツを飼っている桃子は、実は男なのだった。

――夜になると、壁越しに、隣室の老ムギが一人で（洗面器で足を洗いながら）唄《うた》っている声が芳子の寝床まで聞こえて来た。

修理不能のムギのソプラノは、一枚の壁をへだてているだけなのに、何十年も昔の方から聞こえて来た。あの、殺風景な四畳半に一人いて、五十女のムギは何故、あんな唄をうたうのだろう。

Come on a my house
my house come on
家へおいでよ 私のお家へ
あなたにあげましょ キャンディ

(臭い、家畜小舎《ごや》同然の狭い部屋で、芳子は特に幸福などについて考えてみたことはなかった。そんなものについて考えるのは「お腹《なか》の空《す》くこと」であり、ちっとも娯《たの》しいことではなかったからである。考える人＝栄養失調の知識人。または女の子のあいに触れたことのない教会の神父。

「すべてのインテリは、東芝扇風機のプロペラのようだ。まわっているけど、前進しない」)

そう言いながら白い歯を見せて笑う芳子は何時どこでも、金太郎飴のように上天気に見えた。勿論、たまには「真夜中に、わけもなく目を醒ます」こともあったが、

「ゆうべ、さみしいから花園神社まで泣きに行ったら、こんなぼろバケツを拾ってきちゃ

ったわ」

と、あくる朝早くからアパートの裏口を、バケツで洗い出すという顚末《てんまつ》になるのであった。

芳子は、部屋へ入ると今日一日のことを思い出した。頭の中に場末の映画館のように切れぎれのフィルムがつみ重なり、どのフィルムにも、雨に濡《ぬ》れた新次の顔がうつっていた。どうして思い出というやつは、いつでも無声《サイレント》なんだろう。そう芳子は思った。だが、サイレントでも結構面白いこともある。素裸で一文なしで、ホテルの中でうろうろしている新次のことを思うと、芳子は一人笑いしない訳にはいかなかった。でも、仕方ないわね。天罰だもの。と芳子は思った。

「**あの人は、逃がしてしまったんだから**」

大切な、あのことの最中に、必死であたしのつかみかけたものを逃がしてしまったから。その罰として、有金全部持ってきてしまってやったのだ。あの人の方が悪い。あの人が、あたしを連れこみ旅館にまで連れて行っておきながら、しかも、あたしを抱いてる最中に逃がしてしまったんだもの。

夜の都電車庫の音が一丁目から足にひびきを伝えてきた。芳子は、(まだ新次の愛撫《あいぶ》のぬくみの残っているワンピースの胸をはだけて)汽笛の真似をした。ポウ、ポウ、ポウって言っている。鳩みたいな都電。

その彼女の、こぢんまりとした棚の上に、古いジャズのレコードが並んでいてその題名をただ横に読んでゆくだけで詩になるのだった。

——暮しってこんなもんさ

殺人者たちのホーム

ゆっくりさみしいブルース

家へ帰るのがこわい

おふくろの呼ぶのがきこえないのか

ナッシュヴィルにいたことがあるかい

おお、ベルタよ

またひとり、男が去っていった

「口惜しかったら、ここまでお金を取り返しにやってくるといいわ。あたしのお尻《しり》を追いかけて、盗《と》られたお金を探しまわるといいわ」

でも、と、芳子は思った。

「こんど逢《あ》ったら、逃がしたものをつかまえてくれなきゃ、嫌よ」

——芳子はワンピースの前ボタンを外し、ノー・ブラジャーのほてる肌を冷やすために窓をあけて夜風を誘いこんだ。

そして、「丈夫で長持ち」な自分の肉体が、やっとつかみかけながら逃がしたものの正体は、一体何だったのだろう、と考えた。

夜の都電車庫で、また年老《としと》った犬が吠《ほ》えていた。

「こんど逢ったら、今夜逃がしたものを、つかまえてくれなきゃ、許してあげない」

木村屋のパンのような、ふっくらとした乳房を両手からはみ出すほど強く抑え、芳子はもう一度、そう繰り返した。

一粒の向日葵の種子まきしのみに荒野をわれの処女地と呼びき

4

トレーニングが始まると、新次は見違えるように精悍《せいかん》になり、〈バリカン〉はまるで怠け者になってしまった。〈バリカン〉は、ジムの真中の、天井からぶら下っているサンド・バッグの巨大な腸詰《ソーセージ》が怖かったのである。

——俺には、とても出来ない。と〈バリカン〉は考えた。あのサンド・バッグを一叩《ひとたた》きすると、床板にうつっている巨大な腸詰《ソーセージ》の翳《かげ》がゆらりと揺れ動く。そして、まるで〈バリカン〉をも巻きこみそうに親しげに寄ってくる。〈バリカン〉は、いつも、そのサンド・

バッグの影を踏みそうになっては、ハッとしてとび退るのだった。

ああ。巻きこまれるのは嫌だな。——と〈バリカン〉は思った。巻きこまれるのは嫌だ。あんな腸詰《ソーセージ》の翳や、見知らぬ男の血のこびりついたマット。そして骨のようにカラカラと鳴るパンチング・ボールと、首吊《くびつ》りも出来そうな太いロープ。（ボクシングなんて、俺の性にはあわないんだ）と〈バリカン〉は何度も自分に言って聞かせた。（俺の性にはあわない……）

大体、俺は有名になんかなりたくないし、金だってそんなに欲しいって訳じゃない。ただ、吃りを治すために効果があると聞いたからジムに通いはじめただけなのである。

——まだ、暁のうちに、新次が蒲団《ふとん》から起き出して、まるで遠い国まで発《た》ってゆくマラソン選手のように、ロード・ワークに出かけるのを蒲団のすきまから見ながら眠ったふりの〈バリカン〉は安ポマードくさい枕に頭をこすりつけて、空いびきをかいている。

毎日毎日、新次は逞《たくま》しくなってゆく。一緒に銭湯へ行って、ちらりと見た陰茎も少年ハウスにいた頃とは見違えるようにふとくひらいていたし、肩から胸へかけての肉も野生の獣のようにしなやかだった。（だんだん、俺と新次とは違ってゆく）と、〈バリカン〉は思っていた。銭湯のタイルに並んで坐《すわ》って、まるで（新宿三丁目のヘラクレス）のような新次の肉体にくらべると、俺の方は柄が大きいだけでちっとも迫力がない。（陰茎だって、いつも萎《しな》びているうらなりの漬物《ピクルス》のようだ）

しかし、〈バリカン〉は、それなりで毎日の生活に満足していない訳ではなかった。ゴースト・タウンを思わせる元赤線の廃墟《はいきょ》を抜けて、新次がロード・ワークに出かけたあと、二人分の蒲団をあげながら〈バリカン〉は、

花と咲くより踏まれて生きる
草の心が俺は好き*1

という唄《うた》を口ずさむ。ニキビだらけで、内分泌管に脂のつまっているお人好《よ》しの〈バリカン〉にとって、(自分が闘う事は嫌だったが)――誰か自分の代りに闘ってくれる英雄がいるということは、たまらなく安堵《あんど》をおぼえさせてくれることだったのである。新次なら、やるだろう。と〈バリカン〉は思った。「奴なら、きっと今に、チャンピオンになってくれるだろう」

新次の力いっぱいの左ストレートが、サンド・バッグのみぞおちをドシン！　ドシン！　と突き破るひびきをたのしみながら、〈バリカン〉は、腹這《はらば》いになって漫画を読んでいた。土曜日だったので、片目は赤鉛筆と「ホースニュース」を丸めて府中《ふちゅう》へ行きジムの中には、他に誰もいなかった。

新次は、鷲《わし》のようにするどく右フックの翼でサンド・バッグの鼻面をしゃくりあげるや、左ストレートをその真中に叩きこむ！

――外には静かな雨が降っていた。

〈バリカン〉が見ている漫画は、富永一朗のもので、自殺しようとしている男が主人公である。男は、自殺したいが、うまい方法《メソド》がない。すると向うからお姐《ねえ》ちゃんがやってくる。男は、しばらくためらっているが、決心したように財布をはたいて石焼きイモを一つ買い、お姐ちゃんにささげる。そして、お姐ちゃんが食べ始めるや、そのうしろへまわって尻の下にひざまずき、合掌しはじめる。まもなくお姐ちゃんは、プーッとやるであろう。漫画の題は「ガス自殺」と言うのである。

何という虫の良い男なんだ。と、それを見た〈バリカン〉は思った。自殺位、自分だけですりゃいいのに。何も、通りすがりのお姐ちゃんの消化器官まで巻きぞえにしなくとも良いではないか。〈バリカン〉は、何とはなしにこの男の幻滅について考えてみた。人生の幻滅。自殺の方法への幻滅。そして、最後には通りすがりの「お姐ちゃん」の美しい肉体からさえ、ガスが洩《も》れるということの幻滅。(そのくせ、男は、自分自身の存在にだけはちっとも幻滅を感じていない様子なのである)ああ、この漫画の男は、誰かに似ているな。と〈バリカン〉は思った。

この図々《ずうずう》しさは確かに誰かに似ている。誰に？　フッと思い当ると〈バリカン〉は、口の中がにがくなって来るのを感じた。——親父は今頃、どうしているだろうか？

「おい新次」と〈バリカン〉が言った。

「午後からどうする？」

＊1　「姿三四郎」……村田英雄のヒットソング。

サンド・バッグを叩き飽きた新次が、こぶしのバンデージを解きながら、「俺は映画にでも行ってみるつもりだよ」と答えた。

「若《も》しかしたら、芳子がウロウロしてるかも知れんからな」

「摑《つか》まえて、どうするんだ?」

「徹底的にやっつけてやるさ! こないだの仇《かたき》だ……下着をひきむしって、やって、やって、やり抜いて腰を抜かさしてやる。悲鳴をあげようと、泣き出そうと俺の知ったことじゃない。俺は復讐《ふくしゅう》するのが大好きなんだ。盗ったもの全部をおまんこ代で弁償して貰《もら》わないうちは許してはやらん」

「俺は……」と、〈バリカン〉が言った。

「親父のアパートでも訪ねてみようか、と思うんだ」

5

ケストナーに「人生処方詩集」というつまらない本があった。またの名を「抒情的家庭薬局」といって一般的な精神の治療に役立つように仕組まれたものである。つまり、頭が痛いときにはアスピリン。ゴホン! と出たら龍角散。という便利なものがあるが、世の中が厭《いや》になったときのいい含嗽《がんそう》の薬はないし、貸間生活のわびしさにも特効の丸薬がない。

というところからケストナーが思いついた抒情の処方箋《せん》である。目次は「年齢が悲しくなったら」とか「他郷に腰かけていたら」となっていて、ページを繰るとなぐさめの言葉が書いてある。

「年齢が悲しくなった」ときの処方はこうである。

　われらみな、同じ列車に腰かけ
　一つの時代を旅ゆくもの
　見倦《みあ》きた風景を見ながら
　何処指すか、誰も知らず*1

——しかし、一体、こんな列車の譬喩《ひゆ》で年齢の悲しさが、どこまで治療されるものだろうか？

つまり、この詩は「そんなに気にしなさんな。どうせ何時かはみんな死ぬのだ」という諦《あきら》めを説いているのだが、老人は諦めによっては病んだ精神を癒《い》やすことは出来ない。むしろ、**老人に必要なのは、諦めではなくて、もっとひどい絶望か、あるいは偽りの希望かの、どっちかなのだ。**

老人は「歳月を走る列車は、目的地へ着くことなし」などという詩句を待ちはしない。

*1 Doktor Erich Kästners Lyrische Hausapotheke……
Erich Kästner

むしろ、西田佐知子が歌うように「どうせ私をだますなら、死ぬまでだまして欲しかった」*1という心で人生の処方を求めているに違いないのである。

〈バリカン〉が、床屋の渡り鳥になって家出するまで、万引き癖の親父と一緒に暮していたアパートは、新宿柏木の緑屋の裏にあった。

洗濯干場の水たまりを跨《また》いで曲ってゆくと接骨院の古びた看板があるのが〈バリカン〉にはなつかしく思い出される。

ここの下宿人の大木はどうしたろうな？と〈バリカン〉は思った。ひどい小男で、その癖、声だけは立派なバスだったのでテレビ映画のターザンのアテレコ声優をやっていた男だった。そして、近所のおかみさん達が「近頃、テレビに大木さんの声によく似たアメリカ人が出ている」と噂をされるたびに、屈辱的に顔を赤らめていたものだったが。——雨にぬれて、〈バリカン〉は接骨院の横からアパート平和荘の裏口へまわって、そっと階段を上っていった。

上りきって右へ折れると四号室《オールド・マイホーム》がある。そこで立止ると〈バリカン〉は思わず顔を赤らめた。

二木建夫のマジックインク書きの表札がまだ在るのである。

（親父は、まだ此処《ここ》にいるのだ）

と思うと、〈バリカン〉は失望と共に、安堵している自分を感じた。何時かは、俺が帰って来るなどと思っていたのだろうか？

(この大都会のど真中の、小さな古い姥捨《うばすて》アパートの一室で、迎えに来てくれる一人息子を待っていたのだろうか？　それとも他所へ移るというほどの想像力さえ、持たないほど親父は老化してしまったのだろうか？)

ノックもせずにドアをあけると、男くさい(酢漬けの皮革のような)むれた匂いが〈バリカン〉の鼻についた。

しかし、親父は留守だった。

(また、デパートにでも行っているのだろうか？)

と思いながら〈バリカン〉は中に上りこんで裸電球を灯《つ》けた。灯《あか》りをつけると、窓外の雨の音が少し低くなったようである。敷きっ放しの蒲団《ふとん》の枕許《まくらもと》には実話雑誌と、かみ捨てた洟紙《はながみ》とが散らばっていた。

〈バリカン〉はしばらくの間、呆然《ぼうぜん》として坐《すわ》りこんでそれらを懐かしんでいた。しかし、ふと、部屋の片隅にひらき捨ててある**「話のネタになる本」**[*2]という新書を見つけたときには、身のひきしまる思いに襲われてハッとなった。

一人息子に捨てられた身寄りのない老人が、その孤独さからのがれるために、無差別に話し相手を探さねばならない、というのは悲しいことである。(新聞にも福祉国家アメリ

*1　西田佐知子の歌……「東京ブルース」。
*2　話のネタになる本……野高一作のベスト・セラー、久保書店刊。

カの養老院で、老人たちが「誰も私に話しかけてくれない」という遺書を残しては次々と自殺してゆく、というニュースが伝えられている）

しかも、何の共通性も持たない相手に向って話しかけるためには、サービスとして何か話題を提供せねばならぬ、と知った老人の積極性というやつには、もっと悲しい何かがあろう。〈バリカン〉は深夜の新宿駅にションボリと立っている父の姿を思いうかべてみた。空虚な駅のベンチに腰かけている酔っぱらいや、浮浪者に向って、「話のネタになる本」を小脇にかかえた跛の小男が話しかけるために、近寄ってゆく。

終電車の出たあとの、疲れたベンチの酔っぱらいたちの一人に向って親父はペラペラと「話のネタになる本」をめくるや、

「ねえ、あんた。月世界に、この世でもっとも素晴らしい高価な宝石や鉱脈があることが証明された……って話を知りたいと思いませんかね」

と話しかける。

すると多分、ベンチの男は小銭欲しさに難題を吹っかけてくる与太郎でも見るように、首をふるか（聞こえぬふりをする）だろう。

「何しろ、この頃、ニューヨークで、それを採掘するための会社まで出来たんですが、私とその話をしませんかね？」と親父は、作り笑いをうかべて更に声高に話しかけようとするだろう。だが、親父が愛想よくすればする程、ベンチの男たちは、関わりあうまいとし

てソッポを向いてしまうのだ。

「タネ馬って言葉があるが、一年で百人妊《ばら》ませた男の話ってのはどうです？」

「グラマーは早死にするって話は、どうです？」

——しかし、世の中からハミ出しかかっている跛の老人でもない限り、誰が話のための話に（無償で）つき合ってくれるものだろうか。古い蝙蝠《こうもり》傘にすがった嘗《かつ》ての政治老年の（今では万引き常習犯の）親父が、雨の深夜のひろびろとした新宿駅で、殆《ほとん》ど演説するような洟声で、

「俺はこんなに一杯、話のネタを集めてきたのに、誰も俺の話し相手になってくれないのか。誰も。誰一人も？」

と哀願している様を思いうかべて〈バリカン〉は思わず涙ぐんだ。オー・マイ・パパ。悲しい親父！

そして「話のネタになる本」の表紙に書かれた人づきあいの好《よ》さそうな男たちの顔のイラストをじっと凝視しながら、一人でも生きられる時代というものは決して来ないのだ！と思ってしみじみと泣いた。（泣きながら、〈バリカン〉はふと自分の水虫のかゆさを思い出した。なんて雨だろう）

この雨は、雨季の始まりかも知れないな。

6

土曜日の午後は宮木太一にとって、掛替のない（愉《たの》しみ）の時間である。マーケットにひしめいている客たちと離れて、彼は（朝のうちに、あらかじめ新聞広告にチェックしておいた）映画を観に出かけてゆく。そして、出来れば一階の最前列の席か、二階の最後列の席に坐って、映画を愉しむのである。彼が選ぶ映画は、主に日本映画で、それも肉体映画に限られていた。（しかも、彼が愉しむのは、映画の中のストーリーでも主題でもなく女優《スタア》の肉体そのものであったから、同じ映画を何度観たって、かまわないのである）思い通りの座席に腰をおろすと、彼は入口で貰《もら》った映画の梗概《こうがい》のチラシに目を通し、お目当ての肉体シーンが、十一巻長尺フィルムの中のどのへんに現われるかを推量する。そして早すぎもせず、遅すぎもしないように生理的なコンディションを整えるようにする。やがて、映画がはじまり、主演女優の小川真由美が[*1]、だるそうな流し目でスクリーン一杯に流し目を送る頃になると、彼の右手がそっと自分のズボンの前チャックにかかり、（一週間の間、孤独だった）自分の男根を自由にしてやるのである。（そのとき、まわりの誰にも気づかれてはならない。――これは、スクリーンの中の幻と自分だけとの、秘めたる約束事なのだから）彼は、小川真由美が「許す」まで、この鳥のように膨れあがった熱い茎を、じっといたわりながら、愛撫《あいぶ》しつづけている。

中年になるまで、どんな人妻との時でも、商売女との時でも決して勃起《ぼっき》しなかったものが、この〈魔の暗闇〉の中で、しかもスクリーンの女優との関係に於《お》いてだけは可能になるのである。

「ああ、自由にしてよ」

小川真由美の声が、スピーカーを通して流れこんでくる。すると、彼の息づかいが急にはげしくなって、まるで祈るように目を閉じて映画館の椅子を軋《きし》ませだす。そして、彼の存在もスクリーンの中の小川真由美同様、虚像になって「もう一つの世界」の中のオルガスムへ到達するのである。

やがて、彼が目をひらくと小川真由美はワンピースを着て、そしらぬふりをしてストーリーの中へ戻ってしまっている。そして、彼もまた何事もなかったように、観客席まで戻ってきてスクリーンを遠望しはじめるということになるのである。あとは、彼の「かわりの」男である杉浦直樹あたりがうまくドラマをしめくくって、この実像と虚像との情事が、他の観客に悟られぬような結着をつけてくれる。だから、彼の奇妙な性生活は、決して人に知られることはない。

——わしは、新宿一映画を愉しむ男ってことになるでしょうな。

と言うのが、彼の口癖である。

＊1 小川真由美……文学座の美人女優。「二匹の牝犬」で映画出演。

いったいに、映画の中の女優の肉体というものは、どんなに見事であっても、手を触れることは出来ないし、抱くことも出来ない。

スクリーンの中の代理の現実に、観客のほんものの現実を持ちこむことは出来ない。しかし、だからと言って、肉体映画のクレジットを持つものほど反肉体的である……という通念を考え出したのは誰なのだろうか？

と、宮木太一は疑問に思っている。

（わしのように、魔の暗闇の中で、虚像と実像との一瞬の倒錯を、オルガスムとしてとらえることの出来るものにとっては、虚像の肉体だけが、性を可能にする唯一のものなのだ）

外は相変らず雨だった。

新宿大映のガランとした三階席で、スクリーンの若尾文子の（ため息の出るような）入浴シーン[*1]が始まる頃、宮木太一は、何時ものようにそっとズボンの前ボタンを外していった。男の茎の部分が固くなり、**彼の存在がしだいに暗闇の観客席から、（亡霊のように）浮揚しかかってゆく**頃、人妻の若尾文子は全裸で白いシーツの上へ転がりこんできた。それは（彼のための）熱望しつづけていた肉体であった。

田宮二郎が（彼の手を借りて）若尾文子をくるりと上向きにひっくりかえすと、おののいている若尾文子の肉体が、荒い息遣いと共にひらいた。もう、たった一枚のタオルもまとってはいない熱い腿《もも》から尻《しり》にかけては彼のためにうっすらと汗ばんでいる。

その若尾文子の素裸の腿のあいだに、彼の手がゆっくりとすべりこんでゆくと、腿の肉が二つに割れてすこしずつ手が動きやすいようにひらく、そして彼の手をはさみこんでしまうと夏のオジギ草のようにまたしまってしまい、もう彼の手はその若尾文子の肌から脱けられない肉の虜《とりこ》になってしまっているのである。

彼はもう、観客席には不在だった。（——目を閉じて、激しく、正確に彼は虚像の世界に没入してゆき、魔の暗闇にとりのこされているのは、ただ素早く動いている彼の右手だけになった）

長い一瞬が熱風のように吹きぬけた。

そして、彼は殆ど〈自由〉と言ってよいほどの恍惚《こうこつ》感にびっしょりと汗ばんで、若尾文子とオルガスムを頒《わか》ちあいながら、スクリーンの影になりきっていたのだった。

「ああ、よかったわ」

と若尾文子が（シナリオ通りに）言った。「こんなに、よかったの初めてだわ」

「俺もそうだ」

と、少しずつ一観客に戻りながら宮木は呟《つぶや》いた。

＊1　これは大映映画「夫が見た『女の小箱』より」の場面。

しかし、シーンがかわって映画の中の若尾文子と田宮二郎が帰途の自動車を走らせている頃には、醒《さ》めきった宮木もひどく孤独に陥って観客席でズボンの前ボタンをかけ始めているのであった。

(映画館の暗闇というやつは、ときには数億光年の遠さを感じさせるな)

と宮木は思った。

こんな遥《はる》かさの恐怖を感じさせる暗闇というのは、他には無いだろう。

(何しろ、再び「あの一瞬」のことについて語りあうことは出来ないし、同じ虚像の世界で結ばれることもないほど、あそこは遠いのだ)

「親父さん！」

と、ふいに宮木の後方から声がかかった。

宮木がギクリとして振りむくと、一人の若い男が立っていた。

「親父さん、**ずい分、いいことをしていたね**」

その声には揶揄《やゆ》するようなひびきがこめられていた。宮木は愕然《がくぜん》としたが、驚きをすぐ出すということはしなかった。彼は、屈辱感をこらえるために逆に居丈高になって、

「おまえ、見ていたのか？」

と男に糺《ただ》した。

「ああ」

と男はあっさりと応じた。

「もっとカッコよく行きたいもんだね。親父さん！　まるで古い空瓶をこすってるみたいだったぜ」

宮木のこぶしが膝《ひざ》の上で、ぶるぶると震え出した。

「おまえ、いったい何者だ？」

と宮木が押し殺すような声で言った。

「俺かい？」

と野放図な声が答えた。

「俺の名前は、新次っていうんだが、あんたの名前は変態っていうんだろう？」陽気な声で、新次が言った。

「何も、映画館まで来てそんなことをしなくってもいいのに」

宮木は新次を無視しようと思ったが、そっと手をやってみると、たった今まで「自由」の意味を索《さぐ》りつづけていた宮木のあれは、もうズボンの中ですっかり脅《おび》えきって縮んでしまっていた。

宮木は、てれかくしにハンカチで汗を拭《ふ》いた。

「ついでに、シートも拭いてくれよ」と新次が言った。

「あとから坐《すわ》る奴のズボンに、べっとりくっついちゃ敵《かな》わねえからな」

宮木は緩慢に前坐席《ざせき》の背中をハンカチで拭《ぬぐ》った。暗闇の中で、その匂いだけが生々しく二人の鼻をついてくる。

スクリーンの中へ帰ってしまった若尾文子は、全くそんなことには無関心である。(実像と虚像との間では、共犯関係は成立たないものらしい。――いつだって煽動《せんどう》するのは虚像の方なのに、裁かれるのは実像の方だけだ)

そう宮木は思った。「あんた、かあちゃん、いないのかい?」と新次がひやかしたが、宮木は鼻先で笑っただけだった。妻帯者《かあちゃんもち》かどうかということは、この際、本質とは全く無関係だと宮木は考えていたのである。(実際、福祉国家のアメリカほど、独身サラリーマンの自慰のパーセンテージは高くなっていて、しかも妻帯後もこの比率は大して減少しない……ということは何を表わすのか?)

ドアをあけて、明るい廊下へ出ると宮木にも「裏町の財界人《バックストリート・ビジネスマン》」としての威厳が戻って来た。彼は次週公開の映画の主演者――べつの情婦でもある滝瑛子のポスターの下で煙草に火をつけながら、一人だけの「性」ということについて考えてみた。

両手で叩《たた》く音は拍手と言うが、片手で叩く音は何?

――という古い問いが、宮木の中で二日酔のようにもやもやと渦巻いていた。やがて出て来た新次は、明るい場所で見る宮木が意外にしっかりとした風采《ふうさい》をしているのに一瞬たじろぎ、人違いかと思ってキョロキョロとあたりを見まわした。チャールス・ロー豚《トン》のよ

うな厚い唇をひらいて、宮木は、

「私だよ、きみ」

と、新次を呼びとめた。

「きみは、私のやったことにひどく興味があるようだね？」

と、宮木は落着いた声で言った。「あれが私の唯一の性生活なんだ」

「しかし、親父さん」

と新次はすっぱい顔をした。「あれはひどいよ――いくら何でも」

「どうしてだ？」

と宮木は言った。「誰にも迷惑をかけてやしないじゃないか。誰にも。スクリーンの中で私の相手をしてくれた若尾文子さんにだって指一本も、ふれてやしません」

「それがよくないね。親父さん」

と新次が言った。「誰にも迷惑をかけない性行為なんて、まったく無意味で、味気ないよ」

それから二人はしばらく黙っていた。宮木は「私は私自身に迷惑をかけているのだ。それが一ばん重要なことなのだ」と言いたかったのだが思い止《とど》まった。そして、新次のよくひきしまった青年らしい肉体を侮蔑《ぶべつ》するように「きみは要するに、健康《ノーマル》なのだよ」とだけ言った。

新次は黙って薄く笑った。宮木太一は、この男は莫迦《ばか》なのではないか、と思った。常人ならば「見ても見ぬふり」をする出来事に、こんなに陽気に割りこんでくる神経は、いったいどこから来るのか。この男は、われわれの時代の不幸を共有するようなやさしさを持合わせてはいないのだろうか？　荒野のようなこの都市のビルというビルの壁の狭間で、もはや政治のレベルでは自由をとらえることの出来なくなったサラリーマンたちが（最下階の隅にある清潔なトイレットで恐怖からのがれようとして、ひっそりと）、オナニーにふけっている。それはたぶん下半身による救済の時代の象徴とも言えるだろう。

――この時代の持つ（トイレットのドアの厚さほどの隔絶感）も、この男には理解できないのだろうか？　宮木はにがい煙草をポスターの滝瑛子の顔にこすり消した。そして、つかのま、新次の精悍《せいかん》な肉体を下から上まで見つめまわして、「要するに、きみと私とは違う人間なのだ」と言った。「干渉しないでくれたまえ」

それから、新次の顔を一睨《ひとにら》みして、くるりと背を向けて、階段に向って歩き出した。新次は、何だかひどく可笑《おか》しさがこみあげて来た。何だい、あの親父は！

と彼は呟いた。

あの年になって、女の子も抱けねえんだろうか？

カリフォルニア大学のイヴリン・フッカー女史の「同性愛者の共同社会」*1という論文によると、同性愛者が自分をアウトサイダーだと感じている例はきわめて稀《まれ》だそうである。彼等はまさに多趣味者であったり、同性結婚者であったりで、浮気っぽく享楽しあいながら一つの「共同社会」を維持している。つまり、かりそめのゲイたちにも、それなりの安定がやって来て、反社会者だとは見られずに済むような通念が行きわたったのである。
——最早、性の領域には禁制を犯すというたのしみさえ失われてしまったのだ。

と宮木太一は考えることがある。

「少なくとも、このような時代にあっては、インポテンツだということだけが、唯一の（性的な）社会悪なのではないだろうか？」

＊1　C. Wilson, Origins of the Sexual Impulse による。

第三章

すこし血のにじみし壁のアジア地図もわれらも揺らる汽車通るたび

1

親父が留守だったので、〈バリカン〉はふらりと山手線に乗った。山手線が走りだしてから〈バリカン〉は新宿武蔵野館の、古びたビル壁の錆《さ》びた小煙突に貼ってあった、

どもり　赤面発汗
対人恐怖を治そう

というポスターを思い出した。スモッグ瘦《や》せした新宿の鳩たちのたまり場であるそのビルの壁の煙突のポスターには、まるで福音をさがしあてたときのような安堵《あんど》感が在った。〈バリカン〉はその治療所のアドレスを地下鉄切符の裏にメモし、帽子の裏に失《な》くさないようにはさみこんでおいたのである。

——だから、品川の教育治療会を品川駅際の、倉庫街に訪ねていったとき、〈バリカン〉としては珍しく髪に競馬印ポマードをつけて、帽子を神妙に被《かぶ》っていた。彼は、線路をわ

たって、倉庫街の中の灯のついている一軒を見出《みいだ》すと、もう一度襟を直した。「品川教育治療会」――中からは、まるで混線した電話のように、さまざまな話し声がきこえて来た。(その一つ一つは、特にだれかに向って話しかけているものとは思えなかったが――声たちは必死で何かをつかみとろうとしてぶつかりあっていた)

暗い階段を、鳩の糞《ふん》をふんで上ってゆくと古びた木のドアが二つあって、片方には治療室、片方には無料相談室、と書いてあった。〈バリカン〉はおずおずと無料相談室のドアを押した。中は空っぽだったが、窓を開け放してあったので、灯が駅構内の線路に洩《も》れ出ていた。

机の上に、

相談の方はしばらくおまち下さい

と書いた札があったので、〈バリカン〉は中に入って帽子をとり椅子に腰を下ろした。いかにも倉庫を改造したという感じの相談室の壁際には様々の本が山積みされてあった。たとえば、こんな本である。「人に接する法」「大正写真画報」「コトバの心理」「石川啄木伝」「美しいペン字の書き方」「吃音と不安」〈バリカン〉は椅子に坐《すわ》ったままで、品川駅の貨車の連結する音を聞いていた。たぶん、田舎から出て来た俺のような劣等感の強い男たちが、毎晩、「人に接する法」を学ぶために、内緒でここへ通ってくるのだ。そして、空虚な話術、無内容の会話に馴れることを教えられ、社会に適応できる規格品につくりかえられて、線路沿いに帰ってゆくのだ……

　線路に立って　うたうのは
　ホームシックのブルースだ
　泣きだすまいとするために
　口をあけては　笑うのさ[*1]

　やがてドアがあいて、一人の中年の主事が入って来た。彼は〈バリカン〉を一瞥《いちべつ》しただけで「心配はいりませんよ」

　と低い声で言った。

〈バリカン〉は、少し口をあけたままで黙ってお辞儀をした。「なあに、すぐ癒《なお》りますよ」

　と主事は歯茎まで出して微笑《ごまか》して、

「ホラ聞こえるだろう」と言った。耳をすますと、入って来るとき聞いた治療室の話し声が夜風にのって潮騒《しおさい》のようにきこえていた。「私の住んでいる街は……」「父は鉄道に勤めていますが……」「自己紹介しましょう……」

　そうした混線する話のエネルギーをとらえて主事は事もなげに言った。「あの人たちも皆、はじめの内はコンプレックスに悩まされて何も言えなかったが、今じゃ、あんなに元

＊1　ブルース……Langston Hughes の詩。

気よくやってるんです。もっとも、あれだけしゃべれるようになるためには、二、三ヵ月位の辛抱が必要ですがね」

〈バリカン〉は上目使いに、その主事を見た。(あれだけしゃべれるように、とは何であろうか？　あれは何かを話しているのだろうか？　**怖さをかくすために、ただ手当り次第に言葉を吐き出しているの**に過ぎないのではないだろうか？)

主事は〈バリカン〉に質問した。

特に悩んでいるのは赤面かね？

「はい」

人を正視するのはつらいかね？

「はい」

何かにつけて気後れするかね？

「はい」

自分でも異常性格だと思うかね？

「……」

肉親に同じ症状の人がいるかね？

「……」

〈バリカン〉は、躊躇《ためら》った。

彼には主事の馴れきった人扱いが、何だかひどく冷淡なものに思われたのである。(やがて、一通りの尋問を終えると、俺もあの治療室の人ごみの中に、押しこまれて、Speaking Machine のように無意味なことばを吐きちらさねばならないのだろうか?)

「この悩みを夢に見るかね?」

と主事が言った。「いいえ」と〈バリカン〉は答えた。

「では、どんな夢を多く見るのだね?」

——と主事が訊《き》いた。(〈バリカン〉は、自分の見る夢を思い出そうとしたが、うまい例が見つからなかった。彼は、口のなかから大きな石が言葉代りにはみ出しかかっているように思った)

そこで、彼は目を外《そ》らして主事のネクタイをじっと見た。しかし、ネクタイばかり見ているのは相手の主事に威圧されているからかも知れないとも思われた。さあ、もっと視線を上げて、主事の顔をよく見てこたえるのだ。

だが〈バリカン〉は顔をあげなかった。

多分、と彼は思った。

(俺は、ここの治療会には向かないだろう。俺は、「誰とでも気易《きやす》く話し合えること」をのぞんでやしないのだ。

ただ、他人と出会ったときの恐怖《おじけ》。あの言いようもない恐怖からだけ「自由」になれば

いいのだから)

「これが入会申込み用紙と、案内書です」と主事が言った。

「家へ帰って書きこんで、あした持って来るといい」

〈バリカン〉は黙ってそれを受取ると、無料相談室を出た。

線路をわたって、ふりかえると、まだ彼等の行き場のない悲鳴談話がきこえて来る。

(それはまるで低速度回転《コマおとし》のフィルムのように、ひしめきながら治療室をあふれだし、孤独に、喜劇的に——しかし、エネルギッシュに夜空へひろがって消えていった。もしかしたら、と〈バリカン〉は思った。あの限りない空の星屑《ほしくず》は、言葉以前の彼等の声が未成熟のまま空に抛《ほう》り出されてキラキラとかがやいているのではないだろうか?)広い部屋で、数十人の吃りや赤面、対人恐怖症の男女が、それぞれ勝手な方を向いて、話のための話に熱中しているさまを想いうかべるのは〈バリカン〉にとって愉《たの》しいことではなかった。だが、彼はほんの少しだけ彼等を羨《うらや》ましいと思った。

あした、街へ出ても、あんなふうにしゃべりまくれたらいいのになあ!

それから〈バリカン〉は、貰《もら》って来た申込み用紙で洟《はな》をかんで線路に捨てた。

それは夜風にのって、カラカラと話しながら枕木の上を転がってゆき、やがて草叢《くさむら》の中に見えなくなってしまった。

2

都市はいつ休息するのだろうか？　眠るときも、あの肩いからしたビルや沈黙し過熱した高圧線、広告看板や、荒野のネオン塔は、立ったままなのだろうか？　いやいや、都市はもう何百年もの間休息しつづけているのではないだろうか？　あのコンクリートのビルに手をふれてみるとよくわかる。
醒《さ》めているのはいつも人間ばかりで、誰も都市が叫ぶのを聞いたものはいないのだから。

新聞記者　なんだい、その指輪は？

片目　ルビーって石ころさ。オークスでヤマニンルビー[*1]の複勝をあててね。入った金でルビーを買った。

新聞記者　しかし、指が違うんじゃありませんかね、会長。

片目　大きく作りすぎたもんでね、親指しかはめられねえのよ。一寸《ちよつと》不便だが、かえって目立っていいじゃないかと思ってね。

新聞記者　ところでどうだい、新入りの二人は？

片目　大したもんだぜ、そう書いといてくれ、素晴らしい出来だと。

*1　ヤマニンルビー……タカクラヤマの仔（コウライオーの下）。

新聞記者　すこし太目残りのような気もするがね、とくにあの〈バリカン〉って坊やの方はタイムも出てねえって感じだぜ。

片目　あれはステーヤータイプなんだ。まあ、アサホコみたいなタイプで、一叩《ひとたた》きごとに良化するってとこじゃないかと思っている。だが、もう一人の新次って方は、これは一寸したシンザンだね。デビューから吹っとばして七、八馬身はちぎって行けるんじゃないかって期待してるよ。

新聞記者　マイラーなんだな？

片目　いや自在型だ。

新聞記者　（葉巻に火をつけて）掘口厩舎《きゅうしゃ》の三歳馬二頭ってところだ。メイズイとグレートヨルカ[*1]とでも書いておくかな。

片目　いや、シンザンとオンワードセカンド[*2]としておいてくれ、〈バリカン〉の方はオンワードセカンドによく似てるよ。馬格はあるが一寸ズブいところがあってね。調教次第って感じだよ。

ライセンスを取った翌日、片目は三省堂の明解国語辞典を買って来た。二人にリング・ネームをつけるためである。新宿の駅ビル完成の日だったので、表通りはひどい人混みだったが、駅の中央口通りは空《す》いていた。ドイツ風家庭料理というのが売文句の、エッセンの二階へ上って、片目は二人にリング・ネームを考えさせた。「字引をめくると、いい字が思いつくかも知れないよ」

――しかし、新次はもう、以前から決めていたのでその必要は無かった。

「会長さん」

と新次は言った。

「俺は、**新宿新次**ってのがいいよ」

新宿新次。新宿新次。(なるほど、語呂《ごろ》も悪くないな)と片目は言った。(おまえは、新宿新次ってことに決めるとしよう)片目はちびた鉛筆を舐《な》めて、エッセンの定食のレシートの裏に新宿新次、と書いてみた。

「サインの練習もしておけよ。人気商売だからな」

新次は白い歯で笑った。

「おまえは?」

と、片目は〈バリカン〉を見遣《みや》った。

「何かいいのを考えたかね?」

「何でもいいです」

と〈バリカン〉は言った。「何でもいいっておまえ、自分のリング・ネームじゃないか」

＊1　メイズイ、グレートヨルカ……尾形厩舎の僚馬、ダービー、一、二着。
＊2　シンザン、オンワードセカンド……武田厩舎の僚馬、ダービー、一、三着。

〈バリカン〉はしばらく上を向いて考えてみたが、やっぱりいいのが思いつかなかった。

（というよりは、自分からボクサーになるための準備に力を貸すのが怖かったのだ）

「バリカン建二ってのはどうかね？」

と新次が助け舟を出した。

「または、ハリケーン・バリカンとかね」

片目は、バリカンが頭髪刈機械であることにこだわった。しかし、他には〈バリカン〉にふさわしい特色というのがなかったので虎刈り建二、床屋建二、建二の虎、バリカン・タイガーなどさまざま出たあとで、結局「バリカン建二」がよかろうということに話は戻って来た。（機関、ポンプの円筒にはめた栓の名からとったピストン堀口があるのだから、バリカン建二があったところで不思議はないさ。

大体、ファイティング原田、スピーディ章といったチャンピオンたちと語感が似ているだけでも景気がよいではないか）

全日本ライト級　新宿新次
全日本ミドル級　バリカン建二
その二つの名前をレシートのうしろに書き並べて、片目は見える方の目を細め声を出して読んでみた。——こいつあ、行けそうだぜ。

最初は弱い相手を選んで、二人に自信をつけてやらなきゃな。

「どうだい、新次」

と片目が、シチュウを奥歯でかみしめながら言った。

――どんな奴とやりたいね？

――俺は、あのチョビ鬚《ひげ》の二世とやりたいよ。

と新次が、平手をこぶしでバシッと叩く。

――藤猛か？

――ああ顎《あご》の骨を叩き割ってやる！

片目は北叟笑《ほくそえ》んだ。(この根性を大切にしたいね。この根性を）勿論《もちろん》、すぐにとは行かないが……と片目は言った。

――おまえが藤猛と試合できるのも、そんな遠い先のことではあるまい。

ところでミドル級！　おまえは誰とやりたいね？

と言って片目は〈バリカン〉の肩をポンと叩いた。皿の上の、シチュウという名の仔牛《こうし》の脳味噌を見つめていた〈バリカン〉は、びっくりして顔をあげた。

――お、お、俺は……

と〈バリカン〉は口ごもった。

「権藤正雄とでもやってくれるかね？」

片目は、ダボの上にソースをこぼしながら陽気に言った。

「かわいそうだよ、会長さん」

と新次が助けて、

「こいつは、選手の名前なんか知っちゃいねえし、それに第一あんまり気乗りしてねえんだ」

「そうだ」と〈バリカン〉は顔をあげた。

「お、お、俺は一人だけ、やってみたい相手があるよ、会長さん」

「誰だね？」

と片目は猫撫《ねこな》で声を出した。

〈バリカン〉は、頭《こうべ》を垂れて、フォークの先でシチュウのポテトを何度も突き刺していたが、結局、相手の名前は口にしなかった。口にはしなかったが、〈バリカン〉は喉《のど》の奥でなんべんもその名を繰返していた。

「俺のやりたい相手は、たったひとり。

それは新宿新次だ。いつかは新宿新次と勝負をつけてやろう」

それがたった一つの、しかももっとも効果的な、彼の吃り治療法の実践のように思われたのである。

三日後、二人の対戦相手が決まった。

新次の相手は遠藤八郎。〈バリカン〉の相手は為永猛。

(遠藤は四戦して一勝、為永は初試合だった)

試合は二ヵ月後、金田森男(帝拳)対ウイリー・メイン(米国)のカーテン・レザー・マッチとして後楽園ジムで行なわれる、とコミッションは発表した。

3

ほかのひとの心臓は胸にあるだろうが、おれの体じゃ
どこもかしこも心臓ばかり
いたるところで汽笛を鳴らす[*1]

「思想だって?」

と一人の酔っぱらった老人が、歌舞伎町のトリスバー「ライ麦のパン」の中で、クダを巻きはじめた。

「そんなものが何になるね。え? 質にも入りゃしないじゃないか。思想を風呂敷《ふろ》に包んで、質屋に行って、のっぴきならぬ事情がありまして、どうかこれを入質したいのですがって言って見ろ。質屋の番頭にぶん殴られるぞ!」

*1 マヤコフスキー……詩集「ズボンをはいた雲」による。

ホステスの草子は、困惑しきった目でバーテンに助けを求めた。

しかし、バーテンは黙ってグラスを拭《ふ》いているばかりだ。

「つまりだよ、草ちゃん。質屋に持っていって値のつかないようなものは駄目なんだ。質屋って奴は正直でね。金時計には金時計分の金を貸してくれるし、芸術品には芸術品分の金を決めてくれるよ。だが、思想ときたら、まったくダメだ。一銭だって貸してくれやしないよ」

「あんまり汽笛を鳴らしなさんな」

と他の客が言った。

「ジャイアンツが勝つばかりとは限らねえんだ」

他の客の連れが、それをとりなして、「ナイターで、負けたもんで、アタマへ来てるんですよ」

しかし、老人はそんなことばに耳を貸さない。

彼の骨ばったこぶしが、ドシン、ドシンとカウンターを叩《たた》きながら震えていた。「質にも入らねえようなものは駄目だ。思想なんて、糞《くそ》くらえだ」

「おっさん！」

と、ふいにバーテンが言った。地下バーの鵙《もず》のように切れる声である。「おっさん！説教してくれるのもいいが、いまポケットに盗《と》ったのは何だね？」

すると、酔いつぶれかかっていた質の哲学者の老人の顔が、見る見る青ざめた。（一瞬にして酔いが醒《さ》めたのかそれともはじめから酔ってなんかいなかったのか……）「やいやい！」

とバーテンが、（カウンター越しに、居直って）老人へ顔を近寄せ「見てないと思ったら、大間違いだぞ」と叫んだ。万引き野郎め！　とんだことをしやがって……老人は、ただ震えるだけで、アルコールびたしの目は死んだ鮭のように赤く澱《よど》んでいた。

「酔ってるんだ、酔ってるんだ……ウイスキーのせいだ……」

と、気の弱い老人は言ったが、バーテンの手がのびて老人のポケットをさぐると、忽《たちま》ち「証拠品」がとり出された。

それは隣の止り木で飲んでいる男の腕時計であった。男は、いきなり老人の胸ぐらをとった。おどおどした老人は「知らなかった、知らなかった……」

と弁解しようとしたが、忽ち上着の首根っ子がしめあげられ、出口まで引きずられ、それから力一杯蹴《け》とばされて舗道にころがり出した。老人は、自分の後でドアの閉まる音をきいてから、よろよろと立上った。バーの灯のとどくところのほかは、路上は真暗で誰もいなくて、ネオンだけが彼の地上のあかりになっていた。サンヨーテレビ、ニッポン、点滅する文字ニッポン。

老人は全く、無意味に一人ぼっちで、

Only in Japan！

と呟《つぶや》いてみた。「日本なればこそ！」

何がどうして、「日本なればこそ」なのかはわからない。ただ語呂《ごろ》のように魅かれただけだった。しかし、この言葉がいつでも、他人の持物を盗《と》りそこなったときに口をついて出てくるのである。——昨夜も、そうだった。（そして、これからは何時もそうなることだろう）老人は、大学目薬をさした俳優のように、気持よく流れてくる自分の涙を感じた。そして、しばらく涙を流れでるままにしておいたが、やがて、涙じゃ質屋も引取ってくれまいな、と思った。そんなら、泣くことは止めよう。泣いてみたって始まらねえよ。老人は、塩辛声で（それもイカのではなくて、カツオの塩辛位の苦さまじりで）唄《うた》いだした。「アカシアの雨にうたれて、このまま死んでしまいたい、夜があける日がのぼる……」

——老人は、〈バリカン〉の親父の健夫であった。

こうして深夜の新宿を、一人歩きしていると遠い歪《ゆが》んだビルのアパート、狭い下宿のあちこちで、家財道具たちが一斉にあげている悲鳴がきこえてくるような気がするね。そう、夜露の中で、都市のこおろぎが鳴くのとは訳がちがう。家財道具たちは、みんな「何かに対して、もう我慢ができなくなっているのだ」何かに？　と〈バリカン〉の親父は自問した。それが何だかハッキリしないが、俺は「自分の晩年に」じゃないかって気がするよ。

歌舞伎町でスケート場の脇を通りぬけて、西武鉄道の駅へ出てくる頃には、〈バリカン〉の親父は眠くなってくる。

しかし、寝るなら駅の近くまで行って、地下鉄の通風孔の上に行かなきゃ、損なのである。うまく酔客の腕時計を盗ることの出来た日は安ホテル（朝食付）に泊れるが、こんなムシ暑いのに、稼ぎの無かった夜は、せめて風通しのよい地下鉄のレールの真上に寝て、涼むようにする。

（実際、あの通風孔の上に寝て、「ぼろ綿の塊」のように頭の奥まで眠っているとき、朝の一番地下鉄がゴオーッと体を通りぬけてゆくのは気持ちがいいからな。

あの、一日で最初の風に吹き上げられて目をさますと、三越の屋上から昇りかけている朝日が見えるのだ……）

やがて、遠い車庫からひき出される電車の音と、深夜喫茶の「汀」あたりから流れてくるキャノンボールかブルーベックの音が〈バリカン〉の親父に「明日」が来たことを知らせる。

「とうとう、『明日』が来たか！」と思って元気一杯身を起すと、それは「明日」ではなく、やっぱり「今日」なので、親父は失望し、また「迷子の犬を探す商売人」か何かのように、陽なたに向って歩きはじめる。——この年になって、まだ実在としての「明日」が来るなどと思うことの愚かしさ！

しかし、親父はアパートには帰らない。たまに行って掃除をしてきては、また路上に寝るか（万引きして安ホテルへ泊るか）の生活を繰返しているのである。

だが、人はこの親父の盗癖を「もの欲しさ」からだとしか思ってくれない。彼が、盗むという行為で誰かに憎まれ、憎まれることによって、一番位の低い愛を手に入れようとしているとまでは、誰もわかってやろうとはしないのであった。

4

対戦相手が決まると、新次と〈バリカン〉にとってボクシングは、急速に現実感を持ちはじめた。それはもう、「ボクシング・ガゼット」の印刷ぼけのした大ほら吹きクレイや熊男リストンの写真とは全く別のものだった。

この東京のどこかで、自分の顎《あご》を叩き割るための腕力が鍛えられている……という事実だけでも大したことだった。（おそらく、中学の担任の先生だって、ハウスの同輩たちだって、俺のためにこんなに注意を払ってくれるということは無かっただろう）

――鉄道線路での長いロード・ワークの途上で、二人はべつべつにそう思った。

少なくとも、今、俺たちのことを想いつづけている同世代の男が東京中に、一人は在る訳だ。（たとえ、たまたま、その男が敵であったとしてもだ）そして、二人は、どんどん贅肉《ぜいにく》を落し、目だけがギョロつく野生の鳥のように細っていった。縄とびにはリズムが必要だというので、片目が借りてきたレコードは藤木孝の「ツイスト・ナンバーワン」だった。

（古いレコードだったので、針がまわり出すと地獄からのようにヒューヒューとすきま風が鳴りつづけたが）

「蹴るんだ！　蹴るんだ！」

と片目が叫んだ。

新次も〈バリカン〉も、縄をとぶというよりは、縄をさけて力一杯、地面を蹴った。

（しかし、どんなに強く蹴っても一歩も前進することは出来ないのだった）

試合が近づいたある日、片目は新次と〈バリカン〉のために、対戦相手の写真を一葉ずつ手に入れてきた。「見合いは、どうだね？」と片目は言った。新次はチラリと、遠藤八郎の写真を一瞥《いちべつ》して「何だ」と失望の声をあげた。写真の中で、遠藤はポマードで髪をなでつけ、大学の制服を着て（愛されたそうに）微笑していた。

「ボクサーは、いい子になろうなんて考えてちゃ駄目だな」

と新次が言った。「ボクサーは、怖がられなきゃ駄目だ」

たしかに、遠藤には「怖い」ところは少しもなかった。それどころか「若い港」の三田明のように可憐《かれん》さを押売りして瞠目《どうもく》していた。(こんな男がいるから、世間ではボクシングをスポーツ競技だなどと誤解するようになるのだ)

——新次は一見して、善良《スクエア》な遠藤の写真から顔をそむけた。(こんな男は、点取虫《アウト・ボクサー》に決まっているな)と新次は軽蔑《けいべつ》的に言った。片目は満足し、こんどは〈バリカン〉をふりかえった。〈バリカン〉は黙っていた。——しかし、黙って、自分の相手になる為永猛の写真を見ていると、すまない思いで胸がつまってきたのである。為永は目のくぼんだ、臆病《おくびよう》そうな男だった。(この男を憎まねばならないとしたら、それはなかなか辛《つら》いことだ)と〈バリカン〉は思った。

まして、この男を個人的な理由も持たずに殴り倒さなければならないとしたらと思うと——〈バリカン〉は困惑した。少なくとも、事前にこの男と逢《あ》ってみる位のことは必要なのではないだろうか?

翌日、トレーニングの済んだあと、〈バリカン〉は新次と片目に内緒で、国電に乗った。コミッショナー事務局で問いあわせた番地で為永猛を探し出して、逢ってみようとしたのである。日の沈む頃の高田馬場駅には、大学生たちが立って新潟大地震のための、義捐《ぎえん》金募集をしているのが目についた。学生たちは、小さな箱(ボクシングのリングとは比較にならない程の）を遺骨のようにかかえて、募金のために汗をかいているところだった。

（あてにならないことをしているな）

と〈バリカン〉は思った。（俺は、まだ逢ったこともない男を殴り倒すために、毎日トレーニングをしてきたが、やつらは、まだ逢ったこともない新潟市民を救ってやるために、ああして路上に立っているのだ）

――ガードを潜《くぐ》ると都電の終点の前に、小さなダンス教習所の看板が出ている。そこを右に折れてゆくと、為永のいるアパートはすぐにわかった。

〈バリカン〉は、アパートの入口まで来てみて、自分が本当は何を話しあいに来たのか、自分でもよく摑《つか》めていないことに気づいた。しかし、来た以上、ここで逡巡《しゅんじゅん》することはない。

彼はアパートの玄関の下駄《げた》箱で「為永」の名を探し出すと、その部屋番号をめざして暗い廊下をまっすぐに入っていった。「掃除当番」のボール紙の札のさがったドアの把手の上をトントン！　と叩《たた》くと「どなた？」という女の声がはね返って来た。

〈バリカン〉はすこし怯《ひる》んだ。

ドアが半分あいて、顔を出したのは小さな女の子だった。

女の子は、まるで為永猛の顔をそのまま複写《リコピー》したように、目のくぼんだ小心そうな鳥の顔をしていた。

「兄ですか？」

と女の子が言った。

「ええ」

すると女の子は、廊下へ半分身を乗出して共同台所の方へ向いて「お兄さん！」と呼んだ。（――〈バリカン〉はそのとき、この鳥の妹が跛だということに気がついた）片手に、研いだ米をいれた小さな電気釜《がま》をブラ下げて、為永が人の好《よ》さそうな微笑を浮かべながらやってきて――「為永ですが……」と言った。

「私は〈バリカン建二〉です」

と〈バリカン〉が言った。為永は顔を曇らせた。

実直そうな顔からは、一瞬のうちに笑いが消えてしまった。

「何の用ですか？」

と為永は言った。

「いや」と〈バリカン〉は困惑し、わけもない羞恥《しゅうち》に顔を赤らめながら「ただ、あなたの顔を見たかったんですよ」

と言った。「偵察よ」と跛の鳥が、忌わし気に兄に耳打ちした。気まずくなったアパートの廊下には、味噌《みそ》汁の匂いが漂いはじめていた。「はっきり言っとくが、八百長なんかには乗らないよ」

と為永は努力して居丈高に言った。

「——用事があるんだったら、マネージャーを通してほしいですね」

〈バリカン〉は自分の訪問が、喜ばれなかったことを知り、為永を羨《うらや》ましいと思った。為永は、俺を憎むことに成功したのだ。だからこうやって、俺にだけ「特別の態度」をとることが出来る。たぶん、これもトレーニングの成果に違いなかった。そして「憎む」ことだけが栄進の道につながる拳闘《けんとう》の世界では「一ばん多く憎んだもの」にチャンピオンという称号が与えられることになっているのだ。

——これ以上、為永と話しあうべきことは何一つなかった。

ただ、〈バリカン〉は、傍らの鳥、不具の妹からだけは不安の翳《かげ》を取り除いてやりたいと思って話しかけようとした。しかし、彼女は十歳の老婦人のような目で鋭く〈バリカン〉を拒んだ。

〈バリカン〉は悲しそうな顔になり、（作り笑いを泛《うか》べながら）じゃ、また、と言って廊下を帰りだした。

もしかしたら、「きみ！」と呼びとめられるかも知れないという期待から、出来るだけゆっくりと歩いたのだが、背後で聞こえたのは、ドアの閉まる音だけだった。（まるで寝る前に小学校唱歌「故郷の空」を合唱でもしそうな素朴なあの兄妹に「憎む」ことを教えたのは一体誰なのだろうか？　と〈バリカン〉は思った。

それはあの二人だけの生活圏を貧窮や、ゆきとどかない政治から守るための、鳥の知恵——自己防衛の本能なのだろうか？）〈バリカン〉は、戦争の意味について深く考えてみたことは無かったが、敵というものの正体だけは、朧気《おぼろげ》に理解できるような気がしてきた。それは、「努力して作り出さなければならないもの」なのだ。

〈バリカン〉は高田馬場駅のガードをくぐるとき、頭上の国電の轟音《ごうおん》の中から、嘗《かつ》て親父が口癖のように言っていた言葉を思い出した。それは、親父が一つの時代を生きぬくために自分に何べんも言いきかせていた呪文なのであった。“My enemies, America”（アメリカ、わが敵）

5

新次は、どうして日本に大統領がいないのかと考えることがある。府中の競馬場にでさえ大統領[*1]がいるのに、日本の国家に大統領がいないのはなぜか？　大工の統領（棟梁《とうりよう》）がいるのに、その上に「大」のつく官職がないのはなぜだろうか？

日本では官職の総帥は「**首相**」である。そして、これによく似た言葉には「**手相**」というのがある。黙って坐《すわ》ればピタリとあたる、というあれである。場末のビルの陰で、淫売《いんばい》女やノミ屋、息子に逃げられた母親などに無力の権力を振っているのが「手相」屋だとすれば、「手」と「首」の違いだけで、国民全体に与える印象がそんなに変る訳がない。もっと大きく、ドカンとした名前がつけられてもよかったではないか、というのが新次の考えである。（大体、内閣の中心人物が虫眼鏡で、国民一人ずつの首の皺《しわ》を数えるなんてことは、出来る訳がない）

新次は、逞《たくま》しく引緊《ひきしま》ってきた自分の肉に自分でさわってみながら単純な瞑想《めいそう》にふける。——彼の夢は大統領になること。すなわち、チャンピオン・ベルトをしめてリングの中を一周することである。そして、その資格を有するものは、少なくとも素晴らしいヘラクレス並みの肉体の持主でなければならないのだ。彼には新宿を歩いている青ざめた顔のサラリーマンたちが皆、間抜けに見える。

（たかだかリング位の広さに畳を敷きつめて、その上にテレビだの電気冷蔵庫だの洗濯機だのを積みあげて、おまけに平均値というサイテイの家具とかあちゃんと蒲団《ふとん》をしきつめて、電気消して七、八分位の性生活にしがみついて子供を作り、夢を質屋に入れて、ほんの少しの貯金を、手に入れようとしている月給鳥たち）

夏ならいざしらず冬なんで
出刃庖丁《ぼうちょう》が冷たくて
冷てえ水を心臓にぶっさして

＊1　ダイトウリョウ……サラ四歳馬、永田雅一の持馬。

あったけえ炬燵《こたつ》にずうずうしく
静かに呼吸することにきめたが
街に出たくなると
本は読みたくなるし
女の子の性的魅力ってやつをなめたくなるし
といって
女の子の股《また》の間でもなめようものなら
じぶんだってなめているくせに
この己れに道徳講座をぶちまくりやがって
と思っているうちに
何もしねえにかぎると悟って
炬燵にぬくぬくとずうずうしくあたって
「哲学とは自殺である」ということを
心理学的に分析したが
頭にフラフープするのは
女の子の性的魅力に飢えた
ホルモンのかたまりだった[*1]

もしかして、また芳子に逢《あ》えないかと思って喫茶店トップに新次がやって来たのは、試合の二日前のことである。

黙ってコーヒーを喫《の》んでいるうちに、隣のテーブルで議論しているのが、大学生たちであることがわかった。

川崎敬三そっくりの顔をした学生が**自殺する機械**についての構造を説明していた。「何しろ、眠ってるうちに死ねるって仕組みなんだ……」と川崎敬三（そっくり）が言った。「フランソワの漫画を見てるうちに思いついたんだけどね、要するに原理は井戸のつるべと同じだ。片一方に斧《おの》を吊《つ》るしておいて、その下に俺は寝るんだ。斧はつるべの反対側にバケツ一杯の水をたっぷり入れてあって、その重さで斧は宙吊りになっている。ところが、バケツには穴があいているから、少しずつ水が洩《も》って軽くなってゆく。俺は寝ているから、斧を支えるバケツがどれ位軽くなってきたかを知ることはできない。突然斧が落ちて来て、俺は死ぬ。と、まあ、こういう原理さ」

「しかし」とべつの学生が言った。

「斧は、脳天をブチ割るほど急速に落下するだろうか？　少しずつ、少しずつ降りてくるという感じなのではないだろうか？」これは眼鏡をかけた学生だった。「目がさめたら、頭の上に斧が刃を向けて乗っているなんてことになったら、話にならんぜ」

＊1　藤森安和の詩……「やっちまえ、やっちまえ」の一節。

とアデノイド症的なべつの学生が言った。

「まあ、まかしときな」

と川崎敬三（そっくり）は、小鼻をうごめかした。「とにかく作ってみようじゃないか。駄目だったら、部分的に改良すればいいんだ」

「何しろ早稲田の自殺研究会としては、最初の自主制作による自殺機械ね」

と、玉ねぎのような女子学生が感動して言った。その女子学生の腰にまわした手に力をこめて川崎敬三（そっくり）は「僕は二十一年かかって死ぬ準備をして来たんだ」と詠嘆的に言った。

「生まれてから、ずうっとね」

――黙って聞いていた新次が、くるりとふり向いて訊《き》いた。

「じゃあ、あんた方は何時、生きる準備をしたんだね？」

大学生たちは顔を見合わせた。しかし、彼等の教養は、無頼漢を仲間にひきいれることを許さなかった。

川崎敬三（そっくり）は、玉ねぎに「世の中には楽天的な人がいるもんさ」と言った。

「しかし、楽天的な人だっていずれは死ぬんだ」新次はにがいコーヒーをガブ飲みした。無性に腹が立ってきたのだ。眼鏡の大学生が論理の国境線を際立たせるために新次にはとび越えがたいような川を設けた。それはきわめて専門的であるかに見えたが、新刊書[*1]の請売りにすぎなかった。

「ロバート・A・ソブレン博士の場合だがね」と眼鏡は言った。「彼こそは、自殺に価値を与えてくれた一人だと思うんだ」

「まさに、ね」と、川崎敬三（そっくり）が新次を一瞥《いちべつ》し、玉ねぎのスカートの上から、尻《しり》の肉に喰《く》いこむように手をさしこんだ……

「彼は、どうせ癌で死ぬことになっていた。しかも、アメリカ政府によって、終身刑を宣告されていた。これだけ決定的な運命を持っていながら、二度までも自殺を謀ったんだからね」

「そのオッサンは、どうせ死ぬなら、自分で死のうって思ったのさ。まだ尻の青いあんたがたとは事情が違うね」

　と新次が言った。

「人間は、誰だって死ぬって決まってますよ」

　とアデノイドが眼鏡の方を向いて言った。

「しかしよ」と新次がもう一歩踏みこもうとすると、川崎敬三（そっくり）が、ふいに新次の方を向き直って彼自身の精神域の窓を閉めた。「放っといて下さいよ。……他人の話にわりこんで来るなんて」

「変な人！」と玉ねぎが煙草の煙を吐き出した。

＊1　ノーマン・メイラー……Ten Thousand Words a Minute

「ぼくらは、今ここで部会をひらいているんです。

ぼくらは早稲田大学の自殺研究会の者ですが、あなたは誰ですか？」

――改まられると新次は何も言うことはなかった。第一、彼はサンダルばきだったが大学生たちは靴をはいていた。（この相違は、「どっちの足もとがしっかりしているか」の喩《たとえ》にはならないまでも、景気の差異はしめしているようだった）新次はジロリ！　と川崎敬三（そっくり）を睨《にら》んで、それから黙ることにした。つまり、止むを得ずインファイトをさけて、フットワークを使うしかなかったのだ。

新次は目をつむってこの店で前に逢った芳子のことを思い出してみた。――あの置引きのズベ公。あの木村屋のパンのようなおっぱい。（あいつは俺を怖れて、もうこの界隈《かいわい》には寄りつかないつもりなのだろうか？）

「サリドマイドをのんで、美しい子を生みたい」と、玉ねぎが天井を見ながら呟《つぶや》いていた。

「ドラキュラのようなキッスをされたい」――男たちは、スケッチブックの上に定規で自殺機械の設計図をかき始めていた。新次は、「大学」というといつも思いうかぶ刑務所のことを思いうかべていた。塀にかこわれて、街から隔絶してある、「大学」あの灰色のコンクリート。近親相姦《そうかん》を論ずる法律も、株式相場を調査するデータも、「幸福」を瞑想する哲学も……すべて学問という名のもとに伝染病棟か何かのように市民たちから隔離してしまう運営の仕方は、まるで「刑務所」を思わせる。近代的な図書館の中に文学部を設けたり、ホテルの最上階に経営学科ホテル・コースを置いたり、国会見学が容易なところに政治学科を建てたりすることは出来ないものだろうか？　「大学」は街へ出るべきだ……。すくなくとも、一所不動というのはよくないよ。教授が移動して、あちこちで場所に即した講座をひらき、民法も青年心理学もどんどん流動してゆくというのがスジじゃないかと思うね。教授は、例えば馬車だの三〇年代のポンコツだのに乗ってやって来る。**「馬車に乗った大学」**――こいつはなかなか素適なキャッチ・フレーズじゃないかね。そしてたまには、教授たちも学生と並んで一緒に縄とびでもしてみたらどうだい？　とびながら考える学問なんてのもなかなか時代にかなったものだと思うよ。

第四章

きみのいる刑務所とわがアパートを地中でつなぐ古きガス管

1

横浜五時、曇のち雨。東京、雨。

タクシーを待つ駅の構内のサラリーマンたちの頬には、うっすらとした「**五時の影**」が宿っていた。朝剃《そ》ったばかりの髭《ひげ》が、五時には影のようにのびてくる影。池袋でも、品川でも、赤羽でも、彼らサラリーマンは考えていた。「このままアパートへ帰らずに、どこかへフラリと出かけていったら、何か面白いことはないだろうか？」

しかし、何もある訳はなかった。あったところでせいぜい、パチンコホールでの三十分の放浪ぐらい。（他所《よそ》の街のテレビの中でも咲子さんは「家庭」をきりもりしていたし、植木等は「何である」「アイデアル——愛である？」——と言っては蝙蝠《こうもり》傘をすすめているだけだったから）

飯田橋《いいだばし》五時半、雨。

東京都警視庁総務部会計課遺失物係（通称遺失物収容所）に一人の男があらわれて、終電車の中に置き忘れていった新聞紙包が届いていないか？　と訊《き》いていた。しかし、係員は今日は時間外だから、明日また来るようにと言ってことわった。男は、新聞包みの中には義父の位牌《いはい》が入っているのだ、と主張したが係員はとりあわなかった。

男はまた、雨の中に消えて行った。

新宿五時四十分、雨、小降り。

〈バリカン〉はじっと鏡を見ていた。鏡の中の自分は、はたして憎むことに馴《な》れることが出来たろうか？

新次は全身にメンソレータムを塗っていた。その鷲《わし》のような目からは燐《りん》のような光が暗く燃えたぎっていた。

上野六時、雨。

駅のスピーカーのニュースは政府がＩＬＯ条約を廃案にしたと伝えていた。

都電はショートして火をあげながら走っていた。もうどこへも行く気のしなくなった老鼠が雨の舗道で破裂して死んでいた。

後楽園《こうらくえん》六時半、雨。

金田森男対ウィリー・メインの試合を見に来た観客で場内は満員だった。人たちは四角いリングから石油だの大金だのを探しあてようとでもするかのように、じっと目をすえて待っていた。常連の老記者。共産党員のジム・マネージャー、ノミ屋、動物園の老人たち、エンジンの灼《や》きついた元ランキング選手、男の裸を見ずには眠れない証券会社重役夫人。場内は彼等の吐きだす煙草のけむりでボイラーのように唸《うな》りはじめ、テレビ局の男たちは、けだるそうにテレビ中継用の赤いランプを灯《とも》したり消したりする。アスピリンの欲しくなる人いきれの中で、客たちはカーテン・レザーの四回戦ボーイたちが生贄《いけにえ》として、引き出されてくるのを待っているのである。まもなく、長い暑い夜が静止して、突然に「夜の中の真昼」がやってくるだろう。

新宿七時、雨止む。

芳子は新しい桃をかじりながら、たった今別れてきたばかりの男のことを忌々しく思い出していた。犬のビスケットを作る会社の栄養士だというあの男は、あたしを同伴喫茶「凱旋門」に連れて行って四十五分間のあいだキッスをしていた。しかも、四十五分のあいだキッスをしていながら、それだけでおしまいで、ホテルには誘ってくれなかったのだ。

とんだアゲ底の男ね。「それとも不能者《たたない》なのかしら」

(犬のためのビスケットの栄養価の成分を説明しながら、ときどきぬらりとさしこんでくるあの長い舌はまるで犬みたいにハアハアと息づいていたけれど、結局ほんものじゃなかったのね。あたしのことを「愛してる」って言ってくれたときは感動したけど)

芳子は桃の種子を捨てようとして、ふと電柱に貼ってあるポスターを見た。そこには彼女の見覚えのある名前が印刷されてあったからである。印刷されてあるものは、どうしてこんなに英雄的に見えるのかしら。芳子は目を輝かした。「行ってみよう」

そして、その雨に濡《ぬ》れたポスターを器用にひき剥《は》がすと、ハンドバッグの中にしまいこんで都電に向って駈《か》け出して行った。

ポスターの文字

金田森男（帝　拳）vs. ウィリー・メイン（米国）

林　守（ヨネクラ）vs. 畑井一男（東邦）

新宿 新次（掘　口）vs. 遠藤八郎（笹崎）

バリカン建二（掘　口）vs. 為永　猛（日倶）

後楽園七時四十分、曇り。

カーテン・レザーの第一試合が終ると、片目は〈バリカン〉の頭にタオルをすっぽりと被《かぶ》せて「さあ！」と促した。

控室を出るときふり向くと、ドアの隙間から、次の出番の新次が靴に松脂《ヤニ》を塗っているのが見える。

——その時〈バリカン〉は、猛烈に新次と何か話したい思いに駆られた。

（この一瞬なら、新次と心から打解けて話しあえるかも知れない、と思ったからである）

考えてみれば、長い間一緒に暮しながら、〈バリカン〉は新次とゆっくり話しあったことなど一度もないのだった。しかし、〈バリカン〉が何か言おうとすると、ドアはバタン！　と閉じられた。

控室から廊下をぬけて、熱っぽい蒸し風呂《ぶろ》のような観客席の中を通り、リングに上るまでは歩幅にしたら、ほんの二百歩位のものだが、〈バリカン〉には、まるで十年分の長い旅路のように感じられた。タオルですっぽりと顔を包んではいたが、不安で灼けるように唇がかわききっていた。リングの上には、もうレフェリーの下川が上っていて、向うのコーナーでは為永がロープにつかまって足馴らしをしている。〈バリカン〉が何か言おうとすると、片目がさきに「落着いていけよ」と言った。

「左だ。左さえ出していれば相手のパンチを食わなくっても済むんだ」

――片目にしてみても、**リングから石油を掘り当てられるかどうか**の瀬戸際なので、目はすっかり血走っていた。それからの長い一瞬を〈バリカン〉は覚えていない。ゴングが鳴って、背中をドンと突かれて、気がついたとき〈バリカン〉は、リングの中央に亡霊のように突っ立っていた。

リングの上にだけ照明が落ち、場内は真っ暗になったので、煙草の煙がリングの上に集まって来て、〈バリカン〉は熱い霧の中にたった一人だけ、とり残されたような気がした。〈バリカン〉は、今、自分はここで何をしているのだろう、と思った。暗い観客席から

犬？（このロープで囲われたリングの上を一匹の見えない老犬が逃げまわっている）そ
れを、俺と為永がつかまえようとしている。ユーモラスなショウで、老犬がなかなか素早
いので、観客たちも大喜びなのだ。〈バリカン〉は思わずホッとして、一息ついて犬を探
すようにリングを見まわした。
——だが、老犬は消えてしまって、もうどこにも見あたらなかった。
〈バリカン〉はこの時、自分の隙を窺《うかが》ってじり足で接近して来る為永の存在に初めて気が
ついた。と、為永はいきなり力一杯のスイングを振り、それは〈バリカン〉の鼻先で風を
切った。思わずよろめく為永を〈バリカン〉はちらりと見た。
観客席には爆笑が湧いた。
為永も必死だったが〈バリカン〉も、汗びっしょりだった。
為永はすぐに体を起し、立てつづけに二発、三発とフックを強振してきた。〈バリカン〉
は、本能的に身の危険を感じて二、三歩後退すると、自分からも一発打って出た。手応《てごた》え
があったが、為永は平気でじっと〈バリカン〉を見据えていた。観客席からはどっと歓声
が湧き「腹を狙え、腹を！」「レバーだよ、レバーだよ」「ぶち殺すんだ」という怒声が
〈バリカン〉の耳の横をとんでいった。為永がじっと空《うつ》ろな目で〈バリカン〉を睨《にら》んだま

ま打ってこないので〈バリカン〉はもう一発、ガードの空いている為永のこめかみにフックを叩《たた》きこんでみた。

すると、為永はガードしていた両手を、まるで「お祈り」のように揃えたまま、フラフラと二、三歩歩き出し、ガックリと前へ膝《ひざ》をついたのだ。口から泡と一緒にマウスピースを半分吐き出し、まるでリングの中央で嘔吐《おうと》でもしそうな為永を見ているうちに〈バリカン〉は、すまない思いで一杯になった。

やがて、為永は、レフェリーのカウント7で立ち上ったが、目はひらいたままマバタキもしなかった。彼は千鳥足でロープ沿いに歩き出し、〈バリカン〉の前までやってくるとノーガードのままでいきなり喧嘩《けんか》のように殴りかかった。

その時、第一ラウンド終了のゴングが鳴ったのである。


〈バリカン〉はまだ国民学校（当時の小学校）の生徒だった頃から、並外れた腕力の持主だった。ある夏の日、彼が裏通りの石段を下りてくると、二人の女の子が小さな古い木の釘箱《くぎばこ》を大切そうに持っていて「どうしても蓋《ふた》が開かないの」と言った。

「中には蝉が入っている」のだった。

そこで〈バリカン〉は得意気にその釘箱を受取って蓋を外そうとしたが、蓋は圧力のせいでなかなか開かなかった。

「こんなじゃ、中の蟬は死んじゃってるよ」

と〈バリカン〉が言うと、二人の女の子は陽気に笑って言った。

「莫迦《ばか》ねえ。昆虫採集の蟬だもの。クロロフォルムで殺してあるのよ」

〈バリカン〉が耳許《みみもと》で振ってみると、中では硬直した蟬の「死」がコトコトと音を立てているのがわかった。

「何とかして、開けて頂戴《ちょうだい》」

と雀斑《そばかす》の女の子が〈バリカン〉に甘えるように言ったとき、〈バリカン〉はクラス一の力自慢である自分を誇りに思い、大きく肯《うなず》いたものだった。〈バリカン〉は左手できつく釘箱を摑《つか》み、右手で蓋を引いた。釘箱は〈バリカン〉の力で少しずつ歪《ゆが》み出し、〈バリカン〉の額には青筋が浮き上った。

やがてバチン！　という音がしたが、それは蓋が開いた故ではなくて、〈バリカン〉の指の力で釘箱が潰《つぶ》れた故だった。〈バリカン〉の親指は、潰れた釘箱の中にめりこみ、標本用の蟬をも一気に押し潰してしまった。

「開いたぞ！」

と〈バリカン〉は歓声をあげて女の子を見たが、女の子は二人とも泣き出しそうになって〈バリカン〉を睨み返した。

「蟬を返してよ」

と一人の女の子が震え声で〈バリカン〉に言った。〈バリカン〉は自分の指の下で紙屑《かみくず》のようにもみくちゃになっている蟬を見、歎願《たんがん》するようにもう一人の雀斑の女の子の方を見た。

しかし、雀斑の女の子も同じように言った。

「蟬を返して頂戴！」

そして更に大きな声で言ったものだ。

「あんたなんか嫌いよ。大嫌いよ」

第二ラウンドが始まった時、為永の足許はまだフラフラしていた。

彼は〈バリカン〉のカウンターを怖れて容易に踏みこんで来ずに、ジャブを繰出しながら左へ左へとまわっていた。〈バリカン〉は一ラウンドよりは落着いていたが、それでもまだ恐怖は去らなかった。(俺は一体、何がこんなに怖いのだろう)と〈バリカン〉は思った。為永のパンチが怖いとは思えなかったし、観客の野次が恐ろしいとも思えなかった。ただ、自分がリングの上にいるという事の孤独感からだけは一刻も早く脱け出したかった。

彼は自分が途方も無く「遠い所」にいるように感じた。もはや精神域からもすっかりはみだし、ロープをへだてた観客たちとも数億光年も離れてしまった。頭の中にこだましているのは「この世の他の街」の群衆の喝采《かっさい》だ。――そして暗い目がしらの埠頭《ふとう》には、自分の素早く為永のジャブがのびてきて、〈バリカン〉の鼻をとらえた時、〈バリカン〉は反射的にアッパーを打ち返した。

それが為永のストマックにめりこむと、為永はよろけるように〈バリカン〉の方へもたれかかって来た。〈バリカン〉は、その為永から一歩退《さが》ろうとしたが、為永は素早く〈バリカン〉の両腕を抱きかかえてクリンチに持ちこんだ……。リングの中央での男同士の抱《ほう》擁《よう》は、観客にとってはいい眺めではなかった。しかし〈バリカン〉は、自分の暴力が愛で酬《むく》われたような気分になって、しばらくの間「このままじっとしていたい」とさえ思ったものである。

やがて、レフェリーの下川が「ブレーク、ブレーク！」と叫びながら、二人の仲を裂きにやって来た。そして為永のホールドした肉の罠《わな》から〈バリカン〉の腕を抜かせようとした瞬間、〈バリカン〉は鼻から後頭部まで突きぬける灼《や》けるような痛みを感じた。〈バリカン〉は、何か言おうとして、それが何だったか思い出せぬまま亡霊のように突ったっていたが、為永のストレートはその〈バリカン〉の眉間《みけん》に突き刺さった。〈バリカン〉は悲鳴をあげて仰向けに倒れ、鼻血が、水道管の破裂した時のように噴き上げた。

〈バリカン〉はリングの上を市電が走って来るのだと思った。

そして、自分はその轟音《ごうおん》に轢殺《れきさつ》されてゆくのだと思いながら意識を失っていった……。

「死」がちらついていた。

どこかへ　走ってゆく汽車の
七十五セントぶんの　切符をくだせい
どこかへ走って　ゆく　汽車の
七十五セントぶんの
切符をくだせい　ってんだ
どこへ行くかなんて　知っちゃいねえ
ただ　もう　ここから
離れて　ゆくんだ*1

「プロ野球のスカウトなんてお前、〈人買い〉じゃねえか」と床屋の親父が言った。「奴らは夏のさかりに地方の野球場へ行って、百姓の倅《せがれ》の中の、運動神経のありそうなのを見つけ出して来るんだ」

理髪見習いの〈バリカン〉は主人と客の会話を聞きながら、ひげ剃《そ》り用マッグを洗っていた。「中西太なんか七十万円で買われたそうじゃねえか」

――しかし、まあ、アメリカでも貧民窟《くつ》の出身者が世に出るには、野球をやるか歌手になるしかねえ、って言うからな。と客が言った。「野球が出来たり、歌うたえる奴あ、し

*1　七十五セントのブルース……Langston Hughes

あわせなんだ。

俺なんざ、保険会社に月賦で買われてるようなもんさ。(大して特技のねえものは、みんな月賦で買われる。人買いは野球のスカウトだけじゃなくて、ありとあらゆる会社でやってる事なんだが、月賦で買われてると目立たねえってだけのお話よ)」〈バリカン〉は洗ったマッグの中を覗《のぞ》きこんだ。それはまるで胃袋のように軟かだった。

「こんな時代じゃ、何か人に出来ねえ特技を一つ持ってなきゃ駄目だね」と客がタオルで蒸されながら言った。——〈バリカン〉は、その床屋の裏通りにかかっている見世物小屋の、雨ににじんだ看板を思い出した。その小屋は床屋の裏口から百メートルも離れていなかったので、〈バリカン〉が刈った髪を一まとめにして川へ捨てに出ると、いつでも見ることが出来る。草にかこまれた看板にはひどく凝った字体で(しかし、誤字まじりに)

鉄の胃を持つ男

剃刀《かみそり》の刃　釘　ボタンを食べる超人

医学の大驚異

(私は病弱からこうして立直った)

入場料大人五十円　小人三十円

と書いてあった。〈バリカン〉は、日の暮れ方にそっと店を抜け出して、見世物小屋の裏へまわってみた。古い手巻きのポータブル蓄音機が、なつかしい唄「泣くな小鳩よ」をうたっている。まだ、夜の部が始まる前なので蓙《ござ》を敷いた客席はガランとして誰もいず、一座の誰かの洗濯したシャツが干してあった。〈バリカン〉は、鉄の胃を持った超人を見ようとして、そっと忍び入って楽屋を覗いてみた。

楽屋には三、四人の年老いた男がいて、七輪にかけた鍋《なべ》のおでんを箸《はし》でつつきあっているところだった。〈バリカン〉は、木戸の隙間からその三、四人の男を見渡し「**人に出来ない特技**」を持った超人を探し出そうとした。しかし、そこには〈バリカン〉の思っているような素晴らしい鉄の胃男の肉体《ターザン》は見つからなかった。どの男も皺《しわ》の多い顔にお白粉《おしろい》を塗り、髪を短く刈ってダボに腹巻きをしてあぐらをかいていた。〈バリカン〉は、たぶん「超人」はまだ来ていないのだろうと思った。そして、ここにいるのは皆、木戸番か裏方なのだ。

——しかし、〈バリカン〉のその考えはすぐに打ち消された。一人が、中の一人のことを「先生！」と呼んだからである。「先生。剃刀の刃は、そろそろ新しいのと替えた方がよくないですかね？」先生と呼ばれた超人は、中でもとりわけ小男だったが長いまつ毛と、青く曇った目とが印象的だった。彼はまるで梟《ふくろう》のように、おどおどした嗄《しやが》れ声でヒステリックに、「いいんだよ。あたしゃ、これが好きなんだから」と言った。薄暗い楽屋の片隅には、よくみると福神漬をいれるような瓶が七、八本並んでいるのだった。そして、その中には、びっしりと錆《さ》びた剃刀の両刃がつまっていて、まるで歯のようにキラキラと光って見えるのであった。〈バリカン〉は、ふいに超人が自分の方を向いて笑ったのではないか、と思った。そして一目散に川沿いに床屋まで、逃げて帰って来た。

——それは遠い少年の日のことなのに、〈バリカン〉は今でも、超人ということばを訊《き》くと怖ろしくてならない。

〈バリカン〉は自分の血の匂いで目を醒《さ》ました。

セヴン、エイト……ナイン……テン……と数えるレフェリーの顔が、〈バリカン〉のすぐ前にあった。〈バリカン〉は、ふいに自分がリングの上にいることに気づき、立ち上ろうとしたが無駄だった。

下半身が深くリングに埋められてあり、いくらもがいても抜けないのだ。その上、頭の中のスピーカーは雑音ですっかり混線し、視野はただ朦朧《もうろう》としていた。彼の顔の高さを、何人かの靴が行ったり来たりしているので、彼は自分が**リングの中のマンホール**に落ちたのかと思った。

中でも陽気に跳ねているのは為永の靴だった。

ノックアウト。と一つの靴が叫んだとき、〈バリカン〉は自分が負けたことに気がついた。それから彼はバケツで水をかけられるまでもう一度気絶していた。コミッション・ドクターが〈バリカン〉の血をタオルで拭《ふ》きとり、傷口を調べ「何ともない」と言った。

彼は少しずつ意識を回復したが、(すっかり正気になった顔を人に見られるのが恥かしかったので)気絶したふりのままで、片目の肩に凭《もた》れ、観客の野次と嘲笑《ちょうしょう》の中を(引摺《ひきず》られるように)――控室へ帰って行った。暗い廊下で、タオルを肩にかけた出番の新次とすれ違うとき、〈バリカン〉が薄目をあいて、すまなそうな顔をすると、新次は「心配するなよ」と言った。

〈バリカン〉は、新次が何を心配するなと言ったのかよくわからなかった。しかし、もしかすると新次にだけは、自分が卑怯者《ひきょうもの》ではないのだということが、わかって貰《もら》えたかも知れない、と思った。

コンクリートの壁の剝《は》げかかった、ガランとした控室で、たった一人になると〈バリカン〉にも「**負けた**」という実感がはっきりしてきた。

裸電球のスイッチをひねって消すと、彼は自分の嗚咽《おえつ》する声を人に聞かれないために水道の蛇口をあけ放した。

迸《ほとばし》る水音を聞き、グローブを運んで来たボストンバッグの中に、こすりつけるように顔を埋めると彼は、大声で――一人で泣いた。

2

「相手は男色《おかま》みてえな野郎さ。

おまえなら、一発で倒せるぜ」

――と片目が言った。新次の鷲《わし》のような目は、向うのコーナーの遠藤から決して目をはなさなかった。

三田明によく似た遠藤八郎は、靴下とトランクスとがお揃いの赤だった。ポマードでなでつけた頭をふりむいて、セコンドの注意に一々うなずいている様子は、まさにマイペース[*1]という感じである。「アサヒスタイニー野郎だな」

と新次は目だけは遠藤を見張ったままで、片目に言った。

「そうとも。

おまえの相手じゃないよ」と片目は言った。

「おまえはサッポロジャイアンツだもんな」

新次の皮膚の下でまた何かが唸《うな》りだした。リングの上は(テレビのための)数千燭光《しょっこう》のライトの熱で、灼《や》けたアスファルトのようにねばねばしているように見えた。そのリング・マットの上に滲《し》みついている血は〈バリカン〉のものだったが、〈バリカン〉を轢殺《れきさつ》したタイヤの跡は、マットには残っていない。ただ群衆の中には見えない蟬の声だけが暑くなき、ひろがっているように思われた。

「俺はビールなんかじゃないぜ、親父さん」

と、新次は言った。

「俺はテキーラだと言って貰いたいね。

ストレート一杯で、ノックダウンさせてしまうんだぜ」

——レフェリーに試合前の注意に呼ばれて行ったときでも、新次は遠藤の目ばかりをじっと見ていた。

ついにたまりかねて遠藤がちらりと目を逸《そ》らしたとき、新次は勝ったと思った。——ボクシングにおける精神の権力というやつは性的不能者の支配する愛に似たものだった——それは、たかだか勝負の半分を占めるものにすぎなかったし、精神主義者のボクサーが大成しないことは新次も知っていた。しかし、勝負では相手の肉体を叩《たた》きこわすだけでは駄目で、相手の精神までを、薄汚れた下着のようにめくりとってしまうことが肝要なのである。第一ラウンド開始のゴングが鳴ると、まず遠藤がとび出した。

軽快なフットワークだったが、ジャブは出なかった。新次はクラウチング・スタイルで少しずつ距離をつめて行った。

新次の頭の中で始発電車の音がこだましていた。

＊1　マイペース……アサヒスタイニーのキャッチ・フレーズ。

シュッシュッ……という蒸気の汽笛音が、口で息をするたびに鳴った。

新次がにじり寄って来るだけで手を出さないとわかると、遠藤は少し大胆になった。シャドウ・ボクシングのようなジャブが軽く、新次のガードしている腕を打った。

新次はまだ、相手の目を睨《にら》みつづけていた。

遠藤が後退すると見せて、いきなりとびこみ、新次の顎《あご》へ小さなアッパーを叩きこむと観客がドッと沸いた。新次の上体が少しのけぞり、すぐもとへ返ったが、遠藤はますますマイペースでフットワークを使いはじめ、ダンサーのように跳ねまわった。しかし、新次はやっぱりクラウチング・スタイルの腕と腕の間から、燃えるような目で遠藤を見るだけで手を出さなかった。たまりかねた遠藤がふいに、(ほとんど聞きとれないような小声で)

「俺を見るな」

と言った。

しかし、新次はヘッド・ライトで、逃げる男を照らしつづけるように、じっと目を逸らさなかった。

ロープ際まで追いつめられてゆくと遠藤は、ふいに勝負に出て力一杯の右フックを振って来た。スピードが乗っていたので新次はウィービングし損って、右頭部を打たれた。すぐ、遠藤が左で牽制《けんせい》しながら、同じような右フックを叩きこんでくるところへ、今度は新次の力一杯のストレートがカウンターになった。

遠藤は棒立ちになり、両腕がだらりと垂れてしまった。

その心臓めがけて新次は左を叩きこんだ。遠藤が一瞬青ざめて、前へ倒れかかってくるところへ更に新次の右がウィスキーの瓶でも叩きつけるように炸裂《さくれつ》した。遠藤は立ったまま気絶した。

しかし、新次はまるで狂ったようにその遠藤のボディへ、顎へ、テンプルへ、パンチの雨を乱射させたのだ。


「どうして拳闘《けんとう》選手をやめたの？」

と子供の頃の新次が聞いた。

バーテンが、膝《ひざ》に乗ったフォックス・テリヤの頭を撫《な》でつけながら「目だよ」と言った。

「左の眼球が吊《つ》り上がってしまったんだよ。(視力は変りないが)眼球が自由に動かなくなってしまったもんでね」

すると、常連の保険勧誘員が「勝てなくなったからさ」とひやかした。

高架線の真下の、歪《ゆが》んだもぐり酒場では、もう誰も元選手だったバーテンの名を覚えていてくれるものはいなかった。そこに集まってくる競馬のノミ屋も政治ゴロも土建屋も

「昔の情熱」についてはお互いにふれないことにしていたのである。(それでも彼は、酔うと客に向かって言ったものだ)

「お客さん、近いうちにカム・バックしますから、よろしく頼みますよ」

すると、保険勧誘員は「できるのかい？　勝ちゃん」

と聞きかえした。

「ああ。カウンターで金を算《かぞ》えているとさみしくってね。つい口をついて出てしまうんですよ」すると、保険屋は「そうかい。つい口をついて出てしまうのかい」と嘲笑するように言った。彼の口ぶりにはお互いに、もう決して「陽のあたる場所」へなんか出てはいけないのだという強いひびきがこめられているようだった。「だが、もうできっこないね。引退の前は十二連敗もしていたんだしね。それに、もう勝ちゃんのパンチじゃ、倒される奴なんかありやしないさ」(実際、バーテン自身も、カム・バックする気なんかありはしなかった。本当は、自分の非力さをはげますための気休めにすぎなかったのである。

——しかし、頭ごなしに否定されるとムキになって)

「いや、本当ですよ。

会長さんもすすめてくれているんだ……」

と強弁した。

「止《よ》した方がいいよ」

と胃潰瘍《いかいよう》の保険屋が歎願《たんがん》するように言った。

「みっともないよ」

するとバーテンの動かない目が不気味に光った。バーテンはフォックス・テリヤを放してカウンターを潜《くぐ》ってくると、いきなり保険屋の胸倉をとって言った。

「俺が拳闘やるのが、何でみっともないんだい」

保険屋はあわててふりほどこうとし、フォックス・テリヤは止り木の上ではげしく吠《ほ》えはじめた。

「みっともないかどうか、よく判らせてやるぜ」と言うと、バーテンはいきなり保険屋の腹へアッパーを叩きこんだ。客は体をくの字に曲げて空咳《からせき》をしたがバーテンは更に同じところにもう一撃を加えた。新次は火がついたように泣きだした。「止めて！　止めて！　止めて」しかし、バーテンは止めようとはしなかった。保険屋は血を吐き、バーテンは凶暴に殴りつづけ、新次は泣きながらバーテンの前に立ちはだかろうとした。

「止めて！　止めて！　止めて！」

だが、バーテンは狂ったように拳《こぶし》をふるいつづけるのだった。このときの保険屋というのは――新次の父親だったのである。

もう止めろ。

——と片目が新次の手を抑えつけた。「試合は終ったんだ」

「終った?」

と新次はわれに返ってききかえした。自分の新しい靴の下で寝そべっているこの男は一体誰だ?

すると片目が、新次の腕を高々とさしあげながら低声で呟《つぶや》いた。「ノックアウトだ。この男はおまえの最初の獲物って訳だよ」

第五章

罐切りにつきしきみの血さかさま吊るされており乾からびながら

1

「佐藤兄弟商会の罐詰《かんづめ》なら、要りません」

と宮木太一は言った。朝、剃《そ》り損った頬の傷がヒリヒリしていた。

「あいつンとこのストック物には、私は他の店の罐詰とは違った意見を持ってるもんでね」どぶ鼠色の古い背広を着たセールスマンは、見本の罐をいまいましそうに鞄《かばん》の中にしまいこんだ。追い討ちをかけるように宮木は言った。「それに、私は倒産しかかっている会社にあまり興味がもてない性分なんだよ」セールスマンは何度もうなずきながら、自分の鞄の中の百メートルもありそうな、まっ暗な絶壁を覗《のぞ》きこんだ。彼の声は洟《はな》がつまってひどく悲しそうであった。しかし、宮木はもうこのセールスマンと新しく契約を交わすつもりはなかった。

——午後一時であった。ディスカウント・チェーン「たんぽぽ」の本館の、商品課は土曜日は半ドンと決まっていたので、店員たちは皆帰ってしまっていた。ひろい無人のビルの隅の方で掃除のおばさん達がかたまって立話をしていた。

「だからね、あたしはね」と、一人のおばさんが言った。

「うんこを食べてるときに、ライスカレーの話をするのは止めようよ、って怒鳴りつけてやったよ」

大きな笑い声が沸き上った。中でも、小おばさんのモズのような声がけたたましく通った。宮木はふり向いて呼びかけた。「おばさん。静かにしてくれないか。会社は船橋《ふなばし》ヘルスセンターとは違うんだから」おばさんたちは一せいに宮木を睨《にら》み、ブツブツ言いながら廊下へ出ていった。「この紙袋入りジュースのストックは如何《いかが》です？　伊勢丹でも扱って下さっていますが……」

とセールスマンが新しい見本を出しかけたとき、宮木はそれを手で制して腕時計に目をやった。

「また月曜日に来てもらおう。月曜日なら若い連中があんたの話を聞き入れてくれるに違いないよ」

「でも、社長」

とセールスマンがポマードを鋼のように光らせて頭を上げて最後の歌をうたおうとしたが、無駄だった。宮木の心は、もうこのセールスマンの前には、いなかったのである。

部屋へ帰ってくると、宮木は机の抽出《ひきだ》しをあけて、朝とどいた第五種郵便の封を切った。(秘書に、郵便局の私書箱まで取りに行かせた、匿名の封筒である)封を切ると、中から出て来たのは、大型の雑誌であった。

表紙には「THE MAGAZINE OF ULYSSES SOCIETY と発行所が明記してあり、花文字で Ulysses(ユリシーズ)と綴《つづ》ってあった。(日本語を一字も用いていなかったが、これは輸入雑誌ではなくて、れっきとした日本の雑誌なのである)宮木は回転椅子に腰かけてはずむ心で表紙をめくった。

この雑誌は会員相互の意志と協力により刊行されるもので、一般には販売されませんという小文字の日本語が表紙裏にあって、次に見事なヌード写真があった。片手を腰にあて、あとの片手を演説するようにふりかざした素晴らしい裸体の持主は、女ではなくて男であった。宮木は、両手でその雑誌を持って、森を背景にした男の裸体の「その部分」に、しみじみと目をやった。熱くふくれあがって咲いた茎が五月の朝のように濡《ぬ》れ立っているさまは、まさに「ユリシーズの休暇」といった趣きがあった。宮木は、しばらくの間、その写真から目を離すことが出来なかった。宮木は週刊誌によるデータ(**日本人の陰茎の平均寸法長さ七センチ、幅二・五センチ。膨張時十センチというもの**)が、全く自分を慰めてくれるためだけの記事だったのではないかとさえ思った。彼のページをめくらないもう一方の手は、無意識に、ズボンの上から、自分の日蔭《ひかげ》の茎をそっと抑えていた。最初のページをめくると、「特別秘録」と題された小説風の読物が載っていて、それは唯美的な文体で書かれてはいたが、戦争中の学徒動員時代の、飛行場での少年工との「愛情の交換」を綴ったものだった。

アート紙に印刷され、執筆者の名前のかわりに茨城一〇〇三と会員番号がサインされてあるその文章には、むしろ不釣合いな二人の裸の男のヌード写真がカットとして用いられ、G・ヴァイダル「都市と円柱」より、と註《ちゅう》されてあった。宮木は、この「特別秘録」の作者のことをふと思った。文章は、「ぼくは夕べの優しさの中に離陸した。五月の町霞ヶ浦よ！

ぼくは泉のほとりの樹にもたれているひとりの少年を見下ろす。その少年の神秘は一つの帝国のように危険だ。

何とすばらしい沈黙が少年とぼくとの心の航路を閉ざし続けてきたことだろう」といった美文調で回顧されていたが、この時代の作者は栄養失調気味の青ざめた顔で、迫り来る死の翳《かげ》におののきながら、一人の少年工と「不安を等分に頒《わか》ちあって」いただけではなかったのか。

宮木は、茨城一〇〇三という作者の「詩的な表現」の底にあるさびしい本物の顔をまばたきして瞼《まぶた》の中から追い出してやった。

美文は、佳境に入ると忽《たちま》ち直截《ちょくせつ》になっていた。

「ぼくは鳥のように暴れる少年のファルロスを太股《ふともも》にはさみこんだ。ゆるやかに腰を浮かすと、ぼくの温い肉の中で少年のファルロスはもたれながら先走り、送り出されて濡れはじめた。ぼくは自転車のサドルを踏むように太股をもみあわせ、ぬめる唇で少年の耳を噛《か》んだ。少年の中で何かが、鳥のように翔《か》け、少年は羞恥《しゅうち》心で真っ赤になった顔を、ぼくの胸にこすりつけようとするのをぼくは拒んだ。

少年の下腹にこすられて、ぼくのファルロスも次第に硬直し、血は一点に集まった。

「ああ、とても堪《たま》らない」

と目を白黒させて叫んでいる少年の口をめがけて、ぼくは自分のファルロスの鳥を力いっぱい詰めこんでやった。蜜《みつ》の時がやってきた。先にすすり泣いたのは少年の方だった……

…」

——といった調子である。

そして、読物はこの少年工の被爆死と、彼への長い挽歌《ばんか》で結ばれてあった。宮木は思った。

多分、この作者の美文調は、少年の死んだ時から始まったものだろう。現実を戦争に売り渡して、その代償として夢を手に入れたこの作者もまた（私同様に）不能者の仲間なのではないだろうか。雑誌の最後のページには「会員を紹介します」とあって、

しかたがないんだ

せにゃならぬ
ズボンを下ろして
尻《しり》を出せ[*1]

という歌の文句が漫画入りでかかれてあった。(しかし、紹介されてある会員の肩書の方は、雑誌の高踏的なムードとは全くうらはらで医学生[*2]も、ボートの選手もテノール歌手もなければ素人俳優も政治屋もなかった。

それは例えばこんな風である。

＊会員番号一〇一九　秋田54歳　旧中中退(旅館業)趣味　旅行　五・一尺やせ型　温和(真の兄弟を求む)

＊会員番号一〇二〇　山口35歳　旧中卒(公務員)切手蒐集《しゅうしゅう》　五・九尺(永続的交際求む)

＊会員番号一〇二一　岡山45歳　旧専卒(商業)寒泳　五・二尺やや肥満(情熱的男性を求む)

(勿論《もちろん》、若い男が全くない訳ではない。中には一〇九九の27歳の男のように誠実で平凡で、ボディ・ビルと歌謡曲が趣味の工員もまじっていた)しかし、宮木はこの豪華な機関誌を持つ秘密結社の男色野郎たちが、いずれも環境に順応し得ぬさびしい男たちで、ある種の理解を求めながら反芻《はんすう》しあっているのだと思った。そう思いこむことで、自分との共通点を見出《みいだ》さない限り救いようがなかったからである。オリーブ油の輝く裸体の医学生、といったソドミストは中小企業の経営者である汗くさい小肥《こぶと》りの宮木には遠いものだったが「旧制中学卒業の公務員で趣味が切手蒐集」というような男だったら、話し相手になれるかも知れない、と彼は思った。

そして、今日の午後、彼はその中の一人と初対面するということになっていたのである。

2

約束の三時より、少し早めに喫茶店「青蛾」の二階へ行くと、もう一人の男が先に来て冷たい珈琲《コーヒー》を飲んでいた。宮木はその男が自分と待合わせるためにそこに坐《すわ》っているのかどうかを確かめようとしてテーブルの上を覗《のぞ》きこんだ。そこには、雑誌「Ulysses」が目立つように裏表紙を見せて置いてあった。

宮木は幾分顔を赫《あか》らめて「お待たせしました」

と言いながら坐った。

待っていた男は、でっぷり肥った豚の宮木を見て訳もなく肯《うなず》いた。グレーのシャツの前をいい加減にズボンの中に押しこみ、後をだらしなく垂らしていることに気がつかない宮

＊1　ジェイムズ・ジョイス……A Portrait of the Artist as a young Man
＊2　ジェイムズ・ジョイス……右に出てくる青年のイメージ。

木は、しきりに汗を拭《ふ》きながら、この新しい「男友だち」が先に口火を切ってくれるのを待った。男友だちは宮木とほぼ同年輩の四十歳一寸《ちよつと》過ぎで怜悧《れいり》な光を眼にたたえていた。すぐ前の別の喫茶店からは坂本九の有頂天な唄《うた》が聞こえてきていたが、「青蛾」には他に客もいなければ何の物音もしなかった。

男友だちは立上り、「少し暑いけど……」と言いながら窓を閉めて、その坂本九の唄を閉め出してしまった。

そして殆《ほとん》ど一人言のように「あんな歌はきらいですよ」——と言った。

「**しあわせなら手を叩《たた》いて居場所を知らせる必要なんかない。しあわせならヒッソリかくれていればいいんだ**[*1]」

宮木は、その男友だちに一寸背を向けて押し潰《つぶ》したような声で階段の下に「ミルクを下さい」

と怒鳴った。男友だちは、まだ呟《つぶや》くように言い続けていた。

「手を叩かせて、少しでもしあわせな奴を多く見せようなんて姑息《こそく》な保守党政治家の手口ですよ。**ふしあわせなら手を叩こう**、とやったら今の十倍は賑《にぎ》やかな音になるでしょうからね」それから男は、あらためて宮木に気がついたように幾分甘ずっぱい声になって、

「私を亜紀夫と呼んでください」

と言った。「会員番号は〇一〇七ですよ」

「もう、お古いんですな？」

と、宮木はさっぱりした若草色のポロシャツの似合う、ジョセフ・コットンのような亜紀夫をしみじみと客観的に見ながら聞いた。

「まあ、ね」

と男友だちは複雑な微笑をうかべて肯いた。


それから、かなり長い沈黙があった。

亜紀夫は自己紹介をかねて、つい最近まで同棲《どうせい》していた一人の男のことを話しはじめた。（――つまり、その男が宮木に似ているという口実を見つけたのである）「彼も私も狂信的な医学生でしてね。戦争中に、朝鮮人の優生学上の改善と、社会的向上をモットーとしていたんですよ」

宮木は黙って聞いていた。

「もっとも、あの趣味の方も豊かなもんでした」宮木は黙って聞いていた。「彼は腋《わき》の下の天才だったんですよ」

宮木は、何となく亜紀夫と自称するこの男が怒りっぽい男なのではないかと思った。それに我儘《わがまま》な男なのであろう。（亜紀夫は終始自分のことだけを話し、宮木が所謂《いわゆる》「男色家」ではないことなど一向に構う風もなかった。まして、宮木が自分の不幸な生理について打

＊1　幸せなら手をたたこう……坂本九のヒット・ソング。

明ける余裕など少しも与えなかった）

宮木は、自分の長い人生体験からこういうタイプの男は、もしかしたら母親コンプレックスを持っているのではないか、とも思ってみた。母さんっ子の四十男には、よくこういう甲高い男がいるものだ。

「ああ、美しき木よ。

って知っていますか？」

と亜紀夫は若返って声を高めた。

「実り過ぎたりな、荷を軽め。美味を味わう者、神人倶になし……ミルトンですよ」

宮木はトックリ大のミルトン・ジュースを思いうかべた。

「失楽園、新宿版ですな」

亜紀夫はお互いの年齢を詠嘆するように呟くと、（ふと、宮木が長い間黙っていることに気がついて、気弱そうに）

「あのう」

と宮木を正視した。

「ずい分黙っておられますが、私に、失望なさったんですか？」

それは無邪気な駄々っ子の風船ガムが急に息を失ってしぼんでゆくのと似ていた。宮木は、はじめて相手の隙を見つけてホッとして、言った。

「いやいや、あんたの話はなかなか面白い」

それから二人の中年男は映画を観にゆくことに決めて外に出た。

二人が、本通りまで黙々と連れ立って歩いてゆく様子は、密会というよりはコンビの喜《アボツ》劇俳優《ト・コステロ》という感じだった。「青蛾」の中で、ジョセフ・コットンのように見えた痩身《そうしん》の亜紀夫も日ざかりの表通りに出ると香水くさい並の中年男にすぎなかった。歩きながら始終話しかけるのは亜紀夫であり、宮木は見知りの人に逢《あ》っても「商談」ととられるようにムッツリと黙ったまま、相手の言葉にただ肯いていた。「首がふとくって、毛深くって、適当に脂の乗ったいい男なんて、そう簡単に見つかりやしませんよ」

と亜紀夫は言った。

「裸麦の畑に墜落して、頭部に白い繃帯《ほうたい》をまきつけた男前の犯罪者[*1]、なんてのは小説の話でね。

そんな男でも実際会ってみると、中小企業みたいな上向きの低い鼻や、歯のあいだのチーズ脂が匂ってたりするもんですよ。ロマンチックじゃない〈表現〉なんてありゃしないんだ」

「………」

「だから私は美貌《びぼう》の男よりは、誠実な男の方がずっと好きです。誠実さには〈表現〉なん

＊1　ジュネ……「花のノートルダム」のヴァイドマン。

かのつけこむすきがないですからね」

「しかし」

と宮木は新宿三越の横通りを抜けながら言った。

「会報に載っていたヌード写真のモデルはみんないい体をしてましたなあ」

「あんた、あれ見たの？」

と亜紀夫が熱っぽい目を宮木に返した。

「あれはあんた、造りものですよ。あのユリシーズの一物ははりぼてをくっつけてるんですよ」

「まさか」

と宮木は疑った。亜紀夫は嘲笑《ちょうしょう》をこめて言った。

「ほんとうですよ。あんな人間離れした男なんているもんじゃない。あれは編集者の願望をモンタージュしてくっつけただけの人工品……文字通りのホモジナイズってやつですよ」

それから二人は新宿文化劇場の切符売場前に立つことになった。切符は先に歩いていた宮木の方で買っていた。

映画はアンリ・コルピの「かくも長き不在」だったが、洋画を見たことのない宮木にとってはいささか気が重くなりそうなものであった。映画の中では、個人的なものを一切、それが醗酵《はっこう》して毒になる前に捨ててしまい、他人の準備した世界へ入りこもうとする記憶喪失症の中年男が、ふいに自らの捨ててきた現実に復讐《ふくしゅう》されるという、ペシミスティックな反戦色の濃いメロドラマであった。

映画のタイトルが出ると、宮木の隣席の四十男は声を出してその原語を読んだ。

(文無しのおかま野郎め)

と、腹立たしく思いながらも、宮木はこの途上にある関係をこわすのが怖くて、じっと坐《すわ》っていた。昼の映画館の中は、寄りそっている二人の中年男をのぞくと、二、三人の学生がいるばかりだった。

宮木が小刻みに貧乏ゆすりをすると、亜紀夫がシーッと制したので宮木はますます憂鬱《ゆううつ》になった。

亜紀夫は、画面に吸いつけられたように身動きもしなかった。

スクリーンでは、イタリアの中年の大女、アリダ・ヴァリが「**サイダー二本と、白ぶどう酒、それにセルツ水に氷を入れて、どう?**」と言っていたが、それとて愛想を言ってるようにしか思えなかった。

(こんなことになるんだったら、いっそ、一人で松竹映画を観に行った方がよかった)

と宮木は思った。

松竹劇場のスクリーンでは、路加奈子の肉体が、暗闇で彼を待っている筈《はず》だった。しかも、こんな風に、一つの画面を二人で分けて観るのではなくて、全部独占できるのだ。じっと、我慢して観ていると洋画というやつはテレビの大型版のようなものだった。宮木は、自分でも気づかぬうちに、ウトウトと軽い眠りに落ちていた。

3

ふと気がつくと、宮木は自分の手が何かに包まれているのに気がついた。

引っこめようとすると、その「包んでいる」生温い手——亜紀夫の手が、宮木の手に手で話しかけてきた。

暗闇の中で、中年の四つの手が（宮木のズボンの膝《ひざ》の上に）つみ重なってほんの少しもみあった。

宮木は、亜紀夫がふざけているのだと思った。しかし、それにしても四十男同士の「手を握る」胸のときめきなど、宮木にはとても許されることとは思えなかった。亜紀夫は、まるで「手」とは縁を切ったようにスクリーンのジョルジュ・ウィルソンに見とれていたが、「手」の方は次第に宮木に関心を深めて能弁になっているようだ。

宮木は、まるで熱帯の仙人掌《サボテン》の中に自分の手を突っこんでしまったような焦りを覚えて腹立たしくなった。

彼は抗《あらが》うことがかえって熱中しているようにとられると思って手の力を抜いてみた。すると、亜紀夫のざらざらとした手の感触が、宮木の手を撫《な》でまわしはじめた。

スクリーンではアリダ・ヴァリが、

「その瞬間のことは？　どんなでした？　珍しいことだわ。だから聞きたいの」

と大きな目を瞠《みは》って（台詞《せりふ》通りに）語りかけていた。黙ってまかせていると、やがて亜紀夫は宮木の手を自分の方へ引き寄せていった。そして、宮木の手は何か、濡《ぬ》れた雛鳥《ひなどり》のようなものに触れた。宮木は、手さぐりでそれをたしかめようとして思わず手をひっこめた。

そこには、勃起《ぼっき》した亜紀夫の男根が屹るようにド、ド、ドッと息づいて血をめぐらせ、ズボンの外で、真赤になっているのが見えたのだ。あきらかに、不愉快になって宮木が座席を立とうとするのと、ぬめった中年男の唇が宮木の耳もとで熱い息を吐き出すのとは、ほとんど一緒だった。宮木は凭《もた》れてきた亜紀夫を座席へ押し戻すと、ものも言わずに暗闇を歩き出した。アリダ・ヴァリが「あなたは立ち上って、歩いたのね、それから？」と台詞で追ってきたが、宮木には我慢の限界が来てしまったのだ。廊下へ出て汗を拭《ふ》いていると、亜紀夫が青ざめた顔で追って出て来た。

宮木はスーパー・マーケット経営者の威厳を取り戻して、重々しく横を向いた。思いがけない結果に驚いた亜紀夫は、ズボンの前ボタンは外れたままだったが、しかしズボンの中は不在らしく、何も見えなかった。

「じきに馴《な》れますよ」

と亜紀夫はカスれた声で言った。

二人とも拗《す》ねたように、しばらくの間、顔も見あわせずに黙って立っていた。

「馴れるもんですよ」

と、亜紀夫がまた言った。

宮木が、映画館を出て表通りへ向って歩き出すと、亜紀夫はまるで行為の代償のように黙ってついてきた。宮木が早足になると亜紀夫も早足になり、宮木がふいに立止ると、亜紀夫も立止った。二人の不安で孤独な中年男は雑踏の中を（十年一緒に暮して飽き飽きしてしまった夫婦のように、つれなく）並んで歩きながら、一言も交さなかった。

やがて、宮木は新宿日活の隣のブック・ストアーに入ると（亜紀夫を無視して）「毎日グラフ」を手にとった。そして全く亜紀夫のことを忘れたようにサイゴンの大学生の暴動のグラビアをめくりはじめた。亜紀夫も並んで、「愛犬ジャーナル」をペラペラとめくっていたが、人混みで宮木に話しかけることが出来ないとわかると、あきらめたように雑誌をスタンドに返し、表通りの雑踏の中に消えて行った。

そして、それっきり、宮木は亜紀夫を見かけることがなかったのである。

心を通わせなくともよい、と宮木は思っていた。

どうせ、心を通わせようとする企みは空しいものに決まっている。（それに、心を通わせようなどと思ったら、性生活における自分の願望など、ますます果てしがなくなってしまうであろう）ただ、彼は一度でよいから、虚像ではないほんものの女の肉体との行為を可能にしてみたかった。映画館のスクリーンの中の虚像の若尾文子と、暗闇の中で性的に通じあうような変則的なものではなく、ほんものの他人と肉で連結できるような性行為―幻影の力を借りずに実現してみたかったのである。彼は、今まで何度か女と歌舞伎町のホテルへ行ったことがある。

しかし、何時だって女と一緒にホテルから出て来た事はない。先に憤然として女がわめきながらとび出してくるか、あるいは先に自分が（自分自身に腹を立てて）ブルドッグのように憮然《ぶぜん》と出てくるかなのである。

ユーモア辞典をひらくと「不能」は「清浄に身を保つことの可能な性」となっているが宮木に言わせれば、清浄こそ孤独のしるしであった。

宮木は一人になって気晴らしに新宿御苑《ぎょえん》へ出かけてみた。

閉門時が近い木戸を潜《くぐ》ってゆくと、広い芝生には雲の翳《かげ》が波のようにひろがってゆくのが見えた。自転車に乗った移動売店から袋入りのピーナッツを買うと、それを食べ歩きながら林の中へ入って行った。宮木が一人でいるのを好んだのは、一人でいるときに限って、年齢を感じなくても済むからだった。

彼にとって、年齢は相対的なものであり、他人との比較なしでは、中年の意識など持つ必要はなかったのである。

——彼はディスカウント・ハウスの会計用の止り木から日本の社会全体を鳥瞰《ちょうかん》したりすることには全く興味がなく、いつでも、自分以外の集団には「商売」の単位として、対峙《たいじ》するという習慣が滲《し》みついていた。彼はどんなにさみしいときでも、それは決して環境に順応できないからだ、などとは考えなかった。彼の考えでは、集団はいつでも彼に何かを要求してくるものだ……ということになっていた。ときには彼に年齢を持つことを要求し、ときには職業や名前や階級を持つことを要求してくる。だから、いつでも集団は煩わしいものでしかなかったのである。そう考える限り、彼は何時でも集団の外にいたということになる訳だった。

御苑の緑をめぐり、ピーナッツを食べながらゆくと、ふいに陽なたの川べりへ出る。そこから遠望すると、宮木にはバレーボールに熱中している女子高校生たちが見えた。宮木はその視線を、ゆっくりとパンしてきて、草の中の捨て車輪を見、やがて新聞紙の屑《くず》を見た。ふと、思いがけないほど近くに抱きあったまま横になっているオープン・シャツの学生風の男と、赤いハイヒールの女子大生風がいたのである。

宮木は二、三歩退《さが》って、楡《にれ》の大木のかげにかくれて、ピーナッツを（音がしないように）奥歯で嚙《か》み砕きながら、二人を凝視した。熱中している二人を、こんなに身近に見るのは宮木にとって焙《あぶ》られるような体験だった。

むし暑い草いきれのように吐息が二人をつつみ、女子大生の上に上半身を重ねた男は、ただ激しく口を吸いつづけているようだった。

女子大生のブラウスの腹の部分が、はげしく喘《あえ》いでいるのがわかった。その女子大生の足許《あしもと》に紐《ひも》テープで束ねられた二、三冊の洋書（男のものか）と、白いビーズのハンドバッグがころがっていた。（二人は、**ほんの手さぐりで垣間見た世界の熱気のはげしさにあて**られて、ほとんど失神しかかっているかのようにさえ思われた）

ときどき、男の手が女子大生の胸許を這《は》いまわり、女は自分の手で胸の肉塊を、男のためにつかみだしながら男にそれを与えようとしていた。そのとき、宮木はこの二人だけの世界に思いがけない侵入者が迫ってきていることに気がついた。深い草の中からいざりのように一人の労働者が這い寄って来たのである。

男は、ますます女子大生を引き寄せ、その片手は赤いスカートの上から何べんも尻《しり》を撫でまわしていたが、局外者を見張るための目は（もう一つの世界を見ようとして）閉じられてしまっていた。労働者は這ったまま女子大生の足許へ接近すると、はじめから、まるで馴れ馴れしく女子大生のスカートへ手をのばした。

男は、そのとき尻へまわした手をもどして、ブラウスのボタンを荒々しくひらき、熱い女子大生のパンのような乳房をにぎるように、しめあげていたので、女子大生の下半身は「自由」になっていた。労働者の手が、男よりも一そう大胆に素足にふれて、それをゆるやかに撫であげて行った。女子大生は労働者の手を「男の手」だと思いこんでいたので、ほんの少し足をひろげて応《こた》えた。労働者の手は、やがてスカートの中にかくれ、ねっとりとした肌の中で、小刻みに動きはじめた。

「ああ」という女子大生の声を、男のぬれた唇が封じ、男は思いがけないほど女子大生が燃えているので一そう荒々しく乳房を露《あら》わにした。

彼女は、「三人目の人物の手」によって燃え、男をはげしく喚《よ》びつづけていたし、男は彼女の予想以上の感謝に愛を感じとっていったようだった。

——そして痴漢は、まるで犠牲的に二人の愛に奉仕をしながら、その空《うつ》ろな目は何も映さないほど渇き切っているのだった。

楡の木のかげで宮木は思った。

一体、愛しあっている二人にとって、あの痴漢の存在は何なのだろうか？　「三人目の人物の手」は神のものだろうか、それとも魔のものだろうか？

4

宮木太一は、その夜から日記をつけはじめた。

幾分、自虐的な思いをこめて、コクヨの大学ノートの表紙には、

四十男の日記

と書いた。

すると、はじめはほんの気を鎮めるつもりだけであったのが、書いているうちに意外な効き目をあらわしはじめた。頭を鬱《ふさ》いでいた悪い煙草《しんせい》のけむりのようなものが、吹き流されて薄れてゆくのがわかったからである。

アスピリンよりもいいな。と、鉛筆を見つめながら四十男は思った。たしかに、日記をつけることも、映画館の暗闇で自慰《オナニー》にふけること同様、「個人的な生活」の領域であり、決して他人に犯されない自分の愉《たの》しみだということに気がついたのだ。

彼は、商品納入書に書きこむときと同じように、きわめて実直な（ガリ版刷りのような）字で、扉に趣味《むいみ》的なエピグラムを書きこむことから始めた。

墓場は、いちばん安上りの宿屋である[*1]。

（これは、彼の日頃から気に入っている文句であった。彼は同業者たちのように店内のど

*1 Langston Hughes

ここに「清潔第一」とか「買う人の心になって売る心」といった貼紙をはることは好まなかったが、求められると、よく「墓場はいちばん安上りの宿屋である」という詩句だけは書いてやるのである）

四十男の日記

×月×日

今朝、櫛《くし》で髪を梳《す》いたら、櫛に七、八本の髪がからみついてきた。抜け毛は肉体的な衰えを知る一ばんの兆しである。妻にそう言うと、

「櫛が悪いんですよ」

と言って相手にしなかったが、私にはわかっている。

（ここまで書いて、はじめての著述にしては格調が低いことに気づいた彼は、消しゴムでこすり消した。舐《な》めるように消し終ると、こんどは「文学的」に書きはじめる必要があった）

彼は貧乏ゆすりをしながら、白いページをじっと見つめた。

×月×日

洗濯物を見れば、地区内の家計の状態がわかる。たとえば、その家の主人の仕事が順調かどうかは作業服を見ればわかる。主人のズボンや前掛けが（衣服製造業におけると同様に）きまった間隔で洗濯物の列に並ばなければ、近所の人々は心配する。その家の主人が失業したことがわかるからである。洗濯物の列は、そのほか家庭の悲しみをも伝える。おかみさんの洗濯物が三日も四日も外にあらわれないと、何か不幸があったのではないかと人々は思うのである。

さて、と、宮木は鉛筆をとめた。なかなか巧《うま》く書けてはいるが、これは他人の書いたものの引き写しなのだ。ディスカウントの業界紙「新流通」に載ったハリー・ゴールドン[*1]の文章そのままの引用である。

だが、日記にも盗作という考え方は適用するのだろうか？

と四十男は自問する。「盗作」というやつは「他人の書いたもので自分が金銭と名誉を得ようとする」から不可《いけ》ないのであって、人に見せない日記なら構わないじゃないか。という気もする。

「それに、このゴールドンの考え方は、俺の考えたことを、俺より少しうまく書いただけだものな」四十男は、かまわずに書き続けようと思った。すると、自分の中のもう一つの声が彼の手をとどめた。「しかしね。宮木さん、万一、出版された場合を考えてごらんなさいよ。日記までも盗作していたのだとバレたら、恥かしくはありませんかね？」

＊1　『楽しむさ、人生を』Enjoy, Enjoy……Harry, L. Goldon

「なあに」と、現在の声が反撥《はんぱつ》した。

「いまどき、自分の生活様式が他人の盗作でない奴があるだろうか。オーダーメイドの洋服が商品として通用する時代だもの。オーダーメイドの思想が通用していけない訳はない」

「しかし、表現と思想とは別ですよ」

「金に換えなくてもか？」

「勿論《もちろん》ですよ。書くからには宮木太一独自のものでなくちゃいけないんですよ」

――彼は、思い直してもう一度消しゴムでそれを消した。大学ノートの第一ページは、すり切れて、ナイロンの古い靴下の底のようにベラベラにめくれてしまった。

そこで、彼はその部分を覆いかくすため、何か宮木太一独自のものを探す必要があった。彼は立ち上って、金庫の方へ歩いて行き、中から大きな封筒を取り出すと、一人でにやにやしながら戻って来た。それから中をあけて、一枚の写真をとり出して、消し汚れたノートの第一ページに貼りつけた。写真は勿論、宮木太一のものである。

たるんだ顎《あご》から（首を省略して）そのまま胸へとつながっている脂肪の塊。気むずかしそうな顔と、愛嬌《あいきょう》のよい肉体の一致。これこそまさに「四十男の日記」の扉の写真に、ふさわしいものだったのだ。

×月×日

私は成功者である。今日、日本の流通革命について語る場合、私を抜きにしては何も語ることは出来ない。私のことを「裏町の実業家《バックストリート・ビジネスマン》」だと言う者もいるが、日本では表通りよりも裏町の方に多くの消費者が住んでいるという事実を見逃すわけにはいかない筈《はず》である。だが「私が本当の『成功者』かどうか？」という疑問が、いつも私を不安にする。それは、一には私の体格に原因がある。私は頭はわるくない、（田中ビネー式知能検査でも、平均より十点も高い知能値であった）しかし、背が低い。体重が八十六もあるのに、背の方は一メートル五十九センチしかないのだ……。

私の調べたところでは、背の低いことで有名なエルヴィス・プレスリーでさえ一メートル七十九センチの高さであり、トロイ・ドナヒューにいたっては一メートル八十九センチもあるそうである。

昔は「大男、総身《そうみ》に知恵まわりかね」と言って大きい男を軽蔑《けいべつ》し、肉体と精神の分離を説くのが通説であった。小さな日本人は、すなわち、精神的な日本人であり、「頭のいい日本人」でもあったのだ。だが今は違う。今は、大きな男の方が、頭もよいと思われるようになってきたからである。（たとえば美智子妃殿下の弟の正田修という男などは一メートル八十センチ近くもあるのに、森村学園から東京大学を出た秀才だし、黒沢明も石原慎太郎もみんな「**大きな日本人**」という**新種**に属する。大体、私の店の支配人の佐々木猛だって、明治大学出なのに一メートル七十三センチもあるのである）「素晴らしい肉体」は「素晴らしい頭脳」を伴って、私をどんどん捨ててゆく。私は性的に言っても、思想的に言っても常に他人に脅かされ通しである。私はいつか、バーのバーテンに「旦那《だんな》、旦那は中小企業の人ですね？」と言いあてられてドキリとしたことがある。

「どうしてわかるかね。そんなことが」

と言うと、彼は、

「体つきでわかりますよ」

と言った。私は帰ってからすぐに浴室へ行って、自分の裸体を脱衣用の鏡に映してみた。なるほど私は「中小企業的」な肉体をしていた。頑丈で堅実そうには見えたが、何かしら貴いものに欠けていた。肩幅だって広いし、骨っぷしだって太いのに、どこと言って秀《ひ》いでた部分が見あたらなかったのである。私は自分の肉体が「指導者」の肉体ではないことを悟った。少なくとも、性的に他人を圧倒できるような魅力を持たない肉体などは、他人に恐れられるというわけには行かない。（そう思うようになってから妻との夜の営みも次第に少なくなって、今ではまったく「役に立たない」という始末である）

——ここまで書いて、宮木はまた行きづまってしまった。「日記」にしては、凡《およ》そ個人的ではない文体をとっている、ということに気がついたのだ。本当に、彼は今日一日に体験したことを書けばよい。それだけで、充分こと足りるのに、なぜ一般的、観念的なことばかり書こうとするのだろうか？　はじめて入会した「ユリシーズ」の仲間たちのこと、映画館の暗闇で男色家に、ズボンの股間《こかん》をまさぐられたこと、そして新宿御苑の芝生の上で見たアベックと三人目の男のこと、そうしたことだけを書けばいいのに、なぜ日本人の肉体問題から書き起さなければいけないのだろうか？　スタンドに痩《や》せた蛾がへばりついているのが、宮木の目に映った。

「死んでいるのだろうか？」

と思って鉛筆の先で、ちょっと突くと、びっくりしたように蛾はとび上がった。

宮木は、しばらく「四十男の日記」の空白を見つめていた。告白するのは、つらいことだった。

自分の体験を、たとえ日記に書くためだとしても反芻《はんすう》するのは、愉快なことではなかった……。宮木の脳裡《のうり》には、いま、自分を脅かしつづけている「素晴らしい肉体」の幻覚だけが去来していた。ターザン。ヘラクレーズ。ショーン・コネリー。サムソン。ジャイアント馬場。新次。

そうだ、と宮木は思った。

あの若僧め、どうしてるかな。俺と若尾文子との「密会」を目撃していた、あの陽気な肉体美の若者は、いま頃どうしているかな。

第六章

麻薬中毒重婚浮浪不法所持サイコロ賭博われのブルース

1

競馬場は人でいっぱいだった。

数万の競馬無宿たちが、曇天のスタンドで〈故郷喪失〉の気分をたのしんでいた。ここではすべてのものが現在形で進行し、過ぎ去ったものは忽《たちま》ち無価値になるのだった。前レースを終って捨てられた馬券、古い新聞、飲み捨てられたビールの空罐《あきかん》。無財産の男や忘れられた女。それらを捨てて「現在」はどんどん進んでいった。群衆の中へ身をかくそうとする家出主義者たちが、お互いの背中のかげにばかりまわるので群衆は、他人の背中のかげを争奪しあって、すごい勢でどよめきあっていた。スタンドの裏で商売をする男たちは、言わば「過去の司祭」である。彼らはまるで禿鷹《はげたか》のように、脱落した男たちへ殺到した。

出張質屋という看板の「葬儀屋」は、悲しい脱落者たちに襲いかかると、あっというまに背広や腕時計をむしりとって、涙金を渡してやるだけだった。予想家という名の「死の案内人」は、現世の悔恨を説いて来世の可能性をほのめかした。鷲《わし》のように目のくぼんだ情報屋や、前日の馬券を一割引の現金で買いとるシャイロック。拾った馬券の当落を、もう一度しらべてみるハイエナのような浮浪者。その日の出目を天文学、占星術にこじつける老コンドル。どの鳥も飢えて、「競馬無宿」の男たちが立ったまま骸《むくろ》になってしまうのを待っていた。

そして巨大な「死」の翳《かげ》が場内の熱い空気の上に翼のようにひろがってゆくと、次のレースへ出走する馬が入場してくる、という仕組になっているのだ。府中競馬場では、レースの合間に、スピーカーからベートーベンのシンフォニーを流すということが習慣になっていた。群衆は、まったく虚脱して馬場の青い芝生《ターフ》を遠望しながらベートーベンの「英雄」や「合唱」に、はげまされるという仕組である。

いろんな意味で、群衆の中で味わえる孤独というやつは、男たちにとって、煙草《ピース》数箱分の陶酔であった。数万人の男たちは、まったく別々の理由で、（それを馬の勝敗のせいのような顔をしながら）この一刻を味わっているのだった。

「何だい、こりゃ」

とサングラス越しに競馬新聞「馬」（ホース・ニュース）を見ながら、新次が呟《つぶや》いた。

「出馬表さ」

と、片目が教えてやった。「今日のメイン・レース*1に出走する馬の血統表だよ」

「この、馬の名前の両脇に書いてある小文字は？」

「両親の名前って訳だ」

「何で、こんな名前が必要なんだい？」

「馬は血統で優劣がきまるからな……」

と片目は答えた。

「兄弟が三匹もいるのか？」

「ああ、異母兄弟だけどな」

「しかし、兄弟なら血統も何もありゃしない。ヒンドスタン一族対他の三家の争いってことになる訳だ」

「まあ、そうだね。このレースだって一枠と六枠の争いと見るのが順当だろう」

「そんなにはっきりしたものか？」

「ああ、はっきりしたもんだね。

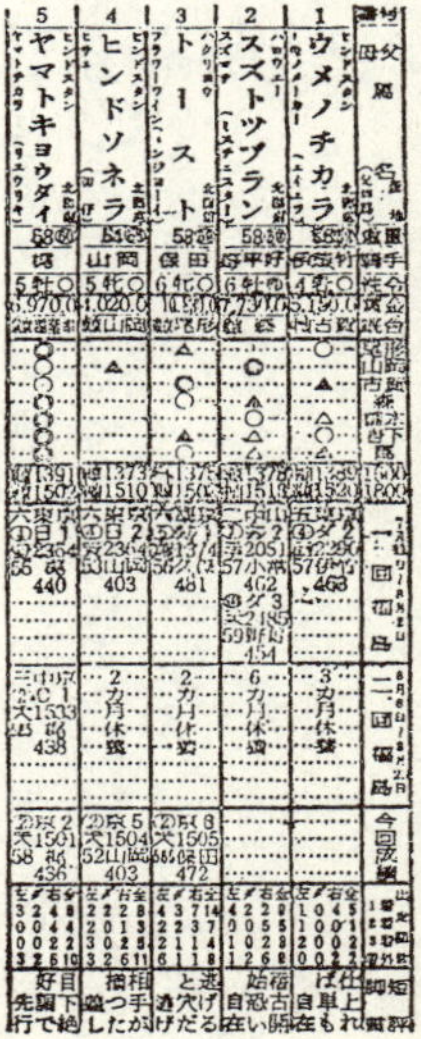

番	馬名（父・母）	斤量	性令	賞金	持時計	前走	前々走	成績（左／右／全）	短評
1	ウメノチカラ（ヒンドスタン・[illegible]）	[illegible]	4牡	5,1[illegible]0.0	[illegible]	④ダ2 [illegible] 57[illegible] 463	3カ月休養	1 0 4 5 / 1 0 0 1 / 2 0 0 2 / 0 0 2 2	仕上れば単も自在
2	スズトップラン（[illegible]・スズマテ）	58	6牡	7,73[illegible]	1378 / 1513	②京2 2051 57小西 462 / ③ダ3 2185 59 454	6カ月休養	4 2 2 9 / 0 0 5 5 / 1 0 2 3 / 1 2 6 9	[illegible]
3	トースト（フラワーウイン・[illegible]）	58	6牡	[illegible]	1375 / 150[illegible]	1374 56[illegible] 481	2カ月休養	4 3 7 14 / 2 2 3 7 / 2 1 1 4 / 6 1 1 8	[illegible]
4	ヒンドソネラ（ヒンドスタン・[illegible]）	[illegible]	5牝	1,020.0	1373 / 1510	①日2 2364 山岡 403	2カ月休養	2 2 2 8 / 2 0 1 3 / 3 0 2 5 / 3 2 6 11	[illegible]
5	ヤマトキョウダイ（ヒンドスタン・ヤマトチカラ）	58	5牡	5,970.0	1391 / 1502	①日1 2364 55 440	中京C1 1533 438	3 2 4 9 / 0 0 4 4 / 0 0 2 2 / 3 2 5 10	目下絶好で先行

＊1　第十五回毎日王冠レース……一九六四年九月二十日。

ほとんど間違いはないようなもんだ」

と片目は力をこめて言った。それは羨望《せんぼう》とさえ取れるほどだった。

「ヒンドスタンの子ってのは、他の馬の子よりも、足が速い。そこにはあきらかに優劣の差がある。ことしのダービーだって、一着のシンザンも、二着のウメノチカラもヒンドスタンの子だった。これはもう、抜きさしならない現実だよ。去年の秋に天皇賞をとったリュウフォーレル[*1]も、今年の春天皇賞をとったヒカルポーラもやっぱりヒンドスタンの子なんだ」だが……と、新次は立ち止った。彼と片目とは、何時の間にか群衆の反対の方向に歩き出していた。

「そんなに決まりきっていることなのに、なぜレースをやったりなんかするんだい。ヒンドスタンの子が出たら、それで勝負が決まったも同然なのに、他の馬の馬券を買う莫迦《ばか》もいるのか？」

ああ、いるね。と、片目は顔をほころばせて言った。「誰だって、自分の宿命に勝ちたいからね。後天的なものを信じようとするのさ。生まれたときの星にさからってみない人生なんて味も素っ気もありやしないじゃないか」

「たとえば、あんたなら、どの馬を買うね？」

と新次は訊《き》いた。

「トーストだよ」

と片目は答えた。「バターぬきのトースト、安い朝めし。この感じが俺にゃ気に入っている。それに、これは典型的な逃げ馬でね」「逃げるのか?」「ああ。血統的に敵《かな》わねえものは、逃げるしかないのさ。逃げ損ねたら一生のドジだ。バンとスタートしたら、いきなり逃げる。ヒンドスタンの三兄弟が追っかける。トーストは逃げる。逃げて逃げて二千メートルを逃げまくってゴールへとびこむのさ」新次は、パドックの柵《さく》からトーストという馬を見た。

馬は白い覆面をしていた。落着きのないその目は、ひどく群衆を気にしているように見えた。新次は、教護院から逃げた日のことをふと思い出した。長い暑い夏の終りの日だった。ズボンをはいたままで川を泳ぎわたって、ようやく「逃げ切った」と思ったとき、彼は草の中にばったりと倒れたものだった。

あの日から、俺も逃げ馬としてのスタートを切ったのかも知れない。(少なくとも、ボクサーになるまでは、逃げどおしの毎日だったような気がする)彼の脳裡《のうり》を、無声映画の古いフィルムのように、さまざまの逃げ姿の自分の少年時代が反復された。育ちの悪いものはまず逃げることだ。それだけが唯一の手なのだ。

「だが」

と新次は反問した。「そんなにうまく逃げ通せるもんかね。ヒンドスタンの子が、だまって逃がしておくもんかね」

＊1　リュウフォーレル……日本の代表馬。アメリカのローレル競馬へ挑戦した。

と片目は力をこめて言った。「まともに走ったんじゃ、ハクリョウの子は、ヒンドスタンの子に敵う訳がない。まして、絶好調のヤマトキョウダイやウメノチカラには、すぐにかわされてしまうだろう。そこで、トーストにも作戦がある。いいかね、先頭に立ったトーストが、全力疾走で逃げてるように見せて、実際はまったく軽く、充分に余力をのこして走るんだよ。ヒンドスタンの三兄弟は、どうせトーストの玉砕戦法だから、直線コースへ入ったらスピードがガタッと鈍るだろうと思ってゆっくりとマークしながら、敢《あ》えて無駄なエネルギーを費わずに追ってくる。

彼らはトーストを射程距離において、その気になりさえすれば何時でも追い込ませる態勢で来るんだよ。しかし、**レース中に馬が時計を見る訳にはいかない**からね。全力で逃げている筈《はず》のトーストが、スローペースで欺《だま》し逃げしているとは気がつかないんだよ。

「そこだよ」

ところが、直線へ入ってからトーストの逃げ足がするすると延びる。三兄弟の方は、「おや?」と思う。もう、トーストの脚力が衰える筈だと、タカをくっていたのが、余力を残している。いやいや、そんな筈はないぞと三兄弟がスパートする。そのときこそ、トーストの本当に逃げるときだ。弾丸のように、のめりこんでくるヒンドスタン三兄弟から、声のない叫び声をあげてトーストが、必死に逃げこんでしまうのだ。まったく、人を莫迦にしたようなタイムで、しかしヒンドスタン三兄弟に差す暇を与えない心理的な逃げ勝ち。

騎手も保田でね、そんな作戦にかけちゃ随一の男だ」

片目は、自分の家系の貧しさを、まるでトーストの善戦に賭《か》けているような口ぶりで話した。トーストの十四勝は、ことごとく逃げて勝ったものであり、自分の人生の挫折《ざせつ》は、ことごとく逃げ損ってつまずいたものだ……と言わんばかりの口調であった。新次はふと、人間のレースを夢想した。無類の名血の皇太子や、評判馬の五島昇、持込み馬の王貞治らが砂埃《すなぼこり》を立てて疾走してくる。そして、その先頭に逃げて逃げまくっている覆面の男というのは自分だ。だが、息を抜いたら一気にかわされるという人生の時に、スロープースに落しながら逃げる余裕など、誰が持てるものだろうか？

「人間だって」

と、にがにがしい思いをこめて新次は言った。

「やっぱり、血統で、八割は決まってしまうものなんだろうな」

ああ。と、片目は六番枠の馬券を数えながら言った。

「あとはもう、手をかえ品をかえて相手を蹴散《けち》らしてゆかなきゃ、陽のあたる場所へなんか出られやしないんだ」

新次はスタンドから沸き起こる遠い喝采《かっさい》を、耳なりのように聞きながら「血統」についての漫画的な空想をたのしんだ。手許《てもと》の「馬」（ホース・ニュース紙）には午後の陽がいっ

連勝	白 ❶	黒 ❷	赤 ❸	青 ❹	黄 ❺	緑 ❻	緑 ❻	橙 ❼	橙 ❼	桃 ❽	桃 ❽
番号	1	2	3	4	5	6	7	8	9	10	11
父	加藤増吉	松下政楠	吉永芳之	石原清	田中広作	沢村久光	二木建夫	山本清	不詳	馬場一雄	青木忠毅
母	加藤喜美江	松下とく枝	吉永和枝	石原光子	不詳	沢村フジ	二木もよ	山本勝代	納谷きよ	馬場ミツ	青木喜代
人名（兄妹馬）	美空ひばり（武彦）	松下幸之助	吉永小百合	石原裕次郎（慎太郎）	田中彰治	新宿新次	バリカン建二（初仔）	山本富士子	大鵬幸喜	ジャイアント馬場	青木勝利
重量	56	61	52	57	55	50	49	56	56	53	52
騎手	加藤（喜）	松下	江守	石原	田中	堀口	堀口	山本（丈）	二所関	岩田	川野
性令	5 牝	7 牡	4 牝	5 牡	7 牡	3 牡	3 牡	5 牝	5 牡	4 牡	4 牡
賞金	5,150.6	10,998.3	2,743.2	5,341.8	723,9	.5	0	4,987.3	1,345.7	984.5	83.1
厩舎	田岡	ナショナル	日活	石原	安藤	暁	暁	松尾	二所関	日プロ	三鷹
尾形	……	◎	……	○	……	……	……	▲	△	……	……
山岡	○	◎	……	▲	……	……	……	……	△	……	……
古賀	△	○	……	▲	……	……	……	◎	……	……	……
森	△	◎	○	……	……	……	……	……	……	▲	……
橋本	▲	△	◎	……	……	……	……	……	○	……	……
岩下	△	◎	……	○	▲	……	……	……	……	……	……
馬	……	◎	△	▲	△	……	……	○	……	……	……
1600	中山 1389	中山 1367	中山 1390	中山 1372	ダート 1393	ダート 1031	ダート 1463	東京 1388	東京 1370	ダート 1400	東京 1371
1800	東京 1520	東京 1501	東京 1521	東京 1530	ダート 1521	ダート 1000	中山 1563	東京 1531	中山 1519	ダート 1519	ダート 1532
9月8日～ 9月23日 五回東京	五 東京 ④日2 二千 202.5	3ケ月休養	五 東京 ⑤オ1 千八 153.1	二 中山 ④白3 千八 153.1	二 中山 ④内4 千八 153.5	五 東京 ❹未1 千 103.1	五 東京 ❹未8 千 112.0	6ケ月休養	二 中山 ⑤オ1 千八 151.0	三 東京 ③京2 千八 151.9	1ケ月休養
短評	思えば負けよ	連勝確実で	好調も相手揃	血統良中出る	逃げどこまでで	格下も絶好調	力不足見劣る	叩かれて良化	重なら狙い目	この馬場走る	稽古が不足で
脚質	自在	先行	逃げ	追込	逃げ	差し	逃げ	差し	先行	先行	じり脚

ぱい溜っていた。新次は、その陽溜りごと新聞をたたむとヒューと口笛を吹いた。頭の中には、もう一種類の出走表が出来上ってしまっていたのだ。

2

まったく意外なことだが、その日のメイン・レースは片目の予想通りに、トーストが勝った。二着はヒンドスタンの仔のウメノチカラである。配当金が千七十円（特券では一万七百円）もついたので、片目は新次にビールを振舞うことになった。二人は競馬場を出て、裏通りの小さな酒場に入った。日が沈む前だったので、酒場の中はガランとしていて、止り木がカウンターの上に逆さに立てて並べてあった。「まだかい？」と片目が叫ぶと、奥から足の悪い女が出て来てあわてて止り木を下《おろ》した。

「いま掃除をし終ったばかりですよ」

女は、すぐにテレビを点《つ》けてくれた。

「ビールをくれ」

と片目が言うと、足の悪い女はすぐに奥に引込んだ。「このバーは、なかなかいいよ」と片目は言った。「家庭的《アト・ホーム》だからね」（——家庭《ホーム》という言葉が、何か安らぎを感じさせてくれた時代もあったな）と新次は思った。（だが、それも終戦後のほんの数年間だけだった。

いまではむしろ、「家庭」という言葉には醜悪なひびきがあるばかりだ。「家庭」は、やつらのかくれみのだ。それは不安な魂が、自分をごまかすための免罪符としてしばしば使っているにすぎない）ビールがコップに注がれると、片目は上機嫌で新次の肩に手を置いた。

「いいか新次。これは競馬に勝ったから飲むのじゃない。新しいボクサー、新宿新次の右ストレートのために乾杯するのだ」

新次は、ぐいっとビールを喉《のど》の奥に流しこんだ。テレビでは教護院のノド自慢中継が行なわれていた。テレビを飲みこんでしまうほど大口をあけた孤独な雀斑《そばかす》の少年が、

　上野は俺らの心の駅だ
　くじけちゃならない人生が
　あの日ここから　始まった[*1]

と井沢八郎の真似をして歌っていた。

（歌うのは、傷を癒《いや》すためだと思っていたが、歌うことで傷つく奴もいるんだな）と新次は思った。

「これで七連勝だな」

と片目は言った。「そろそろ、中平あたりとやってみるか」

新次はコップの中で消えてゆくビールの泡を見つめた。「いまのお前のパンチなら、中平だって倒せるだろう。野郎はソムサクのカウンターに大分手こずっていたからな」

「訳ないよ」

と新次は言った。「あんなやつ全然、訳ないよ」

「あんた、どうして片手を出さないの」

と足の悪い女が言った。「ギッチョなのね」

すると新次は、黙って右手を出してカウンターの上に置いた。その手には握力増進用のバネが握られてあった。女はその上からそっとさわってみた。ゆるぎなく固められているこぶしは、ほんの少しでも力を抜いたらバネによってはじきとばされそうであった。バネがひらいたら、五指はばらばらにとび散ってしまうかも知れない。と女は思った。

「そんなに鍛えてどうするの？」

「英雄《ヒーロー》になるのさ」

と新次は言った。あけっぴろげで明るくて、そのくせ何でも排撃しようとする新次には、「野生の家畜」といった趣きがあった。

足の悪い女は、からかうように、

「英雄《ヒーロー》なら、一杯いるじゃない」

と言った。

「あそこに」

＊1　「ああ上野駅」……『家の光』協会選定歌謡。

女は目でテレビを指した。(外出嫌いな足の悪い女にとって、テレビの幻影は、偉大な実在の証《あか》しなのだろう)「エリオット・ネスもいれば徳川家康もいるわ。長嶋もいれば戸田切人もいるわ。いまのところ、英雄は間にあっているわ」

新次は忌々しそうに言った。「俺の敵じゃない奴と戦ってる奴を、どうして俺が英雄《ヒーロー》と呼べるんだ?」

すると、足の悪い女は、鳥の巣のようにちぢれた安いパーマネントの頭を、箸《はし》でかきながら、「あんたは自分を大げさに考えすぎるわ」

と応酬した。「あんたの敵は、あたしの敵じゃないわ。だけど日本人全部が英雄《ヒーロー》になる訳にはいかないでしょ?」「そりゃそうだ」と新次は肯《うなず》いた。「どんな三文芝居だって脇役がいなきゃ、出来ねえもんな。だから人にはそれぞれの役向きってものがある。俺は英雄《ヒーロー》向きで、あんたはきっと脇役《バイ・プレーヤー》向きなんだ」

その口ぶりには、女の「足の悪さ」を軽蔑《けいべつ》するひびきもこめられてあったので、片目が耳打ちしてたしなめた。

「あの人をからかうなよ。あの人は、かわいそうな人なんだ。小説家の亭主に逃げられたんだ」

だが、新次にはそんな忠告は無用だった。まるで有能な猫が鼠にとびかかるように、女のシニックな言葉の首根っ子にからみついて行った。「夢のない奴には、わかりっこない。

あきらめてしまった人たちには理解されないものが俺にはあるんだ」

「それは何よ」

と、女が訊《き》いた。

ひらいたドアのすきまから、鮭を焼く匂いが漂ってきた。もう、電灯をつける時刻になっていたが、三人は、テレビの明るさだけの中で「議論」に熱中していたのである。

「俺は有名になりたい」と新次は言った。「チャンピオンになって、映画スターと一緒に『週刊平凡』の表紙に出たいんだ」

「そんなこと？」

と女は逆に軽蔑をこめて言った。「たった、それだけ？」

「それから飛行機に乗って、アメリカに行くのさ。英雄《ヒーロー》には、それにふさわしい広い土地が必要だからね」

(たしかに、今日では、有名《ビッグ・ネーム》を得ることが英雄の条件であることは間違いなかった。しかし、英雄だから有名《ビッグ・ネーム》なのか、有名《ビッグ・ネーム》なので英雄なのかを、新次は考えたことはなかった)

「そんなら、何も、血のにじむような努力をしなくとも英雄になることは出来るじゃない？」

　と女は言った。

「PRマンをつけさえすれば訳ないわ。どんな無名の人だって、どんな無能な人だって、自分に専門の宣伝係をつけさえすればすぐに有名になれるのよ。新宿新次商会とか、株式会社新宿新次売出し商事とかを作ればいいんだわ。蟹《かに》みたいに腰の低い顧問関係秘書だとか、スピーキング・マシーンのような広報担当者をつけて、朝から晩までテレビで宣伝すればいいのよ。近頃じゃ、英雄《ヒーロー》の市場価値なんて、まるで安くなってるんだから」

「何を宣伝するんだい」

　と片目が顎《あご》をこぶしでこすりながら訊いた。

「無名だってことを宣伝するのよ。立看板を立てて『無名の男、新宿新次に注目しよう』とやるのよ。テレビのスイッチをひねると玉川良一が、あんた、カレ知ってる？　新宿新次[*1]。とやるし、岸恵子が新宿新次、寝てみない[*2]？　とやるの。松村達雄が、新宿新次、いいと思うよ[*3]。とやるの。

　弘田三枝子が新宿新次でやりぬこう[*4]。と絶叫して、小鳥が三羽

　　クチュクチュ三角　なめてごらん
　　新宿新次　いい感じ[*5]

って唄《うた》えば、大成功だわ」

女の激しい口ぶりには、何か呪いのようなひびきがあった。それは一つの時代への痛烈な批判というよりは、わたくし事の憎悪のようなものであった。「すこしばかり費用がかかるけど、『無名』だってことも『有名』になるための条件になるんだわ」

「しかし、そんなものじゃ実体がないね」

と片目が言った。女の目の下には黒ずんだ隈《くま》があった。自分を捨てて、売り出した小説家の夫のことが、いまも脳裡《のうり》をはなれないのだろうか。「全国的に売り出されたって、実体が無いんじゃ商売にならないよ」すると女は絹を裂くような哄《わら》い声をあげた。

「実体ですって？　実体と有名《ビッグ・ネーム》とどういう関係があるの？　いまはモーゼの時代じゃないのよ」

片目が何かを言いかけるのを、新次が鎮めるように言った。「止《よ》そう。この人は病気なんだ」

女は新次を睨《にら》んだ。睨まれた新次は立上ってスイッチをひねって電気を灯《とも》した。すると、テレビの明りはすっかり薄れてしまった。「足の悪い人は、どうしても跛の思想を持つようになる」

と新次は残酷に言い捨てた。「ビールをもう二、三本出しておくれ」

＊1　あんた、お酒のんでる……キャベジンのCM（TV）。
＊2　ベスロン、着てみない……ベスロンのCM（TV）。
＊3　いいと思うよ……コニカのCM（TV）。
＊4　アスパラで、やりぬこう！……アスパラのCM（TV）。
＊5　クチュクチュ三角なめてごらん……ヴィックスのCM（TV）。

女は引っ込んだ。

飢餓線上から、そんなに遠くない場末のバーでは、これ以上女主人が客と口論することは生活の知恵としては望ましいことではなかった。女はしゃがみこんで、ビール瓶の尻《しり》を拭《ふ》きながら涙ぐんだ。「どっちが病気なのよ」と言いたかったが、勇気が湧いてこなかった。あたしが跛なのは、決して好きでしたことではないのよ。

商標を見る目で見ないで頂戴《ちょうだい》。

3

「おまえは順調だが、〈バリカン〉の方は、必ずしも順調とは言えんようだな」

と片目は言った。

「あいつは怖がってばかりいる」

「でも、ようやく勝てるようになったじゃないか――このごろ」

と新次は、女のしゃがんでいるバーのキッチンの奥を見ながら言った。「二勝七敗じゃ仕様がないよ。こっちは資本《もとで》をかけて売ってるんだから」と片目は舌なめずりをした。ちっとも美味《うま》くないような飲みぶりをした。女がビールを持ってきて、カウンターの上に黙って置いた。もう口論はしなかったが、新次には女の傷ついていることがよくわかった。

幅一メートルに充《み》たない木製のカウンターが、まるで果しないハイ・ウェイのように両者をへだてあっていた。

「感傷的な男は、ボクサーには向かないんだ」

と片目は言った。

「同じ日に、同じ方からやって来たのに、おまえ達二人は、まるで違う。あの男は、ナリが大きいがてんで度胸がないもんな」

新次は〈バリカン〉のことを思い出した。いま頃、あいつは一人でジムにいるだろう。夕餉《ゆうげ》の電気釜《がま》にスイッチを入れて、夕刊の芸能記事を読んでいるかも知れない。「あの男は、臆病《おくびょう》なくせに、ガードが甘い。無防備で敵に接近してゆくから、アッパーのカウンターを喰うんだ」

と片目は言った。

新次は、リング上の〈バリカン〉を能無しだと思ってはいたが、しかしリングを離れてみると弟のように可愛いのだ。（夜、寝落ちてから、誰かの視線を感じて目をさますと、〈バリカン〉が新次を見つめていることがある。べつに用事があるのでもなければ、話があるのでもなかった。ただ、醒《さ》めた新次と目が合うと、だまって人なつこく笑うだけである。「もう寝ろよ」と新次が面倒臭そうに言うと〈バリカン〉は、やっと安堵《あんど》したように眠るらしかった。ときには真夜中に、頭からすっぽり被《かぶ》った蒲団《ふとん》の底で、鳩のようにしのび泣いていることもあったが、新次はとりあわなかった。

〈バリカン〉は以前に、新次にこう言ったことがある。

「し、し、新ちゃん。俺は英語で寝言を言うらしいよ。が、が、合宿のトレーナーに言われたんだけど……」

「何て言うんだ?」

と新次が聞くと、〈バリカン〉は、さも可笑《おか》しそうに、

「help《ヘルプ》! help《ヘルプ》! って言うんだってさ!」

と自白したものだ。

「〈バリカン〉が弱いのは、医学的な問題なんだよ」

と新次は、片目に言った。

「あんな大男が感傷的になるのは、医学的な理由しか考えられんものな」

この唐突な意見に、片目は一寸《ちょっと》まごつきながら肯《うなず》いた。「栄養剤を飲むといいんだよ。少し活力をつけると、あんな感傷的な人生観は、たちまち変ってしまうんだ。詩を書いたり、名曲喫茶に朝からとじこもっているような連中を見てると、俺はいつでも(かわいそうだなあ!)って思ってしまう。奴らはリポビタンかアスパラを飲んで、体を鍛えれば、まだ立直ることが出来るんだ」

これは、新次の信念であった。彼にとって、ボクサーが「負ける」ということは悪徳で

あり、その原因はつきつめてゆくと必ず栄養不足ということになるのであった。素晴らしい肉体が、精神などという小細胞を自由にできない訳がない。「己れに勝て」などという精神主義的な金言は嘘っぱちで、まず、精神を支配できるような強健な肉体を作ることこそが先決なのだ。

「さて」

と片目が立上った。

「そろそろ、帰ろうか」

――帰りしなに、たまりかねたように足の悪い女が新次を呼びとめた。

「有名《ビッグ・ネーム》さん。あたしの名前を聞かないの？」

その目の奥には、何か訴えるような切実なものがあった。

「あたしだって名前はあるのよ。無名だけど」新次は立止って、孤独な女を見た。女は言った。

「あたしは、セツっていうのよ」

平凡な名だな。と新次は思った。直《じ》き、忘れてしまうだろう。だが、忘れたとしても俺が悪いんじゃない。時の試練に耐えられないような名前の方が悪いのさ。

4

前の晩、〈バリカン〉の作ったライスカレーの匂いが、まだジム中にこもっている。木の匙《さじ》に、こびりついたハウスカレーの黄色いルウが、粉をふいて流しの上に投げ出されてあった。何もかも前日のままなのに〈バリカン〉は片附《かたづ》ける気にもなれなかった。片目と新次が競馬に出かけたので、すこし寝坊するつもりだったのが、目をさましたのは午後の二時である。

あわてて、縄とびを百回ほどしてから、新聞をひらいた。新聞には、湯気立つばかりの最新の殺人事件の記事や映画スターの情事が満載されてあった。〈バリカン〉は、面白い新聞を読んで一時間ほどの時間を潰《つぶ》した。それから、グローブの手入れだ。先週の松谷好美（中外）との試合で、グローブに滲《し》みついた血痕《けっこん》が気になって、毎日脱脂綿で拭いているのだが、完全に消えてしまうまでには、まだ数日かかるだろう。（俺は、いつまで、こんな商売をするんだろうな）と思うと憂鬱《ゆううつ》になってきた。俺は色盲ではないのに、近頃は何もかもが灰色に見える。と〈バリカン〉は、グローブに話しかけた。すると、表通りの老犬のことが、すぐに頭に想いうかんだ。全ての犬は「色」を見ることが出来ない。犬にとっては風景も人物も無色なのだろうか。俺にとっても同じことだ。と、〈バリカン〉は思った。すべてはテレビジョンのように光と影だけしかない。それは浅い灰色か、深い灰色かのどっちかに限られている。こんな年で、「色」を見ることが出来ないのはたまらなく淋《さび》しいことだった。〈バリカン〉は、前の晩、寝床の中で新次と話し合ったことを反芻《はんすう》してみた。

——新ちゃん。東京はすばらしいと思うかい？

——日本の中じゃ、一番だろうね。

と、新次は答えた。「まるで、一望の荒野のように可能性をはらんでいる」

——そうかな。

と、〈バリカン〉は不満そうに、ブリキの窓越しの星空を見上げて、

——俺には何だか、廃墟《はいきょ》のように見えるよ。

と言った。

——あのネオンサインだの高速道路だのが、みんな幻影で、ほんとうは「廃墟」なんだという気がするよ。丁度ね、スクリーンに東京の夜景が映っていて、素晴らしいなと思って入っていこうとすると、それは白い映写幕にすぎないというときみたいに。

——東京喪失、だな。

と新次が笑った。〈バリカン〉は日本喪失だよ。

と言い換えた。

すると新次がムックリと起上って、

——〈バリカン〉！　おまえ、ほんとにそんな風に感じてるのか？

と真剣に訊《き》いたのだ。

〈バリカン〉は、

——この頃、よく眠れないんだ。

と、言い逃れた。「だから、いろんな妄想が生まれるんだよ」

すると新次は、安心したように横になった。

——どんな女の子だってそんな眼鏡で見たら失望するぜ。

レントゲン写真の事実より、見たままの感じの方を信じなきゃ、味気なくって生きていけるもんかね。

——たとえ、それが幻影だとしても？

と〈バリカン〉が呟《つぶや》いた。

——ああ。と新次は肯いた。

——**幻影を持たない奴は、いつかは消えていってしまうんだ。**

それから長い沈黙があった。闇の中で、〈バリカン〉は終電車の遠ざかってゆく音を聞いた。ふと、寝返りを打つ音がして、新次の向きが変った。その背中に向って〈バリカン〉はひどく小さな声で訊いたのだ。

——新ちゃん。おまえ、俺を嫌いになったのと違うか？
新次は答えなかった。
そして間もなく、軽いいびきの音が聞こえて来た……。

十二オンスのグローブをとりとめなくいじっていると、糸が抜けてきた。中には馬の毛とパンヤがいっぱいつまっていた。〈バリカン〉は、わけもなく駄馬の毛と、東南アジア原産のパンヤ[*1]の毛をひきだしはじめた。出しても出しても、毛はつまっていた。新聞紙は、まるで活字から毛が密生したようにケバ立ち、「戦うための握りこぶし」の方はすっかり軽くなってしまった。〈バリカン〉はわけもなく笑った。ほんとうに、一人でいるときなら、よく笑うことができるのだった。

＊1　パンヤの毛……正確には東南アジアのパンヤの木の種に密生する。

第七章

眼帯の片目ばかりで見ていたり一匹の犬殺さるるまで

1

早稲田大学の「自殺研究会」では、秋の文化祭に展示するために、懸案の自主制作による一九六五年型「自殺機械」の制作にとりかかった。これを決定するまでには、かなりの議論があった。夏休みあけの最初の部会で、田切という上級生部員が、キャップの川崎敬三（そっくり）に一つの提案をした。「ここまで来たら、われわれの研究会も観念的であることを止めなければ不可《いけ》ないだろう」川崎敬三（そっくり）は、お人好《ひとよ》し的真剣さでこれに反対した。

「だが、観念的でない『死』なんて、あるだろうか？」

田切という法医学専攻の部員は、眼鏡ごしにその川崎敬三（そっくり）を睨《にら》んだ。「問題をすりかえるのはよしてくれ。誰も『死』の話なんかをしちゃいないんだよ。『死』は観念的で実践できがたいものかも知れない。が、われわれは『死』研究会に入部しているんじゃなくって、自殺研究会に入部してるんだ」

学生会館の最上階の部室はヴェトナム問題支援会と兼室になっていたが、その日は自殺研究会の総会ということで、ヴェトナム問題支援の会員たちは一人もいなかった。田切は、激しく言葉を継いで、言った。「死はもしかしたら思想かも知れない。だが自殺というのはただの行為なのだ。何も難しく考えることはない。将棋研究会が将棋の駒を並べたり、ヨット研究会がヨットに乗って他国へ船出したりするみたいに、われわれも自殺を経験してみるべき段階にやってきた。とするとそのために『道具』を考案してみてもいいじゃないか」

女子の最上級生である〈玉ねぎ〉は、その田切を軽くたしなめるように発言した。

「あたしたちの研究会ですからね。『研究』と『実践』とは違うと思うわ」

続けて発言したのは一年生の首沢であった。彼はマルセル・デュシャンの一つの器械を例にとって「自殺機」の目指すべき方向について語った。デュシャンの「**独身者たちによって花嫁は裸にされて、さえも**」という器械には、馬鍬もあれば、排気弁もあり、はさみも、水車のある滑溝もついていた。しかし、そこで「花嫁が凌辱《りょうじょく》される」という事件は、あくまでもイメージとしてのみ存在するのであって、これらの仕掛の一つ一つにある意味は、言わば全くのナンセンスだから価値があると言うのだ。「われわれの自殺機も、高度のイマジネーションを内包することによって、自殺という狂気をナンセンスにまで高めるべきではないでしょうか？」と首沢が言った。

しかし、田切はその首沢の熱弁を冷笑した。「きみは、それを秋の美術展覧会にでも出品するつもりかい？　僕らは自殺の道具を作るのが目的なんでポップ・アートなんかを問題にしてるんじゃないんだよ」

田切は首沢をじっと見据えて続けた。

「いいかね。

僕らがこの夏をかけてまとめた自殺に関するアンケートを思い出して見たまえ。**ピースの空箱に鉛筆で『日本の皆さん、さよーなら』と書いて自殺した失恋コックの遺書**や、便所の壁に爪で『馬鹿は死ななきゃなおらない』と書いて死んだ受験失敗の学生の遺書は文学じゃないんだよ。みんなセッパつまって死んでるんだ。そのアンケートの統計表をまとめながら、時代の悲惨さに心うたれた僕らが、はじめて自殺機械を作るとき、何でそんな体裁にこだわらなきゃいけないんだ」

「死に方だって、美しくなきゃいけない」と首沢が言った。しかし川崎敬三（そっくり）は、その田切をなだめるように肯《うなず》いて言った。「わかったよ、田切。きみの言う通りにするよ、べつに自殺機そのものの構造をやり直すほどのことじゃないからね。きみの言う通り、われわれは自殺機一号を道具として機能的にのみ考えることにする。つまり心構えを改める。それでいいかね？」

だが、田切の表情は少しも和らがなかった。それどころか一層険しい表情になって、

「で、誰がその道具の機能を完遂させるのかね？」

と訊《き》き返したのだ。「道具の機能を完遂させる？」と川崎（そっくり）は不審そうに口ごもった。「何を言ってるんだね？　きみは」田切の口許《くちもと》には微笑がうかんでいた。「会員の誰かが自殺機で自殺するか、それとも外部から試運転の被験者を連れてくるかどっちなのだと訊いたんだよ」

会場がざわめいた。冗談が凍りついたときのように、学生たちの顔は、それぞれ固くなって、奇妙な息の響が鳥の羽音のようにひろがっていった。

「あたしは嫌よ」と〈玉ねぎ〉が立上って大声で言った。「老人がいいわよ。老人ホームか、ドヤ街へ行って自殺志願者を物色してくるというのがアイデアだと思うわ」誰も反対するものはいなかった。テーブルの上の自殺機の青写真には、そのときからきびしい現実感が生まれはじめたのだ。

2

翌日、半数の部員が退部届を出した。残ったメンバーは早速制作にとりかかった。まず学生会館の裏庭には、高さ三メートルの小クレーンが組立てられた。それを暗黒色に塗りつぶすのは一年生の仕事だった。クレーンの頂点には、田舎の井戸を思い出させる滑車がついていて、そこから縄でバケツいっぱいの水と命を絶つ斧《おの》とが左右に重量の均衡を保ってさげられた。点滴する水は首沢の発案で、赤い絵具で着色された。赤は血の色である。そこでこの〈自殺機〉は、当初の水時計と死との相関関係――という哲学的イメージから一段と残酷さを増し、グランギニョールの大道具のような外観になった。しかし、田切ら実用派も、この〈自殺機〉の構造には満足しきっていた。「何よりも、デュシャンの器械のように、饒舌《じようぜつ》がないのがいいな」

と田切が言った。

「排気弁も馬鍬もないところがいい。〈死〉を何かの代りのものにしてみせるような詐術がないところがいいよ。第一、こんなチャチな機械じゃ、〈死〉も驕《おご》りようがないもんな」

この自殺機一号は川崎敬三（そっくり）の発案で、**ミスター・ソブレン**と名づけられた。（彼らには、癌と、アメリカ政府からの終身刑という二重の与えられた死を拒んで、自らの死をえらんだロバート・A・ソブレン博士の名が、この機械の名にもっともふさわしい、という気がしたのである）

〈自殺機〉が完成に近づくにつれて、〈玉ねぎ〉を中心とする女子部員たちには焦慮の色があらわれはじめた。この機械にふさわしい自殺者を獲得してくるのが、彼女らの仕事であった。

しかし、これだけは新聞広告を出す訳にもいかないし、職業安定所に頼んで狩り集めることも出来ない難行だった。

ニキビの荒野が顔いっぱいにひろがっている一年生部員の桃子は養老院から帰ってくると溜息《ためいき》をついて言った。

「だめだわ、ぜんぜん。

政府の福祉政策はとてもうまく行ってると思うわ」

「どうしたのよ」

と、〈玉ねぎ〉が桃子に椅子を差出した。ガランとした部屋には「自殺者獲得目標、一日一人」と書いたスローガンが恥かしそうに日に翳《かげ》っていた。

「どこの老人ホームへ行っても、老人たちは口ぐせに〈もっと生きたい〉って言うのよ。皆、毎日が不満だから、もう少し生きて、もっといい思いをしてからじゃないと死ねないって言うのよ。

つまり、欲求不満のエネルギーがあのひとたちの生甲斐《いきがい》になってる訳なのよ」

それじゃ、と〈玉ねぎ〉は頬杖《ほおづえ》をついて、結論を下した。「待っていたって駄目ね」

「じゃあどうする?」

と桃子が訊いた。

「啼《な》かぬなら啼かしてみせようホトトギス、よ」

と〈玉ねぎ〉は笑ってその肩をたたいた。

その夜、遅くまで部屋に残った二人は、老人ホームの老人たちに配るためのメッセージを刷りあげた。

〈玉ねぎ〉の考えた、その文案。

――あなたは病気にかかっていませんか？　人類が最後にかかる、一番重い病気は「希望」という病気です。

もしこの問題について、相談したいことがあったら、早稲田大学・自殺研究会内ミスター・ソブレン制作委員会宛お葉書を下さい。あなたのための超特別待遇が待っています。

3

わが切りし二十の爪がしんしんとピースの罐に冷えてゆくなり

という短歌を作ると〈バリカン〉の親父は欠伸《あくび》をした。彼が話し相手を探しに駅へ出かけて行くことをやめてから、もう半月にもなる。

アパートはすっかり損《いた》んでしまっていたが、それに手をつける気力もない。雨洩《あまも》り水もドラム罐《かん》いっぱいになるまで放っておいたので、保険の外交員が思わず「こんなにあれば、ジャイアント馬場の体だって洗えますな」

と嘆息したほどであった。そして彼は、対話をあきらめてからは、専ら独語するようになり「もし俺のために食事するのでなかったら、俺は誰のために食事をするのだろうか？」とか「あるいは誰かが俺のために食事するだろうか？」とかいった謎あそびに熱中していた。

また彼は「誰かが、俺のために食事しているのだと言っても、俺が一向に腹がくちくならなければ、俺はどうしたらいいのだろうか？」

とも考えた。

社会的知覚とは、こうしたとき「腹がくちくなったような顔をすること」なのだとしたら莫迦《ばか》莫迦しい話だな。だが、もしも**その「食事」ということばを「存在」ということばに置き換えてみたら？**

ピースの空罐の中には、この数ヵ月のあいだ切り貯《たくわ》えた自分の爪が入っていて、それを耳許で振るとさみしい音がした。老人は、爪も骨の一部ではないだろうかと思ってみた。蓋《ふた》をとって嗅《か》いでも、自分の骨の匂いがしない。たぶん、切り離されたときから爪はもう自分のものではないのだが、しかし唯一の話し相手のつもりでよいから、これを身近に置いておきたいと思ったのだ。

だからある日、ふいに見も知らぬ大学生たちから食事に招待されたときには、老人はあきらかに面喰《めんくら》ってしまった。川崎敬三（そっくり）は、新宿駅名物になっていたこの「話しかけ屋」の老人を探すのに、いかに苦労したかを言葉短に語り、紀伊國屋ビルの五階にある中華ヴァイキングで一緒に食事をしたい、と言った。田切も、首沢も、桃子も、〈玉ねぎ〉もみなにこやかに老人に話しかけた。彼らは、最早機械を完成させてしまっていたので、総力をあげて孤独な男（または女）を探しまわっていたのである。（彼らの焦慮は結論として自殺志願者などというのは「在る」ものではなくて「作る」ものだ――という意見にまとまっていた）

老人も、酔うまでは用心深く学生たちの真意を汲《く》みとろうとしている様子だった。が、酔うとともにしだいに「話しかけ屋」に戻っていき、心を許す素振りを示した。この孤独な老人は、ビールを注いだコップを目の高さに掲げると、たちまちいつもの口癖をくりかえすようになってしまった。――俺みたいに老人になると、耳がよくなるね。真夜中に表通りを歩いてゆくと、アパートや下宿屋の中で、おしこめられている家財道具たちが、すすり泣いている声がきこえてくるんだ。道具たちはみんな「助けてくれ、助けてくれ」って悲鳴をあげてるよ。

そして、ビールのコップのふちから、まるで絶壁のように中を覗《のぞ》きこんだ。Only, in Japan だよ。「日本なればこそ」だね。

「毎日が、さみしいですか？」

と〈玉ねぎ〉が、実験中の家畜をしらべるインターンの目をして訊《き》いた。

——洟《はな》がつまったよ。

と老人は、トリの唐揚げを口いっぱいに押しこみながら目がしらをおさえた。

——**洟づまりには点鼻液プリビナ**。

もしも家庭にチバ薬品株式会社のプリビナがなかったら涙もろい奴ア、暮せない。あってこそスイート・マイ・ホーム。成分、一ミリリットル中、硝酸ナファゾリン〇・五ミリグラムを含有。スポイト付き百六十円。(このトリの肉はやわらかい。やわらかい肉ってのは、年とったためんどりじゃないかと思うね)[*1]

「おじさんは、家族はいらっしゃらないのですか？」と〈玉ねぎ〉がまた訊問《じんもん》した。「うちの倅《せがれ》は渡り鳥だよ。俺には、相続させるほどの財産もないしね」

「それなんだ」と田切が言った。

「おじさんは、政治運動をしておられたと聞きましたが、〈**家具が悲鳴をあげる**〉原因も、息子さんが家をとび出された原因も、結局は経済的、政治的現象だということを当然お考えになられたでしょう。つまり、君主制や国家ってやつが、家庭における親父の権威をむしりとってしまったんだ。シンボルとしての親父の座が衰頽《すいたい》してしまったので、日本の息子たちは戦後もずうっと、社会ばかり相手にして、親父を相手にしなくなった。

ちがいますか？」

老人はトロンとした目をしていた。コーンスープのとうもろこしが、老人の口のまわりを濡《ぬ》らしていた。ビールばかりでなく細切の肉も、辛子で煮た海老《えび》も、ナマコも、春巻きもテーブルの上に並んでいた……。そして、どの学生もみな、自分の「話し相手」であり、自分に関心を持っていてくれるのだ。老人は「超特別待遇」の中で、ソロモンの孤独を満喫していた。興にのって、
笑いすぎると、なみだがおちる
今日はきのうの明日じゃない[*2]

と、畠山みどりの声色を真似ようとすると、尿意がどっとこみあげて来た。

「おしっこ」

と言って老人は、立上った。

その老人を見送って、仲間に目くばせを送りながら、川崎敬三（そっくり）は、

「いけそうだな」

と言った。

「でも」と首沢が押殺すような不安な声で「あの人、自殺なんかできるだろうか？」と言った。「あれじゃ、なかなか死にそうもないぜ。それに、あんなに飲み食いされつ

＊1　ジェイムズ・ジョイスはプラムトリー社の肉の罐詰の広告を非難している。
＊2　畠山みどりのヒットソング「浮世街道」。

づけるんじゃ、文化祭まで予算が持たない」
「なあに」と田切が言った。
「待つことはない。予算がオーバーしそうになったら、少し位早くても自殺させてしまえばいいんだ」

老人は小用を足しながら、新宿のネオンを見下ろしていた。さっき深爪をしすぎた指先がひりひり痛んでいた。老人は、本当に酔っているわけではなく、むしろ泣きたいほど醒《さ》めきっていたのだ。彼は、いままた短歌になりかけている一つの考えをまとめようとして、いつまでも便器の前へ呆然《ぼうぜん》と立っていた。

——**危機という名の鳥は、政治的、経済的状態のうちにではなく、人間の魂のうちにのみ見出《みいだ》される**。しかし、この考えは五、七、五、七、七でまとめるには、あまりにも性急すぎたようだった。

4

その夜から、老人は〈軟禁〉されることになった。と言っても、毎日ビールと食事をあてがわれて、まるで飽食しきった家畜のように寝てばかりいるだけのことだった。場所は田切のアパートで、隣室（そこは桃子の借りている部屋だ）には、監視のための何人かの学生たちがつめかけていた。

「肉体文化」の編集をしている桃子の兄の沢渡はこの老人のことを話すとき、しばしば「人間実験」という言葉を用いて、他の学生たちに非難された。沢渡は三年前にも、こうした出来事にふれたことがあるのである。

沢渡の即興舞踊への回顧

——彼等は舞踊のことを考えていたんだ。（と沢渡は、老人に運ぶための粕汁《かすじる》をガス・コンロの上で煮立てながら言った）インプロヴィゼーション・ダンスなんだがね。理論的に言って、彼等の考えていたことは間違っていなかったと思う。

（もっとも「理論なんか売りとばしてしまえ。そして帰って親父を尊敬しな」って文句もあるがね）とにかくダンスというのは、人間の肉体で表現することばだ。肉体の動作の中にしか秘密のない芸術だ。だから、そこには肉体自身の自発的な感情がなくっちゃ、人を感動させることは出来ない。しかも、あらかじめ振付られた動作というのは「あらかじめ予告された恐怖」のようなもので新鮮味に欠ける。本職のダンサーの踊りってやつには「表現」とか「形式」はあるが、ナマの情念ってやつがない、という訳だよ。彼等は、新宿駅の駅頭から吐き出されてくる群衆のきわめて日常的な（あるいはきわめて危機的な）足どりの中に、ダンス本来の感情を見、また階段を昇り降りする腰と上半身の動きの中に多くの肉体言語を見出すようになった。(だが、これはリアリズムってわけじゃないんだよ。生活としてくりかえされてるものは、それだけじゃ何の意味もない。そこに何か一つの解釈か——または解釈の手がかりとなるアクシデントがなくっちゃね。
他の人たちの視線をひきつけるための何か、たとえば新宿駅のホームでの「雨外套《がいとう》の男」の投身。そして、その「表現」への群衆のリアクション。そこまでゆくと、こいつは一つの作品だ。街頭舞踊というよりは、もっと本来的な人間舞踊だってことになるんだよ。

沢渡はひどい近視だった。彼はタバコをとり出した。
高架線の電車が通るたびに、アパートが地震のように小きざみに揺れる。壁に貼ってあるアジア地図も一緒に揺れる。(隣室の老人も揺れてるだろうな。——と田切は思った)
「彼等はリサイタル当日まで、その見知らぬ通行人を目かくしして、食事も与えずに学生会館の物置きに押しこんでおいた。三越デパートの店員だったということだがね。「通行人」は、自分がなぜこんな目にあうのかという因果律についてばかり考えていたそうだよ。やがて、当日がやって来た。「通行人」は物置から曳《ひ》き出され、縄でむすばれて高いところから吊《つ》られたような気がした。
やがて、目かくしがとられると「通行人」は自分が観衆に見つめられ、裸でステージに半吊りになっていることを知ったんだ。「通行人」は大声で絶叫したよ。

助けてくれ。俺は違うんだ！
俺は、みんなと違うんだ！

そして、あばら骨をむき出したあられもない裸体をもんどりうたせ、必死で縄を切ってステージから逃れようとするのだが暴れれば暴れるほど観衆は哄笑《こうしょう》し、喝采《かっさい》し、その迫真的なユーモアにうなるだけなんだ。やがてステージの下に、舞踊研究合唱団がそろって、その「通行人」のためにうたい出す。実は、俺もその合唱団のひとりだったんだが、歌の文句はこうだった。

父よあなたは強かった[*1]
縄もとどかぬ天国へ
三日ものぼっていたとやら
十日も食べずにいたとやら
よくこそ生きてくださった
(ジャズっぽく転調して)
てなこと言われてその気になって
首吊ったのが大間違い
地獄じゃ物価が高すぎて

＊1　前半を軍歌「父よ、あなたは強かった」のメロディーでうたって下さい。

酒も飲めなきゃ女も買えず
どこもかしこも秋風ばかり
あれ手淫《しゅいん》に日を過す

——観衆はドッと笑ったね。そこで、「通行人」はますます興奮して、「警官を！　警官を！」と叫ぶ。するとステージには、警官を演ずるダンサーたちが、合唱にのってステップを踏みながらあらわれ、彼のまわりでゆるやかに、しかし、人を小莫迦《こばか》にしたように救済のワルツを踊りはじめるのである。「通行人」は屈辱感で、ソーセージが火あぶりにされるように、身をくねらせ、男泣きしながら、「**違う、違う！　俺はべつだ！　一緒にしないでくれ**」と観衆に直訴しようとするが、虚構と事実との地平線なんて客にゃ区別できっこないやね。「表現」なんて、そんなもんだよ。それでそのリサイタルは大成功裡《り》に終って、批評家たちは「極限舞踊」という名で彼等をほめたたえたものさ。迫真の演技力！　なんてことばもあったっけ。

「でも」

と川崎敬三（そっくり）は、沢渡に聞いた。

「その通行人は、リサイタルが終ってからどうなったんです？」（それが、現在の川崎（そっくり）にとっては何よりの関心事だったのだ）「なあに」と沢渡は笑った。「どうもなりやしなかったよ。彼はまた翌日からデパートへ出勤し、同じようなサラリーマン生活をくりかえしているよ」

鍋《なべ》の中で粕汁が煮立ちはじめた。蓋《ふた》を取るとそれは、白い濁流になって渦を巻いていた。

「そりゃ、勿論《もちろん》、リサイタルが終ったときにはひどく興奮していた……告訴するとも言ったし、恥かしくて東京にもう住めない、とも言っていた。しかし、万事お金だね。一万円包んで、リサイタルの意図を説明すると、彼はひどくあっさりと諦《あきら》めてしまったのさ」

ふん。と田切が冷笑した。「一万円の自尊心」か。安いもんだな。そんなことで、諦めがつくんなら、最初から熱演することなんかなかったのに。

「いや」と沢渡は神経質そうに言い直した。「彼は、舞踊研究会を許したわけじゃないんだよ。それどころか、いまだって死ぬほど恨んでいるだろうと思う。

ただ、そのことを平常は忘れているんだ。許さないけど、忘れている。これが大事なところだと思うね。心の隅じゃ、怒らなきゃ不可《いけ》ないって思いながら何となく面倒くさい。そのうち忘れる。

——あんなことを黙って見ていた俺自身に対してだって、俺は腹を立てている。だが、やっぱり忘れてしまう。俺だって、自分を許してる訳じゃないんだが……」

沸きたての粕汁と鮭の切身。一碗《わん》の米飯とキュウリの漬物。

それをお盆にのせて沢渡は出てゆく。たぶん、またしばらく老人に「話しかけられ」て帰ってこないだろう。沢渡は局外者だ。〈自殺機械〉制作に関してもおそらく反対なのだと思う。しかし、彼は反対意見は述べない。先輩なのに気弱で、つねに、その場でいちばんやさしい振舞をみせる……いざ、老人が自殺する段になると、あいつはまた近視の目をほそめて「合唱」してくれるのさ。それにくらべりゃ、あの老人の方は、はるかに強弁だ。と川崎敬三（そっくり）は思っていた。いつでも、口からでまかせに話しまくる。あと八日、死ぬまで、自殺させられるまでさまざまの弁証法を排泄《はいせつ》しまくるだろう。それはさながら長距離話者の孤独といった感じであった。ときには放蕩《ほうとう》をすすめるかと思うと、倹約主義をまくし立て、大学スーパー目薬は絶対だ、と言ったあとでロート目薬を目にそそぎ、「アカシアの雨にうたれて、このまま死んでしまいたい」とうたいながら「死んでも生命があるように[*1]」と念じる。その真理は決して、お互いにならび立たない筈《はず》のものなのだが、老人はどの真理をも愛していた。どれも真理である限りは美しかった。だが、ほんとうに、老人はわれわれの思い通りに死んでくれるかな？　死んでくれるかな。

川崎（そっくり）はふと、仲間たちのまん中に坐《すわ》って、何かを探している自分に気がついた。手は学生服のポケットの中でさまよい、頭は何年も前のことを考えているように気が遠かった。

煙草のけむりがゆっくりとその目の前を横切っていった。

ラッキー・ストライク。（ああ！　幸福な的中）

だが老人が最後まで自殺することをこばんだらどうするんだ？

彼の手はポケットの奥で何かにさぐりあたり、瞑想《めいそう》はとだえた。

つかみ出すと、それは地下鉄の切符だった。

こんなものか？　俺がいま探していたのは？

と、彼の手はその切符をべつのポケットへうつした。だが、わけもなく手がふるえている。

何故？

——新聞紙には、ゴールドウォーター敗北のアメリカ大統領選挙の記事が大きく出ていた。そして、外は雨だった。

川崎敬三（そっくり）は、老人が隣の部屋で、せい一杯の笑顔をうかべて、鮭の切身をしゃぶっている気配を感じた。

そして、思わず目をとじた。

＊1　S・アンダースン「ワインズバーグ・オハイオ」。

第八章

自らを潰さむときて藁の上の二十日鼠をしばらく見つむ

1

幅が広くて短いズボンの下からは母親の手編みのモモヒキがはみだしていた。大きな風《ふ》呂《ろ》敷《しき》包みからは弁当箱と、東京の地図と新聞紙にくるんだ日本人のガム、スルメの足がのぞいていた。

大塩兵助。——その赤ら顔の百姓ボクサーがリングにあらわれたのは、もう一ヵ月も前のことである。「田舎でテレビでボクシングを見てただがね。あんなもんなら、俺にでも出来ると思っただよ。そんで先月上京してライセンスをとり、一度帰って、また出直して来ました」と彼は自己紹介した。「俺を田舎者だなんて、笑わないで下さいよ。東京なんてあんた、みな出稼人ばっかしじゃねえか。東京文化は出稼人文化だから、俺だって恥じることなんかないでばし」

彼は、いつでもニコニコしていた。丸顔で、勤勉で、ジムの清掃夫としての職を得てからでも「早蒔《はやまき》トマトの栽培法」とか「養鶏ジャーナル」をよんでいた。暇があれば田舎に葉書をかいた。「田舎の文化は、東京からおちぶれて帰った人が作るからダメなんです。出戻り文化じゃダメなんです。居残り文化じゃなきゃ、いかんのじゃ」

と彼は言った。

「じゃあ、おまえは何で居残らなかったんだ？」

とジムの事務員の立木が言うと、大塩は指をまるめて「金ですよ」と言った。「一丁、出稼せんことにゃ、百姓仕事は不景気ですから」と笑って「トラクターも安くありませんけん」

と「養鶏ジャーナル」のグラビアを立木にひらいて見せた。

とんびのうたを聞くにつけ
百姓言葉を聞くにつけ
おれが思うはあの男
すこしは強くなったべえか？

彼は自分で自分のテーマ・ソングを作り、リング・ネームを「豊作兵助」と登録した。リングの掃除をしに上って、「やあ、狭い土地だなあ」と叫ぶと、歩幅ではかりはじめた。十二ヤードの方形では、たしかに米は一俵もとれないことだろう。そのマットを手で撫《な》でながら「豊作」は、「このマットから、ざっくざっくとお宝を掘り出して帰らなきゃな」と呟《つぶや》き、種子をまくときの目でじっと見つめた。昼のリング——それも灯《あか》りのつかないマットの荒野は、貧しいものだった。ほとんど三十分もたたぬうちに「豊作」一人で、耕やしてしまうことが出来るであろう。彼のトレーニングも「戦う」というよりは、むしろ「一生懸命、労働する」という感じのものであった。そして、今日、最初のカードが組まれるという通知があった。相手の名は、「豊作」には全くなじみのないものだったので、彼は一緒にジムに住込んでいるトレーナーの周に訊《き》いた。「この〈バリカン建二〉っての は、一体どんな男なんですかね？」

2

ジムの「合宿」は、どこか路上に似たところがある。

誰もそこに永く住むことは出来ないが、数年間だけ立止まって休むことなら出来るのである。路上は何時も懐かしい。——それは大抵、ジムの天井裏部屋にあって、消防夫さえ上ってゆかないような木の梯子《はしご》で練習所《トレーニング・ジム》とつながっている。中はひどくかび臭くて、陽がさしこむことなどは殆《ほとん》どない。ガランとした畳の上には、汗でじめついた蒲団《ふとん》だけが散らばっていて、薄暗いが、まるで疑問符の？のような裸電球だけが吊《つ》られてあった。

その真下で「合宿」生たちは、**まだ人生のはじまる前の自分の膝《ひざ》**を抱いて、犬のように心細く眠るのである。愛読書は「美しいペン字の書き方」と「アサヒ芸能」。愛用薬はサロメチールとニキビ取り「美顔水」である。彼等は、後から来るもののために道標をしめしてゆくことなどはできない。せいぜいできることはと言えば、壁に鉛筆で自分の名前を落書してゆくこと位のものである。よく見ると、壁の落書は無数にあって、それらはみな、映画スターのサインを思わせるような書体になっている。全日本フライ級チャンピオン斉藤清作——だが、この「全日本フライ級チャンピオン」などというクレジットが、他の社会では一体どんな役に立つものだろうか？　河童《かっぱ》と言われたチャンピオンの斉藤清作も、いまでは喜劇俳優《コメディアン》の見習いである。キャバレーの用心棒になったベビー・ゴステロも人の噂にのぼらなくなってしまったし、堅気《スクエア》になった石橋広次も、記者席で忙しそうにペンを走らせている。みんな、この路上を（栄光に手をふられながら）駈《か》け去ってゆき、もう帰ってくることのない連中たちばかりだった。やがて「合宿」には、また別の選手《ニュー・フェイス》が新しい歯ぶらしと大きなトランクを持ってやってくる。そしてここで「憎む」ことの意味を教えこまれるのである。（どんな無気力な店員になったボクサーも、犯罪者になったボクサーも、将来あの天井裏のかびくさい部屋での「合宿」を思い出すたびに、元気をとり戻すことだろう。

それは「**嘗《かつ》て、あんなに何かを憎むことの出来た俺が、いま、何も愛せない訳がない**

さ」という自信である）
彼等はそのことを自分の唯一の真実として、いまの怠惰を「世をしのぶ仮のすがた」だと考える。その考えは悪くはない。だが、彼等は「世をしのぶ仮のすがた」のままで日々を送りながら、何時のまにかそれが「本ものの自分のすがた」になってしまっていることには気づかないのである。「俺はね」と傷だらけの野球場のホットドッグ売りが、人目をはばかりながら打ちあけることがある。俺のほんとの肩書はね、昭和三十八年度全日本フライ級チャンピオンっていうのさ。いまはこんなことやってるがね、これはただ「生活のため」だよ。

「〈バリカン建二〉ってのは、どんな男ですか？」と豊作が訊くと、花枝は笑った。「変な名前ねえ」豊作は、ガリ刷りの組合わせを指で辿《たど》りながら「俺でも、勝てるでしょうか」と訊いた。

「お前に勝つためにゃ、〈バリカン〉には、余程運が必要だね」とすぐ隣で、トレーナーの周が答えた。

豊作は、目を細くして笑った。笑いながら、花枝の凭《よ》りかかって来るのを避けようとすると、花枝はますますお風呂で人の倍も石鹼《せっけん》を使いそうな豊かな肉体を、豊作にこすりつけてきた。

「新聞記者がおまえをどう見てるかって聞いたかい？」と周が言った。

「知らんですね」

豊作は、首を振った。すると花枝も真似をして首を大きく振った。「おまえは今年の新人王だってさ！」

「あの人たちの言うことは、いつだってアテになりませんよ」「そうよ」と花枝が相槌《あいづち》を打った。「だからあたしは、新聞は産経しか読まないことにしてるのよ」「どうして産経なんだい？」

と、べつの客が聞いた。「だって、産経には〈明日の運勢〉が出てるんですもの。ほかの新聞のは、今日のニュースでしょ。一日古いわけじゃないの」周は、その花枝のアメリカ領土的な肉体にほとんどかくれてしまいそうになりながら「どっちにしろ、〈バリカン〉なんて男はお前の敵じゃないね」と言った。その声はまるで、はるばるとやって来たようだった。花枝は、大鵬のようにどっしりと二人の間に「存在」しはじめた。「おまえは、一発で〈バリカン〉をへし折ってしまうよ」

と遠くから声がとどいた。豊作は、花枝ごしに（まるで川向うへ話すような声で）「俺は、ノック・アウトなんかしなくともいいんですよ。

野心なんかありませんからね」と言った。「それだ」と、ずっと向うで周がこたえた。

グラマーが喉《のど》をゴロゴロと鳴らした。酒場《バー》の中は、煙草のけむりで霧のようにけむっていて、喧噪《けんそう》は天井につきあげていた。古いポータブルが一節太郎の「浪曲子守唄」のレコードをかき鳴らし、高架線が通るたびに揺れた分だけリフレインした。その棚のすぐ上には、豊作のまだ見たこともないスコッチ・ウイスキーの瓶がまるで波止場の帆船のように並んでいた。「無欲でいるってのは大事なことさ」

周の話しているらしい口の動きだけが、豊作には無声映画《サイレント》のように見えた。「近頃は、よく眠れるかね？」

豊作が「え？」と訊きかえすと、周が障碍物《しょうがい》の肩に手をかけて中腰になって、もう一度同じことを言おうとした。そこへ、

「ねえ」

と、たまりかねたように花枝が割りこんで来る。「あんた達ばかりで話してないでさ。あたしにも話させてよ」

——ああ、都会ってところは、頭の痛くなるところだな。と豊作は思った。酒場《バー》全体が、豊作の頭の中でぐらぐらと揺れていた。こんなところは、健康によくない。第一、空気がわるい。

それに、時計の針がぼけていて、時間がはっきりしない……それとも、俺も酔っぱらってしまったのかな。

3

翌日は、試合の前日だった。トレーナーの周が「合宿」へやって来た時には、もう豊作はロード・ワークを済ませてきて、机の上に大きな雑誌をひろげていた。

「よく眠れたかね？」と周が聞くと、豊作は黙ってうなずいた。

「何を読んでるんだね？」

「これですよ」

と豊作が指さすと、雑誌「現代農業」のグラビアが指の分だけ翳《かげ》った。「**農業でメシが食える農家になるために**」というのが、その見出しである。「何だい試合前だというのに」

「俺は、土地のことが気になっとるんですよ。何とか、米プラス　アルファー方式を考えとるんだが、養豚をするのにも金がかかる。飼料だって値上りしとるしね」「いいさ、いいさ。あたしはリングで豚の世話をしろって言うんじゃない。〈バリカン〉を片附《かたづ》けるのに、農業の勉強まですることはないだろうよ」豊作は、その日半日がかりで田舎へ手紙を書いた。トレーニングの方は、夕方軽いシャドウ・ボクシングを三ラウンドしただけで打切った。縄とびをしたが、汗はかかなかった。調子は申し分ないようである。それから彼は周と連れ立って、新宿の歌舞伎町のゲーム・センターへ射的をやりに行った。帰りに買った「アサヒ芸能」を、周は拾い読みすると、くっくっと立笑いした。「おい」と、周が言った。

「謎が出てるよ。パンティとかけて、何と解くかわかるかね？」[*1]「パンティとかけてだって？」

豊作はひどく気まり悪そうに言った。「そんなことは考えたこともありません」

「じゃあ教えてやるよ」と周は一オクターブ高くした声で「パンティとかけて美空ひばりの母親と解くんだそうだ。心は、『いつも娘にくっついている』だってさ！」

だが、豊作は笑わなかった。彼は、どうしてそんなことが面白いのかわからなかった。ただ、トレーナーの周が上機嫌でいるあいだに一稼ぎしなければならなかった。リングの広さの数倍ある自分の土地のことも心配だった。ファイト・マネーは幾ら貰《もら》えるのだろうか。

食堂に、冷蔵用氷を配りに来るトラックがやって来る頃から、新宿の朝は活気をとりもどす。新聞配達の中学生が、歩きながら自分の配るニュースに目を通している。広場を抜けてやってくると、コマ劇場の壁に凭《もた》れて、立ったまま眠っている浮浪者が自分のくしゃみで思わず目をさます。まだ人通りのない表通りに、モーニング・コーヒーの匂いだけが流れ出している。そこを通りぬけるときが、新次と〈バリカン〉のロード・ワークの一ば

＊1　「アサヒ芸能」所載「純情愚連隊」……佐野美津男。

よ」

ん愉《たの》しみな時である。「おまえ」と、新次がタオルで頭を拭《ふ》きながら言った。「今日は勝て

〈バリカン〉は、聞こえないように、まだ足ぶみをしていた。

「勝たない奴は、俺は嫌いだよ」

と、新次が言った。「相手は、百姓だそうじゃないか。きっと点取虫《アウト・ボクサー》だと思うよ。おまえのリキなら、一発でおしまいだな」〈バリカン〉は午前中、軽く屈伸運動をしただけで計量までぐっすりと眠った。昼すぎ、シャツの洗濯をしながら、ふと思い出したように新次に訊《き》いた。「どうして、勝たない奴は嫌いなの？」腹這《はらば》いして漫画を見ていた新次は、返事もせずに漫画を見ながらポップコーンをかじっていた。ときどき歯の奥でポップコーンが爆《は》ぜた。

「運のわるい奴だっているよ」

と〈バリカン〉がシャツをしぼりあげながら言った。

今度も新次は顔を上げなかった。

「運のわるい奴も、嫌いなんだ。大体、運のわるい女ってのにきれいなのはいないからな。目の下に隈《くま》があったり、髪がざんばらだったり、子供を背負ったりしてよ。……運のわるい女ってのはみんな腋《わき》の下がへんな匂いをしているよ」

——〈バリカン〉は黙っていた。新次は幸運な男なのかも知れない。二十四時間以内に幸運の手紙を十六の友だちに書いて出して下さいというのを、ずい分早い内に受け取った

のだろう。

「俺はね、建二」

と新次は言った。

「オリンピックの間、テレビで、勝った選手ばかり見ていたよ。勝った選手はみんな美しかった。ヘイズもカーも、ショランダーも、みんな美しかったよ。だが、負けた奴にはどこか、見苦しいところがあったと思うね」

〈バリカン〉が洗濯物を干す屋上のロープは、丁度ビルのネオンの真裏に張られてあった。ついてないときのネオンは、無色だった。「で、で、でも、それはけっ、けっ結果論だね。ヘイズは、勝つ前から美しかったのかも知れないもの」「いや」と新次は焦立《いらだ》たしそうに言った。「それは違うよ。ヘイズは勝ったから美しくなったんだ。美しいから勝ったんじゃない」（では……）と〈バリカン〉は思ってみた。（俺は負けるから吃るのだろうか？吃るから負けるのではないのだろうか？）

夕方、バッグにグローブとパンツをつめこむと、〈バリカン〉は後楽園までバスに乗った。

途中で猫の屍体を見かけることが出来なかったのも、[*1]新次のことばが妙にひっかかっていたせいかも知れない。彼は、自分と新次との違いを、はっきりと感じはじめていた。二人は、毎日同じような生活をしながら、ますます離れ離れになってゆくように思われた。

＊1　ボクサーのジンクス……試合当日に猫の屍体を見ると勝つという。

二人の間には山手線一駅ほどの長さの孤独が生まれつつあるようだった。

（俺はもしかしたら……）と〈バリカン〉は思った。（オリンピックのとき、テレビで、負けた選手ばかり見ていたのかも知れない。一万メートルで、一周捨てられて走っていたヨーロッパ人や、マラソンで舗道のコンクリートにべったりと腰かけてしまったアフリカ人……あの絶望的なレースぶりの中に、人間らしさを探そうとして、いや俺自身の理由を探しだそうとして、じっと目をこらしていたのかも知れないな。——そして、負けた選手だって、結構美しかったと思うよ）

彼は、デビュー以来の新次の九戦七勝一引分一エキジビションという成績を羨《うらや》まない訳ではなかった。しかし、自分の十一戦二勝七敗二引分という成績だって、大変なものなのである。憎くもない男を殴りつけて金を貰《もら》う商売だもの、と彼は思った。「相手に自尊心ぐらいでも満足させてやらなきゃ、申し訳ないよ」

だが、彼が勝てない訳には他にもあった。リングの中央で、殴りあっているうちに、もし（見知らぬ相手を）本気で憎むようになってしまったら大変だと思ったのである。だから、彼のボクシングは何時もクラウチング・スタイルで、丸太のようなリーチを活用せずに、カウンターだけで闘った。それはいかにもウスノロに見え、足のあるボクサー・スタイルのテクニシアンは、彼とファイトをしていると忽《たちま》ち牛飼いのように巧妙になってしまうのだった。

新次は漫画しか読まないが、〈バリカン〉はよく小説を読んだ。それは、題や作者と関係なく、本屋で一小節だけ拾い読む、という方法である。だから印象に残った書出しや、結びの数行は実によく覚えたが、それが全体の中でどんな意味を持っているかは考えたこともなかった。中でも忘れることのできなかったのは、新宿日活の隣の池田書店で、雨の日に立読みしたアメリカ人の小説の次の一節である。

「その町には、二人の唖がすんでいて、いつも離れたことがなかった。毎朝はやく二人は住居を出て、腕を組んでつとめに町へ出かけた。この二人の友だちは似通ったところが少しもなかった」*1

――そして、この二人は仕事に出かけるとき「別れる前に立止って、一寸の間、顔を見つめあう習慣だった。夕方には二人はまたおち会った。二人の唖は連れ立ってゆっくりと家路をたどった。週に一度ずつ、二人は図書館へ行き、給料日には陸海軍御用売店にある十セント写真店にいって写真をとってもらうのだ」〈バリカン〉は、この小説を何時でも思い出した。「心は孤独な猟人」という題名もよかったし、二人の唖の水いらずの生活にも何か羨ましいものを感じた。そして、彼は、新次と自分との（「合宿」での）共同生活に、この小説の二人の主人公の運命をダブらせて考えていたのである。（だから、彼は小説をもっと先まで読むことを好まない。もし、もっと先まで読んで、二人が喧嘩《けんか》わかれをしてしまったら、困るからである）

＊1　カースン・マッカラーズ……The Heart is a l-
ter

そのうちに、この本は池田書店から姿を消してしまった。誰かが、買って
ろう。〈バリカン〉は小説を読まない新次が好きだった。しかし、近頃は何か、
いかないものを感じていた。それは多分、新次が最早「唖」ではないからかも知れ

〈バリカン〉がジムへ着くと、もう前座試合《カーテン・レザー》は始まっていた。

笹崎の新人のパンチが一発きまるごとに、観客はドッと沸き、まるでレイ・チャールスの「ホワット・アイ・セイ」のような野卑な交流の熱気が場内を包んでいた。メイン・エベントが川上林成と海津文雄の対決ということで、空席はもう、殆《ほとん》どなかった。〈バリカン〉が入ってゆくと、控室の前でそわそわしていた片目が無理に陽気さをつくろって「どうだ?」と〈バリカン〉の肩を叩《たた》いた。「相手は、百姓だそうだ。それも、今日が緒戦の、全くの新米《ニュー・フェイス》でね。賭率《かけりつ》は、おまえの一に向うの三だとさ。軽くかすってやれよ」控室には、サロメチールの匂いと人いきれが充満していた。階上の記者席で、賭博《カブ》で財布の底をはたかれた「日刊ファイト」の野良犬《ライター》たちが取材と称して角瓶を振舞われていた。〈バリカン〉のグローブには「子守唄」という縫い取りがしてあった。これは「相手を眠らせる」ために、片目がしてくれた呪文《ジンクス》である。「豊作兵助なんて、冗談じゃないよ」と片目が言った。「リングで米を穫《と》ろうとしたって、そう簡単には行かないんだ。余程、肥料がよくないとね」「肥料というのは、血のことですか?」と、セコンドの助《すけ》っ人《と》に来ている

玉突屋の沼田が言った。控室の他の片隅では、ベンチの上ですでに前座で敗れた他ジムの選手が体中から湯気をあげて横たわっていた。控室の混乱ぶりはまるで野戦病院のようだった。煙草の霧の流れる中を、繃帯《ほうたい》で片目をつつんだボクサーが、ファイト・マネーを数えていたり、勝ったグリーン・ボーイが、関係者にかこまれて機関車のように、汽笛をあげていたりした。「おい、ロッカーが空いたぞ」と、もう帰る選手に言われて〈バリカン〉がふり向いた。コンクリートの床の上にビールの罐《かん》や、柿の種と一緒に捨ててある新聞が彼の目に入った。〈バリカン〉は、何気なく拾った。

そして、戦慄《せんりつ》した。

大学生自殺を幇助《ほうじょ》か

老人軟禁されて脱出

六日午前四時ごろ、新宿区戸塚一丁目付近の交番に老人が助けを求めて駈《か》けこんできた。調べによると、この老人は新宿区柏木二—一六九　二木建夫（52）さんで、某大学の文化祭の「自殺機」のモデルとして雇われていたものである。係りでは、二木さんの話ぶりから、大学生たちに自殺幇助の意思があったのではないかという点を重視して調べている。なお、二木さんは軟禁中に「暴行された覚えは全くない」と言っている。

〈バリカン〉にとって、これは久しぶりに知る親父のニュースだった。だが、何とぶざまなニュースだ。と、〈バリカン〉は思った。それは、まるで〈バリカン〉へのあてつけのような気がしたからである。

4

〈バリカン〉が手に繃帯を巻き終ると、レフェリーが二人をリングの中央に呼びだした。試合開始だった。介添に肩を抱かれてきた背の低い、愛嬌《あいきょう》のいい選手が豊作だった。〈バリカン〉は、はじめて彼を見た。レフェリーが型通りの注意を与えているのに、豊作は一々うなずいているようだった。〈バリカン〉は脇見をした。客席の群衆の中で、セーターを着た新次がいるのではないかと思ったのだった。しかし、大部分の観衆は、この試合よりもあとのメイン・エベントの話題で持ち切っているのだろう。「早く終れよ」と客が怒鳴った。

「どっちが倒れてもいいぞ」

客がどっと笑った。〈バリカン〉は、遠いな、と思った。ほんの五メートルも離れていないのに、客席とリングの上の自分とは、何億光年も離れているようにさえ思われるのだった。そして、リングの上は煌々《こうこう》と照っているのに、客席の方は真暗だった。二人は、それぞれのコーナーへ戻り、ガウン代りのタオルを脱ぎ捨てた。〈バリカン〉がロープにつかまって膝《ひざ》をまげて、靴に松脂《やに》をこすっているまにゴングが鳴った。〈バリカン〉が、向きなおると、もうそこにすぐに豊作の顔があった。グローブをあげてガードする間もなかった。〈バリカン〉は打たれると思って、目をとじた。しかし、パンチはなかった。薄目をあくと、豊作の顔が少し遠くに見えた。しかも、豊作は笑っているような気がした。〈バリカン〉は、顎《あご》を胸にひきつけて、一息つきジャブを送った。顔面へ二つほど飛ばされると豊作の顔から、さっと笑いが消えた。さらに、〈バリカン〉は気の弱さをカバーするようにシュッシュッと息の音をさせて豊作を威圧し、大きなフックを見舞った。グローブが、豊作の肋《あばら》にめりこむと、バシッとひび割れるような音がして、豊作の体が少し傾いた。豊作はリングの地平線が揺れた、と思った。ロープが大きく傾いたような気がすると、豊作は吐気がした。しかし、豊作はすぐにグローブを上げた。

二ラウンドが始まる頃には、豊作の肋の上には赤い痣《あざ》ができていたが、しだいに練習で鍛えた左ストレートがのびはじめた。そして〈バリカン〉は鼻血を出し、自分の長すぎるリーチをもてあますようになってきた。牛のようにノロノロと豊作を追いつめる〈バリカン〉に、豊作はフックを叩きこんではクリンチし、片手を抜いてはボディ・アッパーを喰《くら》わせた。根っ子を抜くように、顔を真赤にして、その単調な攻撃をくりかえすうちに、豊作はしだいに活《い》き活きとしてきた。「働いている」という実感が湧いてきたのである。〈バリカン〉は、だるくなった。彼のスイングは、高速度撮影《スロー・モーション》のように空を切るだけでしだいに威力を失いはじめてきた。もう、相手は見えず、朦朧《もうろう》とした霧の中で、自分だけが群衆にさらされているような気がした。しかし、それから二ラウンドほどはそのまま試合が続けられていった。全く、脇見をするほどの息苦しさもなく試合はジリ貧になっていったのだ。第五ラウンドへ入ったとき、〈バリカン〉はまっすぐに進んでくる豊作を見たと思った。彼は、それをかわそうと無意識に右手をのばすと、何かがそれに当った。ほんの一寸《ちよつと》したアクシデントだった。〈バリカン〉は、屋上まで響くような観衆の声援を聞いた。はっとして、身構えようとしたが、もう相手はいないのだ。

豊作は膝から前のめりに崩れ落ちて、そのまま気を失っていた。セコンドがいくら叱咤《しつた》しても、彼はもう立てなかった。〈バリカン〉は、自分のしたことの意味をようやく理解した。カウンターが、飛びこんでくる豊作の顎を止めて、豊作をノックアウトしたのだ。〈バリカン〉は目を疑った。それは何か取返しのつかない失態のようであり、同時にひどく誇らしい手柄のようでもあった。レフェリーが、彼の重い右腕をつかんで高くさしあげて観衆に、「彼のやったこと」への返礼を求めた。観衆は一斉に拍手と口笛とを送った。

そして、〈バリカン〉は、生まれてはじめて、観衆が自分に見せてくれる「やさしい顔」というものを知ったのである。

第九章

刑務所にトラックで運びこまれたる狂熱以前のひまわりの根

1

芳子の母親の心臓は、北海道の弟子屈《てしかが》の小さな病院に、いまでもアルコール漬にされて保存されている筈《はず》である。だから、芳子は北海道に心ひかれる。ときには、曇天の工場街の空を北に流れていく雲を見ながら、言いようもない悲しみにおそわれることもある。しかし、彼女はまだ一度も北海道へ帰ったことがなかった。

勿論《もちろん》、帰ろうと思えば帰れないことはないのだが、心臓の瓶詰を見るために帰る気にはなれなかったのである。彼女は、子供の頃、母親に唄《うた》って貰《もら》った手毬唄《てまりうた》を今でも時どき口ずさむ。それは、こんな唄である。

薬一服せんじてのんだら、腹にいる兎がどんどんくだる、もしもその兎が女の児なら
つとへつつんで沖の川へどんぶりしょ
もしもその児が男の児なら
津軽へだして手習いさして

金のすずり箱、まき絵の筆で
水は十和田のおとし水、おとし水

芳子の母親の曽根セツの思い出は、どの部分をとっても暗いものばかりだった。それは、子供の頃、解剖写真入りのこわい書物だった「法医学」の本をめくるような感じである。大正二年の夏、セツの母親のハルは、奉公先の地主苫米地繁太郎に、納屋の藁《わら》の上で強姦《ごうかん》された。三度同じことをされて納屋を出て、麦の青さに目がくらんで嘔《は》いたそうである。やがてハルは妊娠したが、産む前に農場を追われ、朝鮮人の首方現と結婚することになった。しかし、赤児を連れて嫁入りする訳にもいかないので、苫米地農場まで赤児を返しにやってきた。新聞紙にくるまれて、生まれたての赤児だったセツは麦畑の中にまる一日捨てられたままだったという。——やがて繁太郎の弟の作三に見つけられた赤児は、世間態を考慮されて足立という漁師の家に貰われた。しかし、足立の夫婦はまもなく離婚したため、セツをひきとった妻は養育費に困りはてて、農場へセツを返しに行ったのである。そこで、「引取れ」「引取らぬ」の押問答が繰返されたのち、妻は作男に斧《おの》で脅かされた。だから、セツは自分が生まれたときから、「邪魔者」だったと思っている。十二歳のとき、近所の農家から、新しい鋏《はさみ》を盗みだしたのがセツの「盗癖」のはじまりである。

鋏が誰にも見つからなかったことから、セツは次第に大胆になり、近所の雑貨屋から文房具、人形、下着など手あたり次第盗んだ。自分のしたことで、他人が騒ぎだす——ということが、無視されつづけの女の子にとっては何よりも嬉《うれ》しいことだったのであろう。十四歳で警察に保護されたとき、セツは「**もし、芥子種《からしだね》一粒ほどの信仰あらば、この山に此処《ここ》より彼処《かしこ》に移れというとも移らん**」というマタイ伝の十七章を教えられた。セツは、ながい間その言葉を覚えていて、よく波止場に連絡船を見にいっては、その言葉を口に出してみたという。昭和九年の夏、セツは推《すす》める人があって鎌田留吉と結婚した。鎌田留吉の、警察官という職業が、セツを信頼させたのであろう。それから、しばらくの間、セツの平和な時代があった。斜視がうつるほど、仏壇をぴかぴかに磨きあげる掃除仕事と、「家の光」の料理記事を真似て鍋物《なべもの》をつくるだけの生活でも、セツには幸福に思われたのだ。

冬になると、弟子屈の町はしんとしずまりかえった。息をしているのは精米所と木工所だけで、冬野の中にポツン、ポツンとある家では、どこでも薪《まき》を焚《た》き、藁を燃やす煙をあげながら、辛うじて無事をしらせあっていたといってもよかった。一番近い郵便局へ七キロ、鉄道まで十五キロの雪の中の借家で、セツは芳子を産んだ。生まれたての赤児を洗おうとして、産婆がさかさに持ったとき、セツはびっくりして「何するん！」と産婆をつきとばし、赤児を奪いとったということだった。だが、団欒《だんらん》の生活は長くは続かなかった。警察官の留吉は昭和十六年の冬、網走《あばしり》から脱走した囚人を追って山へ入り、雪崩にのまれて死んでしまったのである。七歳の芳子と二人きりで残されたセツは、結婚前よりも一そう反抗的になった。彼女は思い立って苦米地農場へゆき、「自分の、ほんとの母」の居場所を教えてくれ、と頼みこんだが、少しばかりの紙幣を包まれただけで、態よく門前払いを食った。もう、どこにも身よりもなくなってからのセツについての、噂はあまり聞かない。芳子が覚えているのは、暗い納屋の藁の上の、捨て車輪に腰かけて母親とした「家族あわせ」のカード遊びぐらいのものである。金野成吉、民尾守、舟乗浪吉……といった奇名の一家の家族カードのうち、セツは配るときに母親のカードだけを自分で確保した。だから芳子はいつも、金野成吉家や民尾守家の「おかあさんをください」と言わねばならなかった。二度も三度も「お母さんを下さい」と言われてから、渋々母親のカードを出してよこすセツの、充《み》ちたりた表情を、芳子は不安に思ったものである。

セツの目的は、どうやら「家族あわせ」の勝負ではなくて、芳子に「お母さんを下さい」と懇願させることにあったようだ。——セツは、芳子を可愛がった。その可愛がり方は、度を越したもので、木枯の吹く日などは分教場まで送っていって、授業が終るまで門の外に立って待っているのであった。風邪をひくといけないから！と芳子は言った。「終る頃出直してくればいいのに」しかし、セツは角巻の襟を立てて、まるで怒ったように口をとじたまま、芳子の肩を抱いて連れ帰っていったものであった。

2

母こそは　いのちの泉　いとし子を
胸にいだきて　ほほえめり

という小学校唱歌が、セツの愛誦歌《あいしよう》であった。

もし、「あのこと」がなかったならば、セツは今でも生きていて、母子の愛情というものをこの世で唯一の徳だと信じていたかも知れない。「あのこと」――というのは、地震のあった日の出来事である。セツと芳子とは、村役場へ未亡人年金の申請に行き、他の村人たちと並んで、番を待っていた。彼女らの他には「そばかす」の親子の赤児連れの、焼き子が二人ほど廊下の椅子に腰かけていた。ふいに壁がみしみしと言い出して、床が揺れはじめたのだ。「地震だっ」という声と、赤児の泣きだす声とが同時だった。そして、たった今まで日のあたっていた壁に稲妻のように亀裂が走ると、鴉《からす》の大群に襲われたように、空がまっくらになった。「そばかす」たちは、夢中で母親にしがみつき、あるいは母親とからみあって、うずくまるように倒れた。轟音《ごうおん》がした。しかし、セツがひろげた手に芳子はとびこまずに逃げ出したのだ。セツは驚いて「芳子！　芳子！」と叫んだ。だが、芳子はおびえきったように戸籍係の木の机の下へかくれて出てこなかった。セツは、呆然《ぼうぜん》と廊下からそれを見ていた。そして天井から降ってくる埃《ほこり》の雨の中で無防備のまま、気恥かしさで真赤になりながら、いつまでも立ちつくしていたのである。やがて、地震は終った。

そして、他の親子たちも「共通の」恐怖について低声でことばを交わしはじめた。机の下から出て来た芳子も、ほっとした安堵《あんど》の笑みをうかべて「すごかったね」とセツに話しかけようとした。しかし、セツはその芳子を、まるで責めるように「一人だけで、かくれたんだね」とひくく言ったのである。あとになってから考えてみても、芳子は自分がなぜ、母親にしがみついてその擁護を求めず、一人だけで机の下にかくれたのか、わからなかった。

そして「その方が安全だ」と思った一瞬の判断が、セツの心を深く傷つけることになろうなどとは思ってもみなかったのである。セツは、そのときに味わった言いようのない屈辱感について語るには、あまりにも強いショックを受けすぎていた。だから、芳子とそのことについて語ろうとはしなかった。ただ、どうせ大地震だったら、あたしの胸の中へしがみついていたって、あの古ぼけた戸籍係の机の下にかくれていたって、安全度は同じようなものなのに、「なぜ」あたしから逃げてかくれようとしたのだろう。と思うたびに、涙があふれてくるのであった。

セツは、間もなく農場の借子をやめて、酒場に出るようになった。芳子は、三日に一度ずつ、セツの酔態を見るようになった。やがて、芳子が中学を出て、セツの反対を押し切って「集団就職」の一員に加わって上京してからは、葉書が往復するだけになった。しかし、芳子はいつも、心の片隅では思いつづけていたのである——**もう一度地震があったら、こんどは償いをしてあげられるのに！**

だが、とうとう地震もないままで、セツは死んでしまった。ガス管のゆるみによる事故死、というのが新聞の記事の死因である。勿論《もちろん》、芳子には、それが自殺であるということはすぐにわかった。セツは一生かけて、確実な信頼というものを一つも得ずに、石狩《いしかり》平野のまん中の小さな病院で淋《さび》しく死んだことだろう。そして「家族あわせ」のカードの一枚は、永久に失われてしまったのだ。

芳子のことを〈ズベ公〉だと言うアパートの管理人は、本当は芳子のことをよく知らないということになるのかも知れない。

芳子は日記に、こう書いているからである。

——男の人と、あれをするときは、まるで地震のよう。

だけど、男の人の心の中には、役場の戸籍係の机ぐらいの「かくれ場」なんかないのです。

あたしは一体、どこにかくれたらいゝの？

3

土曜日だったので、芳子は新宿の表通りへ買物に出た。半分は買物が目的だったが、半分は老娼のムギの「慰労」である。二人は、まず伊勢丹へ行き、買いもしない婦人靴をあれこれと見てまわった。それから、ムギは紳士用の衣類売場に芳子を誘った。「いまどき、紳士なんてことばを使うのは、商店ぐらいのもんね」

と芳子は言った。

「こんなの、うちの倅《せがれ》にどうかね」

とムギがつまみあげたのは、毛深い一枚のモモヒキであった。（本当は、倅なんていやしないのに）と芳子は思った。自分の作り出した幻影に、自分の実生活の辻《つじ》つまをあわせて生きていくのもつらいことね。

しかし、ムギは上機嫌でそのモモヒキを買った。そして、「これで、倅も大喜びだよ」などといいながら、母親めいた気分をたのしんでいる風であった。デパートを出ると、二人はあてもなくブラブラと歩いた。実際、暇のある者にとって新宿は大きな遊園地であった。乗物も、音楽も、そしてゲームさえもふんだんにあるからである。本屋の店頭には新春の外国雑誌の「SHOW」や「PLAYBOY」が日本の雑誌を押しのけて陳列されていた。

一人の老娼と一人のズベ公の休日には申し分のないような陽が、ビルとビルの間から、本屋のショーウインドウめがけて、燦々《さんさん》と射しこんでいた。大きな口をあけたグラビアの、アメリカの青年は「TO OFFEND EVERYONE」[*1]（皆を怒らせろ！）と絶叫したままストップモーションになっていた。

ウインドウの硝子《ガラス》には、少し口をあけてそれを覗《のぞ》きこんでいるムギと芳子の顔が映りかえった。

「皆、忙しそうに歩いてゆくけど、どこへ行くのかね」

とムギが言った。

「皆、本当に行くところなんかあるのかね」

折角出て来たのだから、何か「娯楽」がほしい、ということになった二人はいろいろ考えたすえ、楽器レコード店「コタニ」に行くことにした。はじめは、十円で坐《すわ》ったまま東京一周して新宿へ戻ってくる山手線に乗ろうか、ということにもなったが、それも混んでいると大変だから、ということになって「音楽を聴く」ことにしたのである。「買いそうな顔をして、このレコードを聴かして頂戴《ちょうだい》って言えば、どんな曲でもかけてくれるよ」と芳子は言った。ムギは、はじめて入った「コタニ」の明るさに、すっかり固くなってしまって「何でもいいよ。

＊1　「SHOW」誌……The American Way of Death の見出し。

あんたの聴きたいものなら」

と言いながら、芳子の後にぴったりと蹤《つ》いてきた。そこで芳子は、一枚のレコードを選びだした。「これがステレオだ」というLPである。レコードはまわり出すと、海の音だった。やがて連絡船の汽笛の音が、右から左へと通りすぎるのがわかった。

「目をつむると、船を見送っている気分になるの」

と芳子は説明した。ムギは素直に目をつむりながら、低い早口で「見送るのなんか嫌だよ。もう、さんざん見送ってきたからね」と言った。「出迎えにしようよ。どうせ、嘘っこなんだから」

レコード店の中には、様々な人生案内が氾濫《はんらん》していた。

「どうせあたしをだますなら、死ぬまでだましてほしかった[1]」と西田佐知子がつめよると、べつのスピーカーから植木等が、「一言文句を言うまえに、あんたの息子を信じなさい[2]」と言いのがれていたし、吉永小百合が、相手かまわずに「あなたのこと、マコって呼んでいい[3]」と呼びかけると、ペギー葉山が「祭壇の前に立ち、いつわりの愛を誓う[4]」とそれに同調していた。

それは、まるで様々な人生の規格品のカタログであり、——

客は、自分に似合いそうな「歌」だけを、その中から選んで買うという仕組である。

「やあ、しばらくだったなあ」

と肩をつかまれて、芳子が思わずふり向くと、そこには新次が立っていた。

「ずい分探しつづけだったぜ」

びっくりした芳子は、はじめは人違いを装おうとしたが、新次の態度があんまり確信に充《み》ちていたので、ごまかす訳にはいかなかった。仕方なしに芳子は微笑することにした。

「こんどは、レコードをこれかい？」と、新次は小指をカギ形に曲げてみせて「虫も殺さねえ顔をしながらなあ」と言った。「ところで俺のズボンや下着は、どこへ売り払ったんだい」。芳子は、低い声で「全部話すから」と言った。

「二人っきりになりたいの」

「ところが、そうは行かないよ」と新次が唸《うな》った。「恥は、人前でかくもんさ。俺は、お前を人前でノック・アウトさせてやらねえと気がすまねえんだ」

芳子は、その新次が本当に腹を立てているのか、腹を立てているふりをしているのかがよくわからなかった。しかし、客たちは新次と芳子を見るためにぐるりと周りを囲んでしまった。店員が出てきて仲に入った。「あの、喧嘩《けんか》なら、外でやって欲しいんですが……」

そうかい？　と新次は芳子をつかんでいた手を放すと、こんどはその店員の胸ぐらを取った。

＊1　西田佐知子……「東京ブルース」。
＊2　植木等……「学生節」。
＊3　吉永小百合……「愛と死のテーマ」。
＊4　ペギー葉山……「ラ・ノヴィア」。

「外なら、いくらやってもいいんだな。おまえが許すって言うんだな」

眼鏡をかけた店員は包装中のベルリオーズのレコードを小脇にかかえて、真青になるまで締めあげられながら「外へ……」「外へ……」と、言いつづけた。よし、じゃあ、外へ出てやるよ。

と、新次は芳子をうながして外へ出ていった。ひどく切迫した顔で、外へ出て行った二人を見送って、ムギは膝《ひざ》がガくがくしている自分を感じた。心配そうにショーウインドウの硝子越しに見遣《みや》ると、路上へ出た芳子と新次は、しばらく何かを言い争っていたが、やがて何かの拍子に笑いだしたようである。ほっとしたムギは、また試聴台の方に戻ってきた。テーブルの上には、キャビネットやジャケットが陳列してあって、その傍らにラッパと陶製の犬があった。ビクターの犬である。ムギはふと、べつの店員に「この犬は、何をしているのかしら?」と聴いてみようと思った。だが、店員はすらすらと「ビクター・マークの犬ですから音楽を聴いてるんでございますよ」と答えるだけかも知れない。それではムギには納得がいかない。犬は、ラッパに「あやまっている」ようにしか見えないのである。犬は、頭《こうべ》を垂れて音楽を聴くものかしら。もしかしたら、ラッパから流れているのは音楽ではなくて、死んだ飼主の声の録音盤なのではないかしら。あるいは、このビクター・マークの犬は、はじめから死んでいるのかも知れない。そう思い出すと、ビクターの犬は、しだいにムギの物思いの中に、はっきりと存在しはじめた。ムギは、そのビクターの犬の生地、名前、性別、性格などについて考えてみた。十分ほどのあいだ……ムギは、犬のことを考えることで、芳子たちのトラブルから自分の気持を解放していたのである。

――芳子が帰って来て、ムギの背中をコツンと突いた。

「どうした？」

と心配そうにムギが聞くと、芳子はニヤッと笑って言った。

「何でもなかったわ。デートの約束をしてきちゃった」

4

四十男の日記

×月×日

新宿松竹の前に「スターと電話で話しましょう」という機械が設置された。電話の上にスターのブロマイドが貼ってあるのである。

こころみに、私は桑野みゆきに十円入れて受話器に耳をあててみた。コーン、コーンという音がして、やがて「もしもし」と桑野みゆきが出て来る。私も、思わず「もしもし」と言う。すると桑野みゆきが「あーら、あなただったの！」と言うのである。私は桑野みゆきを好きではあるが、面識はない。少なくとも、こんな風に馴《な》れ馴れしくされる理由などは何一つないのである。それでも私は一応、礼を欠かぬように「私は宮木太一と言いますが……」と言ってみる。

　みゆきは「見て下さった？」と言う。どうやら、自分の映画のことを話題にしたいらしい。しかし、私はともかく、大衆の公有物である「スター」を独占していることの興奮のため、たとえコミュニケーションがうまくいかなくとも充たされてくる。みゆきは、自分の好きな食物や好きな色についてしばらく饒舌《しゃべ》っていて、ときどきふいに「**あなたは？**」と聞くのである。あなた……というのは、私のことであるかどうかはわからない。しかし、わからないまに制限時間が来て、通話は終ってしまうという仕組であった。たぶん、この電話位、現代の「話しあい」を見事に象徴しているものはないだろう。ここには、あきらかな「非政治化」の荒野がある。十円で買える「**あなたは？**」というやさしい呼びかけと、幻影の話し相手。

　私は、終ったあとで受話器を持上げてみる、すると、ずっしりとした十円玉の重み「あなたの残骸《ざんがい》の重み」が胸にひびいてくる。どれだけ多くの孤独な「あなた」たちが、ここで桑野みゆきと、あてのない立話をしていったことだろう。だが、録音されている桑野みゆきの声の方は、機械が壊れるまで毎日、同じことを同じ声で言いつづけ、「あなたは？」と聞くことで相手を嬉《うれ》しがらせつづけてゆくのである。

　これは「家庭」の喩《たとえ》だ。すくなくとも、私の「家庭」によく似ている。そう思いながら私は、外套《がいとう》の襟を立てて帰ってきた。

×月×日

　人は仰いで鳥を見るとき
　その背景の空を見落さないであろうか[*1]

またしても政治主義か。
と思う。私の腹立たしいことは、「背景の空」ばかりを問題にして、鳥のことをおろそかにしている輩《やから》のことだ。今日も店員たちがやって来て、組合を作りたい、というので「私を信じることが出来ないのか」と言ってやったら「信頼」で経営が成立ちますか？と言う始末だ。私はミスティフィケーションをしようというのではない。店員の生活の保障位は何でもないのだ。ただ、空ばかりを問題にするものには、鳥を見ることなど出来ない。鳥を見る目こそ、問題である。**鳥を見る目で新聞を読め**。そうしないと、南ヴェトナム問題だって、中ソ論争だって、何一つ理解できやしないだろう。

＊1　三好達治……「鳥鶏」。

×月×日

近頃、性欲の衰えが著しくなってきた。数日つづけて自慰する気にもならない。よく見ると、陰茎が少し大きくなったような気がする。莫迦《ばか》莫迦しい話だが、昨夕は叔母さんが出産した夢を見た。

叔母さんは、六十二歳である。

妻と行為をしても、ひどく遠い。何かがひどく遠い。何かがひどく遠くにあって、決してとどくことがない。気がつくと、妻も目をあいて私を見ながらしているようであった。勿論《もちろん》、量も少なかった。先日、罐詰《かんづめ》売場で若い店員と話したとき、彼は、今日のようにデスコミュニケーションの時代では、ことばじゃ話ができないから「あそこ」で話をするんだ。と言っていた。「あそこ?」と聞き返すと、彼は歯茎をにっと出して笑いながら、デニムのズボンごしに男根をつかんでみせて「これ」ですよ。と言った。つまり「行為」しているときだけ「心が通じる」と言うのである。しかし、私はそれが間違いであることを知っている。性という領土にしても、決して例外のものではないのだ。かつて「ことば」が人たちを結びつけ「理解しあっている」という錯覚を生み出したように、いま、若い連中たちの間で「性」がミスティフィケーションの風をまき起しているとしても、それはやがて鎮まってしまうに決っている。ことばが文明と共に痩《や》せたように、性だって文明の中で色褪《いろあ》せるという宿命をもっている。たぶん「性生活の知恵」などという書物と共に、性の荒野は、区画整理されてしだいに手入れのゆきとどいた分譲地然となってしまうのだ。そして私たち夫婦のように、けだるく、目をあいたままで行為をし、何一つ理解しあうことなく、べつべつの夢を見て眠るようになるのである。

私は近頃、「ことば」でも「性」でもなく「暴力」というものに興味を持つようになってきた。暴力という伝達行為。暴力という連帯方法。これは、いかがなものであろうか？何人も、戦場に於《お》ける兵士のようにきびしく「相手」を見張ることは出来ないし「相手」の一挙手一投足に興味を持つことは出来ない。少なくとも「暴力」行為には、疎外などのつけこむ空隙《くうげき》がないからである。

そんなことから、私はボクシングに心魅《ひ》かれるようになった。あの、殴りながら相手を理解してゆくという悲しい暴力行為は、何者も介在できない二人だけの社会がある。あれは正《まさ》しく、政治ではゆきとどかぬ部分（人生のもっとも片隅のすきま風だらけの部分）を埋めるにたる充足感だ。相手を傷つけずに相手を愛することなどできる訳がない。勿論、愛さずに傷つけることだってできる訳がないのである。

×月×日

妻を殴った。

妻は、燃えるような目で私を睨《にら》んだ。私は、こんな激しい妻の目を見たことがない。

第十章

失いしものが書架より呼ぶ声す夜の市電に揺られ帰らむ

1

×月×日

私の青春時代には「いかに生くべきか」という思想は流行《はや》らなかった。なぜなら、それは所詮《しょせん》逃げ方の問題でしかなかったからである。いかに生くべきか、という思想の実践は、軍隊へ入らぬことであり、東京に住まぬことであり、健康な肉体を育《はぐく》まぬことであった。私は、その通りに実践した。しかし、私は兵役を免れることは出来なかった。田舎の映画館で、阪妻《ばんつま》の活劇の封切られる日、私は「日本週報」と新しい歯刷子《ハブラシ》とを持って、ふだん付合いのない隣人たちに「万歳」「万歳」と叫ばれながら追い立てられるようにして汽車に乗ったのである。今「万歳」と言うのを文字通りに考えれば、それは「長生きしなさい」ということである。兵役に召されて行く男たちに「長生きしなさい」「長生きしなさい」と見送りの手を振ることは、ダメな兵隊になりなさい、という隣人たちのせめてもの思い遣《や》りだったのだ。それにもかかわらず私は独身なので甲種だったが、私と一緒に入隊した村田なども、七歳になる娘がいるのに（離婚しているからという理由で）甲種だった。（しかも、衛生兵のざらつく手で二度も男根にさわられてからである）

そして、私たちは常に「いかに生くべきか」ということばかり考えていたので、臆病《おくびょう》な二人組と呼ばれていたものだ。大体、あの時代は「いかに死ぬべきか」という時代であり、「いかに生くべきか」などということを真面目に考えていたものは、最後まで自分をあざむくほかはなかったのである。私は牡丹江《ぼたんこう》での野営の夜、年の若い炊事兵とかわした議論を思い出す。「いかに死ぬべきか、というのは言い間違いじゃないのかね。どんな不幸な時代にだって、そんな人生観は聞いたことがないよ」

と私が言った。

すると彼は、はげしく反駁《はんばく》した。「あんたには、美学がわからない。いかに生くべきかなんて思想はちっとも美しくないじゃありませんか」

「しかし」

と私は言った。

「戦場で、いかに死ぬべきかなんてことを考えることなんて徒労だと思うね。ここじゃ、いかに殺されるべきかということはあっても、いかに死ぬべきかなんてことはありゃしないのだよ」

すると炊事兵は、頬をポッとあかくして「殺されることこそ、一番素晴らしい死に方なんです」と言った。「自分は一人で死ぬのなんか嫌なんです。死ぬなら、誰かのせいで死にたい。すくなくとも、誰かに責任をのこして、そいつとの結びつきのなかで死にたい。それが、私の考える理想的な死に方なんです」

それは、ほんの短い議論にすぎなかったが、私にとっては忘れられないものだった。その炊事兵が、その後どうなったかは知らないが、彼の言葉だけは重く私の脳裡《のうり》にこびりついていた。私は、初めて「戦争」というものの意味について考える機会を与えられたような気がした。それは、たしかにコミュニケーションの問題であった。しかも「暴力」というギリギリの媒介物によって、辛うじて理解しあおうとする、絶望的な連帯法なのだ。私は考えた。(日本の真珠湾に於《お》ける侵略攻撃というのは、言わば有色人種の白人種への、はかない愛の投げ縄だとする推理はどうだろうか。決して同一化できない異民族同士が、ことばによる伝達のもどかしさから一足とびに、「暴力」による伝達へとのめりこんで行ったとする臆測は、あまりにもさみしすぎるものだろうか？)

×月×日

夕暮、倉庫のある路上で、砂利トラックの運転手と乾物屋の店員とがキャッチ・ボールをしていた。

私は、立止ってしばらくそれを見ていた。毛深い腕の、肘《ひじ》のところまでシャツをまくりあげた運転手が、汚れた準硬球のボールを投げつけると、しゃがみこんだ店員が胸のすぐ前でそれを受けとめ、白い歯を見せて笑いながら投げ返す。

ボールがお互いのグローブの中でバシッと音を立てるたびに、二人は確実な何かを（相手に）渡してやった気分になる。その確実な何かが何であるのかは、私にもわからない。ただ、どんなに素晴らしい会話でも、あれほど凝縮した、かたい手ごたえを味わうことはできないであろう。ボールが、店員の手をはなれてから運転手の手へとどくまでの、ほんの一瞬のあいだ、二人は言いようもなく不安そうな目で夕暮の空に弧をえがくボールを見つめる。だが、やがてそれがグローブの中に見事におさまると二人の信頼は一そうふかまってゆくのである。二人は、うっすらと汗をかき、決してものを言わなかった。それは運動というよりは、むしろ性的なもののようであった。私は二人の「関係」に言いようのない嫉妬《しっと》さえ感じ、——できることなら棍棒《こんぼう》で、ボールを二人の外へはじきだしてやりたいとさえ思った。すると、野球と言うゲームが初めてのみこめたような気がしてきたのである。つまり、バッターと言うのは邪魔者であって、二人の関係をぶちこわすためにバットを持って登場する。そして、ボール型に凝縮した二人だけのコミュニケーションを、二人の外へ叩《たた》き出してしまうのだ。（三度に一度は、この「叩き出し」に成功するジャイアンツの長嶋や王と言う男は、よほど「嫉《ねた》」むことを知っている男なのだろう。そして叩き出されないために「二人だけのコミュニケーション」に変化を持たせる杉浦や秋山は、執着の強い男なのだ。野手たちは、さしずめ、二人の仲を蔭《かげ》ながら祝福する理解者ということになるのだろう）私は、何時までキャッチ・ボールを見ていても飽くことはなかったが、しかし、いくら見ていても局外者であることに、かわりはなかった。

×月×日

こんど、私の店でもホモ牛乳を扱うことになった。

「ホモ牛乳だよ」

と言ったら、女店員が「まさか」と言って真赤になった。

ホモ―人工。女性の母乳がディスカウントされるとでも思ったのだろうか。

2

×月×日

近頃、ときどき眼鏡の必要を感じる。大分、記憶力も鈍ってきたような気がするので耳鼻科医に診察を受けにゆく。鼻孔に不愉快な金属製の棒を二本突き立てられて、覗《のぞ》きこまれる。しかし、別段異常はなかった。こころみに小学校時代の同窓生の名を思い出してみる。安達守、秋田タケ、伊藤ヒサ、伊藤武五郎、（この伊藤は本家の蹄鉄《ていてつ》屋の方だったと思うが……）伊藤正義、奥山武、金山（名前の方は忘れた）、近藤正一、佐藤ノブ、（ダメだ……どうも思い出せない）古間木昭一、古館（これも苗字だけ）。

古間木昭一と言えば、その後どうしているだろうか？　私は、同窓生のなかで一番印象にのこっているあのズングリして、いつも冬眠中の動物のように、けだるそうに（しかし微笑をうかべて）やってくる古間木昭一のことを思い出す。

私たちは、小学校時代に故郷の古間木から三人（私と彼と奥山武と）で、八戸《はちのへ》の放送局の少年合唱隊に入っていた。三人とも「花をくわえた男」然としたボーイ・ソプラノで、特に「冬の星座」という唄《うた》が好きであった。私たちは、日曜日ごとに汽車で八戸まで出かけてゆくエリートで（しかも汽車賃は放送局負担）、自他共に許す親友同士であった。しかし小学校六年の夏休みの始まる前に、私たちは、すでに始まりかけている変声期の恐怖について身を案じる必要に迫られることになった。奥山の家の納屋の藁《わら》の上に腹這《はらば》って、三人とも暗い表情で「いかにして、三人が今のままでいることができるか」ということについて語りあったことは今も忘れられない。

奥山は「あの声でトカゲ食うかや山ホトトギス」、という俗謡顔負けの犀《さい》のような大男で、私も古間木も、どちらかと言えば「少年合唱隊」といったイメージとはほど遠い、年若い哺乳《ほにゅう》動物といった顔立ちをしていた。私たちは、ボーイ・ソプラノを持っているということだけで、他の小学生と自分たちとを区別していたが、声が変ったら忽《たちま》ち他の連中と同格か、それ以下に格落ちしてしまうことはわかっていた。走るのに速い訳でもなし、読本をうまく読める訳でもなし、何一つ他に取得がなかったからである。奥山が深刻な顔で一つの提案をした。「去勢するとな、去勢すると何歳までもボーイ・ソプラノでいられるっちう話だぞ」

「去勢って何だ？」

と古間木が訊《き》いた。

「キンタマを取り除いてしまうんだ」

牧場に親戚《しんせき》のある奥山は（まるで、重大な暗黒計画でも発表するように）あたりを見まわして低い声で話した。

「大した手術じゃねえそうだ。馬なんか気持よがってさせるそうだよ」

「しかし、あるべきところにあるべきものがないと、困るでねえか」

と私が聞いた。

「ところが、かえって雑念が払えて、出世の近道なんだそうだよ。帝大に入る人だの博士になる人はみんな雑念を払うために『去勢手術』を受けてるそうだよ」

「ほんとか？」

と、てれくさそうに古間木が聞いた。

「ほんとに、何時までもボーイ・ソプラノでいられるのか？」

「ああ」

と奥山は勿体《もったい》ぶって言った。「だから、三人とも去勢してしまえば、いつまでも今迄《いままで》通りにしていられるっちゅう訳さ」三人はその夜、北斗七星のしんしんと冴《さ》えている納屋の中で「夏休み中に、めいめいで独自に去勢の手術をし、新学期にはサッパリした手術のあとを見せあおう」という血の盟約をした。


しかし、考えてみれば莫迦《ばか》らしい約束であった。その夜、私は自分の逸物《いちもつ》をとり出して百ワットの太陽の下でしみじみと見つめたあとで、親からもらったものを自分勝手に始末してしまうことは、とてもできないと思った。たぶん、他の二人も今頃それを手術したりするという思いつきが冗談だったと思っていることだろう。そう思うと彼は自分の、鳥のように膨れ上った男根がひどく大切なもののように思われた。そして、「約束」をけろりと忘れてしまうように努力したのである。

だがそのために私の声は、まるで日蝕のように、見る見るうちに嗄《しゃが》れてゆき夏休みが終る頃には、何となく性に目ざめる「男」の声になってしまっていた。奥山も、同じであった。二人は、学期始めの日に校庭の藁塚の前でバッタリ顔をあわせ「新しい声」で挨拶《あいさつ》しあった。だが、どうしたものか古間木だけは、その日学校へ出て来なかったのである。翌日も、翌々日も古間木が登校しないので私たちが訪ねてゆくと、古間木は寝ていた。

「どうした？」

と訊くと彼ははにかみながら、

「手術の経過がよくないのだ」

と言った。「簡単なことなんだが、金がなくて獣医にしてもらったもんでなあ」

思いがけない優しい声の古間木に、私たちは胸をつかれた。奥山はしばらくためらっていたが、ついに決心して「実は」と言った。

「おまえは真に受けてしまったらしいので言いにくい話になったが、あの約束は冗談だったんだ。とても本気にするとは思わなかったよ」

それは私と奥山とでとりきめてきた二人の「共同防衛」の発言なのであった。

しかし、古間木は思ったようには激怒しなかった。激怒どころか微笑さえ浮べて私たちに、

「莫迦だなあ、声を台無しにしちまって。おまえらはもう、合唱隊へは戻れんぞ」

と同情的に言った。

私たちは無邪気な彼の復讐《ふくしゅう》をおそれた。そして彼のしたことが出来るだけ「大したことではない」と思わせるように振舞った。それが、せめてもの思い遣《や》りでもあったからである。

やがて私たちは小学校を卒業すると、それぞれ別の中学校へ進み、三人顔をあわせることは殆《ほとん》ど無くなった。風評によると、古間木はその後もしばらく少年合唱隊に残ったが、やがて「少年」ではないという理由で解雇された。田舎のしかも農村ではボーイ・ソプラノを生かす道はないので、彼は上京して本職になろうと思ったらしいが、こんどは「歌が下手」なために失敗し、ひどく孤独になって、最近は村の役場の経理におさまっているという。

相変らずニコニコしているが、「頭がおかしいのではないか」という噂もあるらしい。勿論、ずうっと独身で、忘年会のときにはおだてられると「冬の星座」をうたうそうだが、その声はもう、美しいボーイ・ソプラノというよりは老いたる哺乳動物の奇声という感じだそうで、すっかり座が白けてしまうのがならいなのだそうだ。

私は、彼のそうした風評の中に「貞淑」とか「守られた約束」の末路を見る思いがした。それは、ほんとうのコミュニケーションなどではなくて、ただの形骸《けいがい》だけの、さみしい連帯のなれの果てなのではないだろうか。

3

×月×日
妻を殴りたいのだが、理由が見つからない。

テレビのホーム・ドラマを観ながら（楊子《ようじ》で歯をくじりながら）妻の方をチラリと見ると、妻も私の方をチラリと見る。

妻はアイロンをかけながら、私をどやしつけるための、一方的な攻撃チャンスをうかがっているらしい。

叱言を言うのが、妻の「暴力」の変形なのだと言えば、それまでだが……

×月×日
恥かしいことだが、今日、妻に嘘をついた。しかも、何の理由もなくである。

私は「今日、新宿で、うちへ来る洗濯屋を見かけたよ。

あの男、結構いいシャツを着て伊勢丹の前を歩いていたよ」

と言ったのだ。

妻は大して気乗りもせずに「そう」と言っただけだった。私は少ししてから、はげしい後悔に襲われた。なぜ、あんなことを言ったのだろう。あんな嘘は、ちっとも妻を驚かしやしないし、損にも得にもならない。第一、ユーモアもないではないか。「今日、新宿でうちへ来る洗濯屋が犬に嚙《か》みつくのを見たよ」とか「今日、新宿で、うちへ来る洗濯屋が

「本当らしいだけ」で、意味を持ちやしないではないか。それに、嘘の中に（ふだん気にもめていないような）洗濯屋が出て来るというのも不始末の一つである。あんな不毛な嘘が、ただ何となく口から出まかせに出て来て誰にもとがめられもせずにあとかたもなく消えてしまうことが怖ろしい。そして、その怖ろしさに馴《な》れてだんだん平気になってしまい、不気味なことばで日常の空隙《くうげき》を埋めていこうとしはじめている自分の心がもっと怖ろしい。

冗談一つ。――無知なボクサーが、いつも単調な攻撃ばかりしているので、セコンドが、

「もっと頭を使え！」

と怒鳴った。するとボクサーは猛烈な勢いでバッティングしていき、反則の減点を取られた。

（私は、日記でならこんな風に冗談もうまく書ける。しかし、相手がいると冗談は言えない。たとえ相手が妻であってもである）

体重測定八十四キロ。依然として性欲がない。陰茎が少し大きくなったと思ったのは、錯覚であった。

×月×日

――死んだよ」

とかいうのなら少しはわかる。だが、ただ「見かけたよ」というのでは、いかにも

内気で、なかなか笑わない女店員が販売促進課に一人いる。昼休みに、厚生課の竹中を呼んで「笑わない子」がいるのは、気になるから皆で彼女を笑わしてやれ、と言ってやったら、今日早速販売促進課だけの茶話会をやってくれた。そこで（彼女には、そうと悟られぬようにして）物真似大会をやり、古くからいる連中が次々と珍芸を披露した。私が観察するかぎりでは、その女店員は三度ほど笑ったようである。

三度目に笑ったときによく見ると、その子はひどい出っ歯であった。私は、ひどく悪いことをしたと思うので、そのことを特に日記に書いておく。（私の日記も、だんだん書き馴れてきたと思う。もうハリー・ゴールドンの盗作などをする必要もないであろう。だが、私はいつも他人のことばかりに多くのページを割きすぎる。このことだけが、少々気がかりと言えば気がかりである）

第十一章

ラグビーの頬傷は野で癒ゆるべし自由をすでに怖じぬわれらに

1

新次はドアを足で一蹴《ひとけ》りして、閉めようと思った。

しかし、ドアは風でひとりでに閉まってしまったので、彼は足を空振りさせてアパートの廊下に尻餅《しりもち》をついてしまった。

彼は苦笑して、ドアをもう一度半開きまで戻し、フット・ボールのシュートのように狙いをさだめてから、馬蹴りで後へ力一杯ドンと蹴った。今度はドアが力一杯に閉まったが、忽《たちま》ち隣室のドアがあいて歯ぶらしをくわえたおかみさんが顔を出した。

「日曜日ですよ」

とおかみさんは泣き言を言った。

ふん。日曜日だといえば、（サラリーマンではない連中までもが）ひっそりと自分の寝ぐらに引っこんでいるものだと思ったら大間違いだぜ。新次は、犬のように唸《うな》って、おかみさんを睨《にら》みつけた。おかみさんが、びっくりしてドアをしめてしまうと笑いがこみあげてきた。キイをドアの上の桟にのせると、新次は口笛を吹いて階段をはずむように降りながら、中古商で買ったばかりの背広の袖《そで》に腕を通す。どこかでアパートの廊下を走っている水道管の唸り声が聞こえていた。大方、管の中を通ってゆく風の挨拶《あいさつ》だろう。新次は、共同炊事場でうがいをする。路地へ出て、日光をまぶしくはね返している他人の五六年型の中古のフォルクス・ワーゲンを覗《のぞ》きこむ。古くなったスプリング。この上に二つの尻が並んで揺られてゆくのかと思うとたまらないね。

それから、彼は上着のポケットの片隅に紙包みごと忘れてあったポップ・コーンに気がつく。それを一つかみ口の中へ放りこんで噛《か》むと甘くてにがい味がした。(これが、日曜日の味というのか?)——彼は小走りになりながら、そう考える。

芳子と待合せた時間には、まだ少し間があるのでジムに立寄ってみよう。花園町から歌舞伎町へ抜け、区劃《くかく》がかわると街路に植えてある木の匂いも変るような気がする。

ジムの前まで、十分ほど走ってきて空を見上げると、すぐ上に「グローブのかたちをした雲」が浮いている。

あの雲め。と新次は舌打ちする。「俺より三十分も早くアパートの窓を出発したくせに、ここへ着いたのは俺と同時じゃないか」ジムへ入ると、トレーナーの滝が朝のラジオをかけっ放しにしたまま、新聞を読んでいる。「手綱が切れたなんて、そんな莫迦《ばか》な話があるもんかね」

と滝が唾を吐いた。「ミハルカスは充分勝てたレースだったんだ。それを、切れた手綱ぐらいでごまかしてしまうなんてのは策謀としか思えないね。切れる可能性のある手綱なんかをつけてレースをする位なら馬丁なんてのは、まるで用がねえようなもんだ」

ピースを一本とり出して、火をつける。ひらいた競馬新聞の上に、灰皿が引き寄せられる。

「おはよう」

と新次が声をかけた。

すると、滝ははじめて新次の来たことに気づいたような顔をした。「ああ、新次。聞いたかね?」「何を?」

と新次は、ジム宛にとどいた日曜の郵便物の中から、興味のありそうなダイレクト・メールだけを選びだしながら訊《たず》ねた。紳士用電気剃刀《かみそり》マシーン。性器整形外科。国産ブランデー大特売。犬貸します。

二人の間に、まだ会話の橋ははっきりと架かってはいない。滝は、続ける。

「〈バリカン〉が笹崎へ移籍と決まったそうだよ」

新次はびっくりして、滝を見る。

「何だって?」

「あいつ、こないだのKO勝ち以来、急にボクシングに色気が出て来たらしくってね。移籍は、会長の話だと本人の志願だそうだよ」

だが、それならどうして俺に最初に言ってくれなかったのだろう。今朝だって、いつもとちっとも変った素振りは見せなかったじゃないか。新次は、信じられないというように、事務所の中を見まわす。サロメチールくさい事務所の中はガランとしていて「四季の草花の栽培法」だの「ポケット会社要覧」だの、廃刊になったボクシング・ガゼット誌だのが散らばっている。それを解く鍵《かぎ》になるようなものは何も無いので、彼は仕方なしに滝のピースに手をのばす。

「だめだ」

「一本だけさ」

しかし、滝は煙草を自分のポケットの中へ(まるでごみ箱へでも捨てるように)かくしてしまう。「今朝早く来て、〈片目〉に挨拶していたが、おまえには口じゃ言いにくいからって手紙を置いていったよ」と滝が、埃《ほこり》っぽい抽出《ひきだ》しをあける。抽出しの中には錆《さ》びた鉛筆削り用ナイフや、現像不充分のエロ写真。干しエビの食べ残しや中華料理「万来」の領収書等が入っていた。その一番上から、新しい封筒をとり出して滝は、新次の方へポンと投げて渡した。

「毎日顔をあわしてる奴に手紙を書く神経なんて、俺にはとても理解できないね」

と滝は言う。

「全くね」

と新次もニヤニヤしながら受け取る。

「あとを頼むぜ」と言って滝は、読みかけの新聞をくるくるとまるめてポケットに突っこむと、用済みとばかりに事務所のキィを新次の前へ置いて出ていこうとした。

「どこへ行くんだ？」と新次が聞いた。滝は甘酸っぱい顔になり、（まるで赤ん坊をあやす中年すぎの男のように）

「日曜日じゃないか」

と言った。

この「日曜日」という言葉のひびきと、アパートのおかみさんの言った「日曜日」という言葉のひびきとは、まるで違ったニュアンスを持っている。滝にとっては「日曜日」は安息日どころか、一週間の中での「一番稼げる日」なのだ。たぶん、彼は今日もまたノミ屋の片棒をかついで西口の場外馬券売り場の群衆の中へのりこんでゆくのだろう。

――滝が出てゆき、事務所のドアがしまると、中には風がとりのこされた。誰もいなくなった事務所の机に腰をかけて新次は（半ばにがにがしい心で）その手紙を読みはじめる。

新宿新次様

今度、笹崎拳に移籍することになりました。笹崎拳は学芸大学前にありますので、アパートも目黒の方へ移るつもりです。はじめに貴兄に相談すべきだったのですが、今《いま》迄《まで》何を決めるにも貴兄に従ってきましたので、今度だけは自分で考えて自分で結論を出しました。引越しも今日、貴兄の留守中にしてしまうつもりです。自分は、本当にボクサーに向いているかどうかわかりませんが、とにかくやれるだけやってみるつもりです。たぶん、自分の成績次第では、リングの上で貴兄と(対等に)グローブを交えるチャンスがあるかもしれません。本当は、その日を自分の目標にしたいと思って移籍することに決めたのです。

(同じジムでは、チャレンジできませんからね)

自分は、今までは、貴兄の「弟分」でしたが、それは幸運な人のそばにいると、いつかは「偶然に」幸運にありつけるだろうと思っていたからです。しかし、よくよく考えているうちに、**世の中には「偶然のない人生もある」**ということがわかってきました。そこで、「偶然」をあきらめて、自分で一挺やらかしてみようと思ったのです。

さようなら、お世話になりました。

洗濯の、自分の分の支払いは済ませておきました。ポマードは、これからは貴兄一人で使って下さい。

〈バリカン〉健二

新次は、その手紙を二度読んだ。

勿論《もちろん》、心に沁《し》みるものがなかった訳ではない。しかし、彼はそれで出もしない洟《はな》をかむと、丸めて紙屑籠《かみくずかご》の中へと捨ててしまった。

彼には、詠嘆している暇はなかったのである。彼は、自分に言い聞かせるようにしてひとり言を言った。そうだった、今日は街へ出てみよう。

「日曜日じゃないか」

2

「あなたは何時でも、そんな風に怒ってるの？」

と芳子が訊《き》いた。

新次はベッドに腰かけて靴下を脱ぎながら、上目使いに芳子を見る。

「前はそんなじゃなかったわ」

新次は脱いだ靴下の匂いを嗅《か》ぎ、思いきって遠くへ投げてやる。しかし、それはすぐ近くのテーブルの上で撃たれた鳥のように落ちてしまう。テーブルの上には、たったいま女中が置いて行った一皿の羊羹《ようかん》と二個の蓋《ふた》つき茶碗《ちゃわん》とタオルが手も触れずそのままになっている。

「折角ここまで来たのに、怒っていちゃつまんないわ」

と芳子が甘えた声で言った。

「べつに、怒っちゃいないよ」

新次は大股《おおまた》に、ドアをあけてバス・ルームへ入ってゆき、スイッチをひねって湯の瀑音《ばくおん》を消して来る。部屋の中が静かになった。「脱げよ」

と言いながら新次は、自分のズボンのバンドを外し、またぐようにして脱ぐと、それも遠くへ投げてやった。「明るいうちから、こんな所に来る人ってあるかしら」と椅子から立ち上って芳子が言った。

「あたし達も、相当なもんね」

その少し上ずった芳子の声を聞いて、新次は思わず苦笑した。

もう（あたし達）なんてことばを使ってやがるな。と忌々しいような気さえする。芳子は、しばらく部屋の中を見まわし、「一番淋《さび》しい所」まで歩いていって、洋服を脱ぎはじめる。その、浮かれている芳子の背中の――ボタンをさぐる手の動きを見ながら、裸になってしまった新次が、さむそうに両手で自分の肩を抱く。そして、ふくれ上っているパンツの前部を見下ろす。性急な願望を制し、気を紛らすためにテーブルから芳子のハンドバッグを引き寄せ、その留金をあけてみる。定期のない定期入れには、中学校時代の自分の写真と雑誌の料理記事の切抜きが入っている。「何だい、こりゃ」と新次がそれを引き出して読み上げる。

「ダンプリング入りシチューチキンだって？」ブラジャーを外しかけている背中が素直に答える。

「食べたことないのよ、まだ」

「何だってこんなものを持ってるんだ」

「いつか作ってみたいと思って切り抜いたの。もう、一年も前に」

新次は笑った。

骨つき肉　一キロ

にんじん（親指大に切る）三本

小玉ねぎ（薄皮をむく）百五十グラム

塩大匙《おおさじ》一杯　胡椒《こしょう》小匙一杯

ダンプリング（洋風すいとん）

「こんなものは、大して美味《うま》くねえんだ。俺は知ってるよ」新次が言うと、もう白い絹のシュミーズ一枚になった背中が意地をはるように反撥《はんぱつ》する。「でも、いつかきっと作るわ」

ダンプリング入りシチューチキン。ダンプリング入りシチューチキン。そう唱えるように、さし足しのび足で部屋を横切った芳子がバス・ルームへ入って行ってしまう。新次は、敏捷《びんしょう》な狼のように後を追って、そのダンプリング入りシチューチキンを羽がい締めにし、重病人を運ぶときのようにベッドまで引き摺《ず》ってゆく。芳子は目を閉じて失神したように振舞っているが、手はシーツをたぐり寄せている。そのシーツを荒々しくひき下げると、新次はシュミーズの上から芳子の胸に歯型をしるそうとこころみた。それは、白い絹につつまれた果実のように丸みをおびていたのだ。

新次は一方の手を彼女の頭のうしろにまわして抱え、もう一方の手でシュミーズを脱がせにかかる。その果実が剝《む》きだされる間、彼女は死んだふりをしなければならない。彼女にとって、いまは最も劇的な瞬間である。もし、大熊蜂がとんできて彼女の臀部《でんぶ》を突き刺したとしても、彼女はラヴ・シーンの神聖さを守るために我慢するだろう。そのシーツに埋まっている横顔には、必死で何かをこらえている謹厳さがある。新次は、すっかり裸になったこのチキンの一番熱いところへ手をのばしながら、目でその横顔を見守りつづける。手がそこを探しあてると、芳子が口をうすくひらく。新次は何となく「勝った」と思う。芳子の二つの白い股《もも》が、その新次の差しこんだ手を（ホールドするように）はさみこんで締めつける。新次が、その手を小刻みに動かすたびに、芳子は執拗《しつよう》にクリンチしてくれるのである。手も二つの股も、汗びっしょりになってくる。新次は、もう一方の手でその芳子を仰向けに転がし、真昼の明るいシーツの上でさらに激しく彼女の熱い肉を掘りつづける。彼女の手も、シーツの上を這《は》って彼のそこを求めようとする。だが「シーツの荒野」はひろくて、彼女は手をそこに辿《たど》りつけない。彼女は心細さから、思わず泣き出しそうになる。そのぴったりと閉じている白い股へ、新次はもう一方の手を差しこみ両手でそこをこじあけようとする。

まるで、そのすきまから真昼の日ざしをさしこませようとでもするように。――彼女の下半身から力が抜けてくる。ふいにあわされていた股が二つに岐《わか》れ、彼の顔が（新しい鳥の巣でも見つけたように）その中へめりこむ。そして、新次は全身で彼女の中に没入してゆく。ゆるやかな反復がはじまり、彼女は目を閉じたまま腰を使いはじめる。ものごとの反復は、何につけても悲しいものである。二人は、ひどく頼りない気持になって、ホテルのダブル・ベッドの「シーツの荒野」の果てしない広さの中に取りのこされながら、シーソーゲームに熱中しつづける。だが、お互いに、相手を見失わないために目だけは、しっかりと閉じられている。新次は何かもどかしいものを感じた。

まるで、泳いでいるときのようだな。と、激しい行為の中で彼は思う。「ククク……」とダンプリング入りシチューチキンの喉《のど》が鳴る。新次はふっとわれに復《かえ》る。芳子の頰が涙で濡《ぬ》れている。彼はまた目をとじる。目の高さで打ち寄せて来る波が、彼の顔にあたっては消え、また遠くから打ち寄せてくるのがわかるのである。ふいに芳子が叫ぶ。「逃げる。逃げる」

新次は更にはげしく芳子に体を密着させ、水音のはじめた腰を、激しく彼女の中へねじりこむ。すると芳子もその新次にしがみつくことで「シーツの荒野」から這い上がろうとする。それを這い上がらせてはいけない。新次は水にでも沈めるように芳子を、シーツの中へ押しこむ。しかし、スプリングのせいで沈んだ芳子が、また浮き上って来る。そのたびにシーツの上に芳子の髪が躍り、目をとじた彼女の悲しそうな顔も躍る。ふいに、髪の中に親指をつき立てた新次は汗まみれで彼女にとどめの一撃を加えるように力む。芳子が悲鳴をあげる。芳子の手が新次の耳をつかむ。そして、そのまま深く深く奈落《ならく》の底に沈んでいってしまう……


「こんどは逃さなかったかい？」

と新次が聞いた。

芳子は答えなかった。その、うすくあけた唇のあいだからうすい桜色の歯が見える。新次は、その上唇だけを舌でしゃぶり、上目使いで芳子の反応を見ている。

それは試験官の発表を待つ学生に似ている。「どんなふうだった？」

「とうとう退治したわ」

と芳子がきれぎれの声で言う。「とてもこわかったわ。

でも、退治しちゃったから、**あれ**はもう来ない」

「**あれ**？」

「鬼よ。いつも男の人と寝るときやって来るの。そしてあたしが夢中になってるとき嗤《わら》って逃げていくの」枕を胸の下に引き寄せ、腹這いになった新次はハイライトに火をつけ、芳子の童話を聞いている。拭《ふ》かなかった彼の茎から、まだ熱い滴がシーツへにじみだしているようだ。「その鬼を、あんたが一突きで退治してくれたので、すうっとしたわ」シーツを目のふちまで引き上げて、芳子が頼もしそうに新次を見ながら言う。この前のときは俺が先に眠ってしまったからいけなかったんだ。醒《さ》めてやらなきゃダメだ。と新次は煙草のけむりを吐き出す。その一部始終を見ながら、芳子はしのび笑う。「どうしたんだ？」すると、芳子はシーツの中へすっぽり顔をかくしてしまって非難するように言う。

「あんたってすごいのね」

新次の足は、シーツの上から芳子の足にからみついている。

新次はそれが芳子の挑発だということを知っている。しかし、新次は今すぐその芳子をひき寄せてもう一度くり返す気にはなれない。彼は手をのばして、シーツの下の芳子の熱い部分をいたわりながら思う。単純でなければいけない。単純さほど人を感動させるものはないのだから。

「お風呂《ふろ》、入れてくるわ」

と思い立ったように芳子がシーツをはねのけ、彼を跨《また》いでベッドの下に降りる。その芳子の(顔の上を通る)肉体の部分を見上げながら、新次は芳子の言った(あたし達)ということばの意味について考えはじめる。バス・ルームから湯の瀑音が聞こえはじめる。新

次はふと、この瞬間の平安を怖れる。（もしかしたら、芳子が俺の最初の家族になるかも知れない）

バス・ルームから出て来た芳子は、ベッドでうとうとしかけている新次を誘うように、前もかくさずストリップの真似をしはじめる。大胆で、そのくせどこか子供っぽい芳子のストリップを見ながら新次は醒めてくる。「窓をあけてくれ」

だが、芳子はまだ踊りやめない。次第に腰のけり方が本格的になってきて、あはははと笑いだす。新次には「あははは……」と笑うタイプの女は初めてである。その芳子を、白日にさらすように新次がベッドに半身起してブラインドのひもをひく。昼の明るい光が、縞《しま》模様にさしこんできて芳子は思わず前をかくす。その仕草は、新次にもう情欲は感じさせない。ただ、やさしさと理由もない同情とがこみあげてきて、新次は芳子を可愛いと思う。裸の芳子を、新次がうしろから包むように抱えこみ、二人は窓の外を見る。路上の駐車メーターが、人気のない日曜日の表通りに立っている。

「駐車メーターって好きよ」

と芳子が言う。

「どうしてだ？」

と、その芳子の髪に顎《あご》をのせながら新次が聞く。

「いつも自動車を待っているでしょう。自動車が来ると、時間ごとに確実にメーターがカチッ、カチッと上がるわ。その目盛りは、下がるってことがないもの」「あれはそういう機械なんだ」「でも、どんな男の人だって好きな人がそばにいる間中、メーターが上りつづけてるって訳にはいかないわ」

「自動車の駐車メーターみたいにはな」と新次は苦笑いする。そして、ふと思う。(俺は、この女を捨てたりする気になるだろうか？）芳子が甘えた声で、ふり向きざまに言う。

「少しは駐車メーターを見習いなさい」

新次は、芳子をそっと放す。バス・ルームの栓を閉めなければいけない。「駐車メーターは、どんな自動車からでも金をとるぜ」

芳子の尻《しり》をピシャッと平手で打って新次がバス・ルームの中へはいって行く。芳子がポカンとして取り残される。駐車メーターのガラスに日の光が反射して一瞬芳子の目を射る。さむくなった。下着を着なければ……

3

「あたし、乙羽信子さんに言いたいことがあるわ」

と、ラーメンの中の支那竹だけを箸《はし》で選りわけながら芳子が言う。新次はものも言わずに麺《めん》をすすりあげている。

「うちのアパートの人、強力パブロンを飲んで死んだのよ。乙羽信子さんのせいだわ」風呂上りで、腰にタオルをまきつけただけの芳子は、汁をすすりあげる。見もしないのに点《つ》けたテレビが部屋の隅で何かを「解説」している。「だってテレビでパブロンをすすめていたのは乙羽さんだもの。玉ちゃんは『乙羽さんのすすめる薬なら間違いないだろう』って買ったのよ」「あれはコマーシャルってもんさ」

「でも、人に何かをすすめるときは責任を持たなきゃね」

芳子は自分のことばに興奮して、汁を乳房にしたたらせてしまう。「俳優が何か言うたび真にうけていたら、何がほんとだかわかんなくなっちまうよ。連中だって、自分が何をすすめてるかわかってやしないんだ」芳子はふと、新次の胸に手をのばす。ゴミかと思ったら、それはほんの二、三本の胸毛であった。芳子は、出した手のやりばに困って恥かしそうに顔をあからめる。

「あたしのこと好き?」

「ああ」

と新次は気むずかしそうに目を外らす。テレビは台所用品の販売宣伝中だ。テッテル、テッテル、テッテルナ、オ日サマテッテルナ、ヤッテル、ヤッテル、ヤッテル、ヤッテルナ……ママセンタク、ヤッテルナ

「どのくらい好き？」

と芳子が聞く。

新次が顎を撫《な》でる。

「お金にして百万円位？」

「さあね」

「それとも十万円位？」

言いながら、芳子は自信をなくしてくる。自分の値打ちにしては高価すぎるような気がするからである。

「お金にしない方がいいわ」


芳子は、いつでも思う。西洋式トイレットはどうしてこんなに面白いのだろう。入って中からドアをしめ、白い便器に腰かける。そして最初に長いチェーンにぶら下がった白いバナナのような握りをひくと、轟音《ごうおん》と共に水が噴き出してくる。椅子に腰かけておしっこをすると、椅子に穴があいていて、そこからおしっこが下へ落ちてゆくというのはアメリカ人のユーモアだろうか。この馬蹄形《ばていけい》の椅子が、市内中の映画館や喫茶店でも流行《はや》ればいいのに。アンソニー・パーキンスの顔を見ながらおしっこできるなんて、とても素敵だと思うわ。やがて、芳子は下半身がぬくもってくるのを感じ、思いたったように大きな声で新次を呼んだ。

「ヘイ。見に来ない？」

第十二章

父の遺産のなかに数えむ夕焼はさむざむとどの畦よりも見ゆ

1

一人暮しをするようになってから〈バリカン〉は一人言を言うようになった。寝押しするためのズボンをたたみながら、ふと気がつくと「うまくないな。どうもうまくない」と呟《つぶや》いていることがある。さみしさをまぎらすために月賦で買ったテレビを、一人で観て一人で笑っていると、あとになってさむざむとした後悔におそわれることがある。たった四畳半のアパートが、こんなにひろびろとした荒野に変ってしまうとは、引越して来た当座の〈バリカン〉には思いもよらないことであった。

彼は、アパートの壁に浅丘ルリ子の水着のブロマイドを一枚貼った。ブロマイドは画鋲《がびょう》一つで留められるからいいな、と彼は思った。実際、彼自身の泣きっ面は壁に留めておく訳にはいかないのだ。(夜、蒲団《ふとん》に入ってから彼は、浅丘ルリ子のブロマイドの「その部分」にだけよくさわるので、浅丘ルリ子の「その部分」はすっかり黒ずんでしまっていた)

〈バリカン〉は、消灯後、壁を素手のこぶしで力一杯殴りつけることがあった。それは、気を鎮めるために一番いい方法であった。二発、三発とくり返していると、やり場のない感情は少しずつ彼から脱けだしていくのであった。この「壁打ち」は、独身アパートではどの部屋でも行なわれている日常的な行事であった。

深夜、壁ごしに隣室のバーテン二人が故郷の方言で話しあっている。やがて話し声が途絶えたな、と思うとドシン、ドシン！ という音がきこえてくるのである。すると、遠い部屋で高倉健のレコード「網走番外地」を（年から年中、すりへってしまうほどかけている）キャバレーのボーイが「レコードの針がとんじまうじゃねえか」と怒鳴りだす。しかし、そのボーイも雨の休日などは、早朝から「壁打ち」をはじめるのである。こんどはバーテンの方から怒鳴りかえす。

「野郎！　眠れねえぞ」

実際、アパート中で「殴られていない壁」があったらお目にかかりたい位のものであった。どの部屋の壁も、こぶしの乱打をあびて歪《ゆが》み、どす黒く凹んでいた。そして、その惨《さん》憺《たん》といためつけられた壁こそ、彼らの生活のアリバイであり、彼らの心象の記録なのであった。「何だい、こりゃ」と外来の友人が訊《き》くとバーテンは「こいつか？」とニヤリとして「こいつは、げんこつで書いた俺の日記さ」と答えたものである。この傷だらけの壁にかこまれた善良な独身者たちだった。彼らの枕の下には中学校の卒業証書とか、母親からの手紙とか当座預金の通帳とかが入っていた。当座預金は、古い時代の生産の理想である。彼らにとっては生甲斐《いきがい》そのものよりも、生甲斐の代用品である「当座預金」の方がはるかに崇高なものに思われているのだった。〈バリカン〉は、そうした自分の生活をただ茫然《ぼうぜん》と見送っていた。

もう新次にすべて判断して貰《もら》うこともない。

すべて思いのままなのだ。そのくせ、彼は人混みに出たがるようになった。(彼はやっぱり、一人暮しに耐えられないのかも知れないな)

と彼は思った。彼の新しいアパートはマッサージ院、中華そば、トルコ風呂、産婦人科、酒場などのひしめいている都電車庫裏通りの「**手相横丁**」にあった。「どうして手相横丁って言うんですか」と聞くと、野球帽を深くかぶった床屋のマスターは相撲取りのように、太く圧搾器にかかったような声でこたえた。

「見りゃ、わかるじゃないか」

「街頭易者とか手相見が出るんですか？」

「道すじだよ。道すじなんだよ」

マスターは研ぎかけの西洋剃刀《かみそり》で、路地の奥を指さしてくれた。「どの路地も細くて、すぐに行きづまりになっちまうだろ？　ここにゃ霊柩車《れいきゅうしゃ》も入って来やしねえ」それでも〈バリカン〉は、まだよくのみこめなかった。細くてすぐ行きづまりになってしまう路地が何本も交錯しているのが、どうして「手相横丁」なのだろうか。「莫迦《ばか》だね。お前さん、自分の手相をとくとごらんよ」とマスターのおかみさんが言った。

「どれもこれも、みんな行きづまりじゃないのさ」

そのおかみさんも、もう創価学会の支部長になったであろうか？　一週間前には、「立候補」を宣言していたが……。


昼のうち、床屋「モーリ」で何人かの頭髪を刈り、幾人かの頭を洗ってやり、夕方から電車でジムまで通う。二時間ほど汗を流して来て、そのまま、アパートへ帰るのも味気ないので、つい酒場へ足をとめるようになる。洗濯機へ入れられたシーツのように、ねじれながら洗いざらい気分の汚れを吐きだしてしまったら、どんなにさっぱりすることだろう。そう思いながら、〈バリカン〉は酒場のカウンターでビールを注文するようになった。

来るたびに幅五十センチ足らずのカウンターが、彼にとっては果しなく広い荒野のように見える。それをへだてたバーテンの顔は勿論《もちろん》すぐ横に腰かけている客たちとも彼は隔てられているのである。

だが、彼はここでは（少なくとも、彼は）背広を着ているので紳士の待遇を受けた。それに「ボクシングをやっている」という点でも、一目置かれるに足るという訳である。背広に「ウイルディール」というネームを入れた兎口の男が彼にビールを振舞ってくれる。この男は「電話一本で馬券が買えます」というノミ屋の顔役である。六年前の皐月《さつき》賞でなけなしの財布をはたいて二番人気のウイルディールの単勝を買った。ウイルディールは二番人気だったが、彼の故郷の中京星川厩舎《きゅうしゃ》の馬であった。そしてあきらめてアパートで昼寝して、夕方場外の掲示板を見にやってくると、ウイルディールが勝っていたのである。彼は新しい背広をオーダーし、その胸にネームがわりに「ウイルディール」と入れさせた。そしてその時から歌舞伎町の「ウイル」、逆転の「ウイル」、背広の「ウイル」、そして穴狙いの「ウイル」に生まれ変った。もう袖口《そでぐち》はほころびて、ボタンも二つほど入れかわっている。そのウイルの隣で、バーテンに貯金通帳を見せびらかしているのは銀嶺トルコの二人のミストルコである。「あたしね」と小肥《こぶと》りのミストルコが言う。「お見合することになったのよ。それで昨日、写真屋に見合写真を撮りに行ったら、〈記録〉にしますか？〈芸術〉にしますか？　って言いやがんのさ」つれのミストルコが口紅を出して、バーテンの背後の鏡に顔をうつしながら、唇を塗りはじめる。「見合写真もむずかしくなったもんね」とミストルコがレモンスカッシュの中の桜桃《さくらんぼ》の種子をパッと吐き出す。それをあわてて拾うのは、新入りのボーイである。このボーイは、好んで「警察用語」を使いたがる。自分のことを言うときに「自分は……」などと言うから、近頃ではさかんに名前ではなく

「自分」というニック・ネームで呼ばれている。「おれは、秋の間は競馬場の馬小舎《ごや》で寝てくらしたよ。藁《わら》のふとんでね」とウイルが〈バリカン〉に言う。「秋だけですか？」と〈バリカン〉が、聞き返す。すると、ウイルは笑う。「春と夏と冬は、刑務所の中だった」

〈バリカン〉は、彼等と話しあっているときには、なぜか言いようのない解放感を味わうことができる。思いがけず、自分も吃らずに話していることがあるからである。だから、ウイルに「月賦でオーバーを買うから保証人になってくれ」と言われたときにも、ちっとも嫌な顔をしなかった。勿論、ウイルがそのオーバーを持って未払いのまま行方不明になってしまったあとでさえも。

2

酒場「楕円」で〈バリカン〉はさまざまな仲間と知りあいになった。「このレコードはあなたに話しかけます」というLP盤の通信販売をしているプロダクションの男や、養老院に行って「本を読んでやる」ことを仕事にしているセツルメントの学生。麻薬が欲しくなると病院の玄関まで行って床に頭をぶっつけて見せる常習者や、ロンリイなオンリイの中年女。小切手帳を肌身はなさず懐中に持ってあるいている年増のゲイは、いまいましそうに言った。「昨日来た岡っ引ったら、まったく、ひどいったらありゃしないのよ。おまえ、ホントに男か？　って何べんも聞きやがるのさ」

バーテンが顎《あご》を撫《な》でて聞き役にまわる。

「どうしました？」

「まさか、路上で開チンする訳にも行かないでしょ」

すると、連れの若いゲイが「その岡っ引ったら、これがまたひどい奥の細道なのよ。おまえじゃなくて、おまい、おまいって言うのよ」

〈バリカン〉も思わずつられて笑う。

「あたし、これは世をしのぶ仮の姿です……って、ぐっと神妙に言ったのよ。生きるためとは言いながら、ってね」「そうしたらどう？　世をしのぶって何だ？　と来たものよ」

古いレコードが針の音をヒューヒュー吹きこませる。雨の日、バーのドアを少しあけておくと、ネオンの唸《うな》り声がきこえてくる。

泣くな妹よ　妹よ泣くな
泣けば幼い　二人して
故郷を捨てた甲斐がない

「**誰か、死んだ人の写真を持っていませんか？**」

と止り木の客たちに話しかける女がいる。「死んだ人の写真って？」バーテンが聞きかえす。「誰のです？」「誰のでもいいのよ。べつにあたしの知ってる人のじゃなくっていいの。あなた方の御家族のでもいいし、有名人のでもいいのよ」客たちは好奇心を持って、その女を見る。女はもう四十をすぎているのに二十娘のように飾りたてている。しかし、厚化粧をしても大きな目の下は雀の足あとでまっ黒だ。ひどく疲れて見えるのは、黒いドレスのせいかも知れない。（それにまた、何んて不似合な網つきの帽子だろう？）彼女があまり真剣なので、客たちは自分が特定の話し相手に選ばれないように、少しずつ目を外らす。「あんた、そんなものどうするの？」と白い背広を着た離婚訴訟中のマネージャーが諫《いさ》めるような口調で聞く。

「集めてるの」

「集めてるって――集めてどうするの？」

すると、女は（松枝という名である）ハンドバッグをひらいて、大切そうにふくれあがった定期入れを取り出す。ひどく得意そうにしているつもりなのに、つけ睫毛《まつげ》の長さのせいで、仕草の一つ一つが哀れっぽく見える。「ほらほら、こんなに沢山たまったわ」と、彼女は映画スタアのブロマイドでも数えるように写真の束を一枚ずつマネージャーに見せた。カウンターの上に並べられた「死んだ人」の写真には、正面向いている大学生もあれば赤児を抱いて笑っている主婦のスナップもある。船員もあれば結婚記念写真を四つ折りにたたんだものもある。新聞から切り抜かれた元内務長官とか、一家心中の顔写真もある。

「これ全部、死んだ人よ」と、松枝は（年に似合わぬ）かわいい声で言う。

「ずい分貯まったでしょう?」

　客たちは、その彼女の声を背中で聞く。

「さ、もういいから納《しま》って下さいよ。こんど、俺の兄の写真をあげるから」と、マネージャーは白みながら、（子供でもあやすように）言う。しかし、松枝はなかなかそれを納わない。ゆっくりと一枚ずつを見較べては「自分の時」をたのしみはじめる。マネージャーは、彼女を見捨てて他の客の相手にまわる。だが〈バリカン〉は、彼女のことが心にかかりはじめる。他人の手垢《てあか》と、他人の古い夢のしみついた写真にだけこだわるこの女は一体どこから来たのだろう? そしてどこへ行くのだろう? その〈バリカン〉にバーテンが小さい声で囁《ささや》く。「あの女、やらせろと言えばすぐにやらせるよ」

〈バリカン〉がびっくりして、バーテンの顔を見ると、バーテンはウインクで答える。あんなに痩《や》せて（老女と言っていいぐらいの）女に誰が自尊心を傷つけずに「やらせろ」などと言えるものだろうか。「なあに、一寸《ちょっと》した我慢だよ」

　とバーテンは笑いながら言う。「柿のヘタみたいなしろものだけど、やってやれないことはない。アパートまで一緒に行くと、シャンソンのレコードか何か聞かされるそうだがね。それをうっとり聞いてるフリをしてると、向うからもちかけてくるそうだよ。必ず晩飯を御馳走《ごちそう》してくれるそうだから、わるくないやね」

カウンターの荒野の果てで、女はトランプ占いでもするように「死んだ人の写真」をいじっている。それを横目で見ながらバーテンは続ける。

「あれでなかなかはげしいらしいよ。やってる最中に泣きだすそうだ。まるで枯木にしめつけられてるみたいだが、それでも、その枯木がしだいに熱くなってくると、ぐっとしまってきて満更でもないっていうぜ。しかもよう（と笑って）。愛して、愛して、なんて叫ぶんだそうだ。俺の友だちなんざ泊って、朝帰るときお茶を御馳走になって、うまい茶だって言ったら茶の葉っぱを新聞紙に少しだけど包んでくれたそうだよ。もっとも、そいつはそれっきり行かないらしいがね」

〈バリカン〉は、よく都電のスパークを見ることがある。新宿の路上にはりめぐらされたトロリー線は、言わばあてのない群衆の夢のようなものだ。だが、その**夢同士だって思いがけない摩擦にあって火花を散らすこともある**。むごい火花だが、どうしてそれを笑うことができよう。〈バリカン〉は、その松枝の横顔をじっと見ているうちに、雨にぬれた都電のトロリーを思い出した。しかもすっかり古くなったトロリーを。そして松枝がもう決して彼の前にあらわれなければよいと思ったのであった。

3

その酒場で知りあった内で〈バリカン〉と一番長い間一緒にいたのは立石という小指のない男であった。彼は留置所を出て来たばかりだった。アメリカ人を殴って豚箱暮しをしていたのである。以前の立石は、府中のアメリカ人から仕入れたジョニー・ウォーカーを新宿の酒場へ市価の半額で納めて生計を立てていた。ある晩、取引き仲間のギルバートと府中のクラブへ飲みに行き、立石がいい声で一曲歌うと、ギルバートは「こんないい声は聞いたことがない。きみの親父はアメリカ人だろ？」と立石の手を握りしめた。ギルバートはお世辞のつもりで言ったのだが立石にはそれがこたえた。彼はノオ！と大きい声で否定した。「とんでもない。私の両親は、日本人ですよ」すると、ギルバートはまるで、「きみだけは免除してやるよ」とでもいった変な寛容さで「いいんだよ。いいんだよ。きみの親父は、きっとアメリカ人なんだ。私にはすぐわかる」と繰り返した。立石の酔いは一ぺんに醒《さ》めてしまった。彼はギルバートの胸ぐらをとって、「もういっぺん言ってみろ！」

と怒鳴りつけた。トラホームの猫のように真赤な目をむきだした立石の剣幕にびっくりしたギルバートは「オーライ。(と立石を軽蔑《けいべつ》的に見て)やっぱりきみは日本人だったな」と言い直そうとした。その瞬間、立石の一撃がギルバートの左眼にとんだのである。あざらしのようなアメリカ人は仰向けに倒れ、ホステスは駒鳥のように真赤な悲鳴をあげた。それから、昂奮《こうふん》した小男の日本人はアメリカ人の上に馬乗りになって、狂ったように左眼ばかり殴りまくった。豚箱生活は三ヵ月。東京へ来てから四ヵ月だから、その大半は豚箱の中で過ごしたことになる。

「その小指は……」

と〈バリカン〉が聞いた。「ツめたんですか？」

いや、と立石は小指のない手を他人のもののように見つめて言った。「人にやったんだよ」立石は〈バリカン〉の肩ぐらいしかない小男だったが、小男特有の精悍《せいかん》さは見られず、いつも眠そうな目をしていた。それは、犬のように人なつこくも見えたが実際は鈍感で二日酔の常習者なのかも知れなかった。「大阪から来るときにね」と立石は無感動に言った。「どうしても、行かないでくれ、って言われてね。どうしても行くなら、小指をくれって言われてね……」よく見ると、小指は根もとからすっぽりと切断されてあったが、その切り口は肉でつつまれて丸くなり、真中に鉛筆の芯《しん》のような赤黒い骨がのぞいているのだった。「十年ごしで二人で酒場《バー》をやっていたんだが、どうせもう時期だったし……」と、立石は暗記していることを復習するように一語ずつ、ゆっくりと話した。酒場は、雨つづきのせいで空《す》いていて、マネージャーは不在、バーテンは船底のようなカウンターの中にしゃがみこんで、「アサヒ芸能」をめくっていた。

レコードだけが、繰り返し繰り返し一つの唄《うた》をうたっていた。

うそ　うそ　うそよ　みんなうそ

あなたの言うことみんなうそ
うそでないのはただ一つ
あの日別れのさようなら[*1]

「いい女だったですか?」

と〈バリカン〉が聞くと、立石は、

「もう五十だからね」

と、ポツンと弁解した。

「五十?」

と〈バリカン〉は思いがけない声を出した。五十の女と別れるのに、小指まで残してくるというのは〈バリカン〉には思いもかけない話であった。「よっぽど好きだったんですね?」と〈バリカン〉は言った。(もし、背広を着ていなかったら、袖《そで》で鼻を拭《ふ》きたいほどの感慨をこめながら)しかし、立石は「まるで、けだものみたいだったよ、俺たち!」と口のなかでガムでも舌で吐きだすように言った。「それでも、別れるのをあんなに嫌がるとは思わなかったな。俺の小指を包んだハンカチをハンドバッグに入れて、大阪駅まで見送りに来てずい分大きな声で泣きやがって……」その立石の顔は暗い。暗い顔ははなれたところにあるのに、語りかける声だけが〈バリカン〉の顔にぐいぐいとのしかかってく

*1　「まつの木小唄」……二宮ゆき子のヒット・ソング。

る。「小指の上に鉈《なた》の刃をのせて、その上から石で叩《たた》いたんだが……妙なもんだね。痛みはまるでなかった」

「その女の人、いまどうしてるんです?」と〈バリカン〉が聞いた。

「どうしてるんだろうね」

「気にならない?」

「ならんこともないね」

それから立石は、ほとんど聞きとれないような声で言った。

「恥だよ。……まるで恥だ……」

立石の人なつこい目は、トラホームのように真赤に充血しはじめた。

「**その女は……俺の母親なんだよ**」

と、立石はふいに言った。

まさか。と〈バリカン〉は思った。しかし、立石はもうブレーキをふみそこなったように一気に言いまくった。「本当だよ。正真正銘、俺の生みの母親なんだ。親父が早く死んだんで、さみしかったというのは口実でね……俺もはじめの内は本気だった」〈バリカン〉は立石から顔をそむけた。しかし、このとき程他人に好意を持ったことはなかった。それから、かなり長い沈黙があった。二人は見つめあいながら理由もなく微笑しあって、レコードを聞いてるような顔をしていた。その長い一瞬、まるで高い所から低い所へ水が流れ落ちるように立石のわだかまりはどんどん〈バリカン〉の中へ流れこんできて、孤独な〈バリカン〉の心の中を一杯に充《み》たした。〈バリカン〉は、理由もなく立石を「許す」気持になっていたのだ。やがてカウンターに二つならんだ水のコップの一つに手を出しかけた立石が、ふと、

「俺の飲みかけはどっちだっけ？」と訊《き》いた。

〈バリカン〉は、コップを見較べたが区別できなかった。「さあ」と〈バリカン〉は、迷った。

「どっちだっていいですよ」

しかし、立石は手をひっこめて、水をのまずに話題を変えてしまった。きたないからか？　それとも子供の頃からの清潔さについての一つの固定観念のようなものなのか？……〈バリカン〉にはよくわからなかった。ただ、すべてを告白し、すべてを許しあったと思った立石がコップの水で自分を差別したという気持だけは何時までも拭《ぬぐ》い去れなかった。それはよくあるコップの間違いなのだが、〈バリカン〉は言いようもないくらい疎外されたようなさびしさを感じたのである。二つの水のコップは、いつまでもカウンターの上に残っていた。

〈それは〈バリカン〉がアパートへ帰って毛布につつまれて眠ってからも、彼の脳裡《のうり》に未解決のままで宿題のように並んでいた。暗闇の中で〈バリカン〉は思った。どうして、コ

ップの水のことなんかが何時までも忘れられないのだろう。たかが飲みかけのコップの水のことなんかが……)

第十三章

わが撃ちし鳥は拾わで帰るなりもはや飛ばざるものは妬まぬ

1

ジョン・スチュアート・ミルの「自由論」によると、人間が最初に発明した機械は、人間自身である。それを、ミルは「人間の形をしている自動機械」だと書いている。人間は、この機械によって家を作らせ、穀物を成長させ、戦場で戦わせ、訴訟をおこさせているのである。だから、機械が人間性をむしばむという発想はあたらない。機械をして自発性たらしむべき時代の到来こそ待たるるべきなのだ……と〈バリカン〉の親父は考える。するとと彼は、暁の新宿一丁目に出て「俺は機械だぞ！」と叫びたくなって来る。

実際、新宿は夜明けの時刻が一番美しい。朝靄《あさもや》の晴れかかってゆくコンクリートの上にはだしで出て来ると、遠くから疲れきった深夜喫茶のモダン・ジャズが路上へ流れだして来る。ひろい、誰も通らない表通りのキャバレーのごみ箱を老犬が漁《あさ》っている。日が昇りきると入れかわりに街灯が消える。この街灯の消えてゆくのを目でたしかめられる爽《さわ》やかさはたとえようもなくいい。晴れた路上から朝靄ののこっている闇に向ってロード・ワークの少年たちが駈《か》け去ってゆく。あくびをしながら、連れこみホテルを出て来た街娼が、吸いさしの煙草を映画のポスターの二枚目俳優の顔でこすり消す。路上でパークしているタクシーの中では、夕刊のスポーツ紙を顔にのせた運転手たちがハンドルにもたれたり、シートにうずくまったりして眠っている。日中稽古《けいこ》のできないバンド・ボーイの吹くトランペットの音が伊勢丹裏の密閉したガレージのシャッターから洩《も》れて暁の街に流れ出す。その音には、朝の冷気に向って胸をひき裂くようなひびきがある。都電の車庫から区役所通りへ折れると、酔っぱらいが電柱にもたれて立ったまま眠っている。その手には、アパートで待っている一人息子のために買った土産のミニカーの包みがぶら下がっている。誰もいないということは壮烈である。それは「朝は死んでいる」のではなくて「朝はこらえている」からなのだ。パンツ一枚の男が手に背広やズボンを横抱きにして路上を横切ってゆくのは、コキュの逃走という感じよりも、自由という感じがする。自由と言えば、モダン・ジャズ喫茶が夜の最後にかけるレコードは、きまってセロニアス・モンクだ。

Jazz and freedom go hand in hand
（ジャズと自由は手をつないでゆく）

そこから、手をつなぎそこねて出てきた胃弱の大学生が、朝の偉さにうたれて思わず前のめりに電柱にもたれて嘔吐《おうと》する。こみあげてくるものは、怒りというにはあまりにも非力なそら豆や支那竹や、回虫のようにとぐろをまいた中華麵《めん》だ。だが、彼は出すべきものを出してしまうと再戦をいどみに、ジャズ喫茶にとびこんでゆく。そしてまた、麻薬中毒のピアニストが悪夢のなかに想いつづけた「自由」をリクエストするのだ。やがて、朝まで違反営業しつづけたバーのドアがあき、上半身裸のボーイが椅子を路上に持ち出して、バーの内部の拭《ふ》き掃除をはじめる。コンクリートの上に、一日の最初の水があふれだし、ボーイは故郷の中学校の校歌を口ずさむ。遠くから、新聞の束を横抱きにした配達少年がやってくる。

ボーイが大声で話しかける。

「どうだい？　ジャイアンツは勝ったかい？」

すると少年は渋い顔で走り過ぎながら「連敗！　連敗！」と口のなかでつぶやく。

それらはすべて機械なのだ……と〈バリカン〉の親父は考える。何と叙事的な、何と壮大な機械だろう！　そして彼は暁が一日のうちで一番すばらしいと考える。彼は叫ぶ。

「俺は機械だぞ！　俺は機械だぞ！」

2

その暁の街を見下ろすことのできるビルの屋上に、血のあとの沁《し》みついたトレーニング・シャツの洗いがわりを干しながら、「どうしたら人を憎むことが出来るだろう」と

〈バリカン〉は思った。気の弱いマザー・コンプレックスの少年が自分に従いてきた野良犬の老いぼれにひどく残酷な悪戯《いたずら》をするような、言わば「憎むための学習」。犬を憎むとから手はじめに「憎しみ」を育《つち》かってゆこうとする努力ならば、〈バリカン〉も、身におぼえがある。だが「人を憎むための努力」というやつだけは、〈バリカン〉にとってははじめての体験であった。**いかにして新宿新次を憎むか。**

この課題は〈バリカン〉の頭を排気ガスのように一杯に充《み》たした。あんまり考えすぎると涙ぐみそうになったが、しかし、憎まなければ新次と試合することは出来ないし、試合しなければ「新次に勝つ」ことは出来ないだろう。そしてそれなしでは、彼は自分自身の人生の意味を解読することができないという気がするのである。

〈バリカン〉は、新次と自分との違いを今更のように思いうかべてみた。それはたとえばエベレストやキクジュヒメの仔《こ》の四歳馬が「走る」だけで喝采《かっさい》を博すのと、アラブ軽半の四歳馬が、「勝たないかぎり愛されない」というのとの違いに似ていた。つまり、〈バリカン〉のような、どもり対人赤面恐怖の男は「憎まなければ、愛されない」ということを、もっと早く知るべきだったのである。

同じ「海洋《オーシャン》拳闘クラブ」にいた時、〈バリカン〉は何をやっても「二番目」であった。飯を食う速さも、その分量も二番目であった。ヒット・パレードの新曲を覚える速さも、スポーツ新聞を読む速さも——おまけにW・Cに入ってから出て来るまでの所要時間までもが「二番目」であった。二人暮しの「二番目」というのは、なかば〈バリカン〉の宿命であった。（彼は、生まれたときにも「次男」だったのである）

だが、二番目としてしか生きられない男から見た「一番目の」男までの距離というのは、思いがけないほど遠いものだ。それは中古のダットサン・ブルーバードのギアを二番目《セコンド》から一番目《トップ》に変速するのとは違う。〈バリカン〉から見た新次の存在は、言わば「見えていながらとどかない」という感じなのだった。あるいは「手がとどいているのに摑《つか》んでいるという実感がない」と言ってもよかった。汗くさいジムの屋根裏で、真夜中に、新次の腋《わき》の下を剃《そ》ってやりながら、〈バリカン〉は、ふと洟《はな》がつまってくることがあった。それは、「二番目の男」だけが知る幸福の一刻であり、〈バリカン〉にとって一日で一番たのしい時間であった。「どうしたんだ?」と吃驚《びっくり》して新次が訊《き》いたものだ。

「おまえ、泣いてるのか?」

〈バリカン〉は思わずわれに返って、その素晴らしい新次の肉体を（おそるおそる）手で撫《な》ぜながら、「新次さん、何か歌いませんか?」と言った。「お、お、おれ、新次さんの歌うのを聞くのが、とても好きなんです」すると新次は何時でも快く歌ってくれた。その声は、いかにも血の通った重い声で〈バリカン〉をくすぐったい思いに駆りたてるのだった。

かわいそうにとなぐさめられて
それで気がすむ俺じゃない
花がひとりで散るように、
俺の涙は俺がふく[*1]

聞いているうちに〈バリカン〉は、何となく恥かしくなるほど体がほてってきた。その歌いっぷりは、まるで新次の全裸を想像させるような露骨な感じだった。上目使いに〈バリカン〉は、新次の歌っている喉《のど》の動くのを見るのが好きだった。そこは、新次の体の中で一番やわらかい部分のようにみえた。〈バリカン〉は新次には、とてもかなわない、と思った。(この男は何も怖れてはいないだろう。新次こそ、本当に強い男なのではないだろうか)

〈バリカン〉は自分が剃ってやった新次の腋に桃色のシェービング・クリームをなすりつけながら(新次はきっと、オナニーをするときも目をあいたままでするのではないだろうか?)と、ふと思った。まるで悪びれもせずに、よく晴れた空を見ながらオナニーをし、終ったあとを草の葉で拭きながら、

かわいそうにとなぐさめられて
それで気がすむ俺じゃない

などと、あっさり歌ってのけるのではないだろうか。

3

〈バリカン〉は中学生時代に読んだ一つの新聞記事をいつまでも忘れることが出来なかった。それは「どうしてもオナニーを止めることの出来ない中学生」が「はずかしい」「父母に申し訳ない」という遺書を残して、修学旅行先の旅館で首《くび》吊《つ》り自殺をしたという記事である。〈バリカン〉は、その見知らぬ中学生に言いようのない身近さを覚えたものだった。そして、この魔に憑《つ》かれた中学生が、ほとんど同級生たちの一団からはなれて「鳥類図鑑」や「爬虫類《はちゅうるい》図鑑」ばかり読んでいた、という記事の中に、ひどく身につまされるものを感じたのだった。凡《おそ》らく、この中学生は自分のズボンの前ボタンをはずし、おののいている小さな自分の男根をつかみだし、しだいにそれをふるい立たせてから歓呼の一瞬のような身ぶるいが過ぎ去るまで――じっと目を閉じていたことだろう。それははちきれるような欲望の処理というよりは、むしろ自らを救済する一刻といった感じの方がつよかったのではあるまいか。「自分を救済する行為を後めたいとしか感じることが出来ないのは何と苦しいことだろう」〈バリカン〉も、そう思うことがある。男子専用のW・Cのドアを内からかたく閉じ、もう決して人に「見られる」心配がないのに、目を閉じて、手さぐ

＊1　美樹克彦のヒット・ソング……星野哲郎作詞。

りでズボンから熱くなっている茎をにぎり出す。それはときによっては、パンツの熱にむれて湯気をたてていることもあるが、彼はそれをこする——のではなくてミサのように上下するのである。なぜ目をあけてしないのか？　と思うこともある。だが、彼は「何かを見ないために目を閉じる奴もいるかも知れない。しかし、俺は**見るために目を閉じるのだ**」と思っていた。〈バリカン〉はその行為の中で、(整髪用、「競馬ポマード」を手にべったりとつけ、それで自分の男根をやわらかくにぎりしめると、ほとんどいたわるようにしてぬるぬるとしごき始める。その上下運動がやがて一定の速度になりはじめると彼が閉じた目のなかに夢見るのは、猥褻《わいせつ》なイメージからすっかり遠ざかってしまっていた。なぜならしだいに熱くなって脹《ふく》らんで来る彼の下半身が不安定に揺れだすと、彼は決まって飛行機のイメージに取り憑かれるのだった）しかも、それはペダル式の人力飛行機で、彼の運動のはげしさによって少しずつ、少しずつ、彼の体が浮上してゆくという仕組になっているのである。その男根飛行には空気力学も構造力学もなかった。ただ、彼の瞼《まぶた》の裏にはすこしずつ便所の壁がずり下がってゆくような実感と、手を休めたら忽《たちま》ち墜落しそうな不安感だけがあるのだった。彼は夢中でペダルを踏み、前こごみになって便所の一メートル四方ぐらいの空間に、(ほんの少し傾きながら）浮き上がっていた。そして、離陸して、ほんの一分もたたぬうちにいつも灼《や》けつくような解放感と共に墜落してしまうのだった。両足の蹠《あしうら》がしびれ、彼は目を開き、そして手式ペダルの源を見つめた。あかくポマードでただれた表皮の中で、亀頭はまだ余熱にほてっていた。彼はそれを見ているうちに思わず涙ぐむこともあった。

「この世の他の場所」なんてある筈《はず》がないのだ。いくら脱出しようとしても、それは無駄なことなのだ。

その〈バリカン〉のように——何もかも、自分ひとりの力で償おうとする男にとって、**最初の他人**は親父であり、**二人目の他人**は新次であった。一口に言って〈バリカン〉は親父を憎み、新次を愛した。結局、それは同じことなのかも知れないが、「他人」と呼べるものは二人だけしかいなかった。彼は、親父とわかれ住むことによって親父を客観的に見ることが出来たように新次ともはっきり対決し、新次の中にひそんでいる「痩《や》せた自分のイメージ」を叩《たた》きこわさねばならないと思ったのである。彼は笹崎会長に「新次との試合」を申し入れてあり、その実現もほぼ約束されていた。ただ、問題は、いかにして新次を憎むか、ということだけであり、それが最大の難関なのであった。

4

あゝ、またネオンが俺の声で呻《うめ》いているな。

と新次は思った。夜、ジジジジ……と呻く日本生命のネオンの音に、彼自身を脱け出した彼の声のように思われたのである。

ほかのひとの心臓は胸にあるだろうが　おれの体じゃ
どこもかしこも心臓ばかり
いたるところで汽笛を鳴らす＊1

(新次は、この文句が好きで手帖《てちょう》に書いてあった)

たしかに、俺の心臓は新宿じゅうのいたるところに散らばっているな。そう新次は思った。ほら、ほら、またどっかの酒場が汽笛を鳴らしている。「俺は、日本生命《にほんいのち》ってネオンが好きだね。日本の生命《せいめい》なんて、大きい感じがするよ。聞いてるだけでもジンとなって来る」すると酒場の止り木に並んでいる鼠取り会社のサラリーマンが言った。「あれは生命《いのち》じゃなくって、生命《せいめい》って読むんですよ」しかし、と新次は身を乗りだし、「日本って言葉も、生命って言葉も完璧《かんぺき》な言葉だからな。それが二つ併《あわ》さって新宿の空に電気をつけてるってのは気持がいいよ。女の内股《うちまた》に、こっそり自分の名前を刺青《いれずみ》しておくのとは訳が違うからな」

鼠取り会社の月給鳥は、その新次を冷笑するように「だけど、あれは保険会社の宣伝ですからね」と言った。「そう感心したもんでもありませんよ」

「何故だ？」

「だってそうじゃありませんか。保険会社なんてのは月賦払いで生命に値段をつけるミミっちい商売ですからね。日本とも生命とも本質的には、全然無関係なんだ」

新次は（胃の弱そうな）そのサラリーマンに食ってかかるように言った。「俺は会社の話をしてるんじゃねえ。ネオンの話をしてるんだよ」「しかし、ネオンは会社のPRが目的ですからね。あんたがいくら日本生命《にほんいのち》って読んでみたところで、ネオンは（保険に加入しなさい）ってことしか言ってないんですよ。単純だなあ」「莫迦《ばか》野郎！」と、新次がビールのコップを床に叩きつけた。「解説なんか聞きたかねえよ。俺には俺の読み方があるんだ」すると、その剣幕にびっくりしたそのサラリーマンが背広をひるがえして、とぶようにしてドアをあけて逃げようとした。新次は、とびかかってそのサラリーマンを抑えつけた。眼鏡の月給鳥がとび立とうとして背広を羽ばたかせた。

「暴力はいかん。暴力はいかん」バーテンが出て来て、二人の仲に入った。バーテンは目で微笑しながら、手には強い力をこめて二人をわけて「つまらんことで喧嘩《けんか》はお止《よ》しなさいよ」と言った。カウンターの貼紙の文句。

「貸して不愉快になるよりも
みんなニコニコ　現金払い」

「おまえ、近頃、何か心配事でもあるのか？」と、ある日〈片目〉の掘口が新次に言った。

＊1　マヤコフスキー……「ズボンをはいた雲」。

「いや、べつに」「そりゃ、こないだまで弟分だった〈バリカン〉なんかと試合したくねえって気持もわからねえでもないが……」と〈片目〉が言った。「そこは勝負の世界だ。相手が友だちだろうとおふくろだろうと、鼻柱をへし折るまで殴りつけなきゃなんねえ。勿論《もちろん》、〈バリカン〉のあの超スローのジャブじゃ、蝶々《ちようちよう》でも止りかねないぐらい、俺だって知っている。相手としては充分だとも言えねえ。しかし、ともかくも挑戦されたんだから受けねえって訳にはゆかないもんな」新次は黙ってスポーツ紙へ目を落していた。紙面には南海ホークスの連勝をくい止めた西鉄ライオンズの記事と、歯ぐきを出して笑っている中西監督の大きな顔とが載っていた。新次は中西が好きだった。彼は新聞にウインクした。

「いろんなボクサーがいるよ。アトム畑井みてえに、自分を捨てた母親に、(テレビを通して)生恥さらしている自分を見せつけようってボクサーもいる。奴あ、負けるために出て来るんだ」

と〈片目〉はジムの百ワットの東芝製の太陽の下で愚痴るように言った。

「〈バリカン〉だって、何のためにおまえに挑戦してきたのか、わかったもんじゃない」

「しかし」と新次が顔をあげた。「〈バリカン〉は笹崎へ移ってからは三戦して全勝してるじゃないか」「相手がちがうよ。みんな六回戦級のロートルばかりだ。アメリカ空軍のフランキー・アーチャーなんてのはてんで食わせ者だったしな」それから〈片目〉は、不審なことに思いあたったように、ふと訊《き》いた。「おまえ、まさか、〈バリカン〉を怖がってるんじゃあるまいな？」新次は何も言わなかった。〈片目〉は、自分の言ったことにびっくりしたように「まさか」と打ち消した。「まさかな。おまえが、あんな気の弱い薄のろを怖がる訳がない」

「こんどの相手はどんな人？」と芳子が聞いた。

新次は、ぼんやりと自分の立て膝《ひざ》の上に顎《あご》をのせて窓の外を見ていた。

芳子は、馬のように光る全裸の尻《しり》の汗を、タオルで拭《ふ》きながら寝返りを打った。毛布も蒲団《ふとん》も蹴《け》とばしてしまったので、行為が終ったとき、二人はシーツの上で裸であった。それで、芳子が寝返った拍子に長い馬の毛のような彼女の髪が、ふっくらした乳房に流れてきたとき、新次はまた欲情を思い出した。芳子は何度でも応じる女だった。ほんの少し太り気味の、しかし気のいい肉体は、まるで指を一寸《ちょっと》触れただけでデキシーランド・ジャズのように陽気に笑いだした。ジューク・ボックス付きの女体だ。そう、新次は思った。だがすべてが終ってしまうと、このジューク・ボックスは錆《さ》びついたようにかたく閉じた。その放心して足を投げ出している横顔は殆《ほとん》ど、さみしそうでさえあった。

「こんどの相手はどんな人？」

「こ、こんないい、いいことが世の中にあるってことを知らない男だ」

と新次がこたえた。

「童貞なんだよ」

ふうん。芳子は天井を見ながら言った。

「吃りでね。とても内気で、すぐ赤くなる奴だが力は滅法強い。本気でやられたらとてもたまったもんじゃない」「強いの?」

「たぶん」

ふいに、敷いているシーツでもひるがえすように、芳子の心がひるがえされて「じゃあ、あたし観にゆくわ」と芳子が起上がった。「相手が強い方が面白いわ。あたし、一度あたの試合を観に行きたいと思ってたの」

新次は、まだ自分の立て膝の上に顎をのせたままだった。

横目を流すと、起上がった芳子の白い腹の肉がほんの少しゆったりと見えた。その下に馬の毛のように繁《しげ》っている陰の部分——(ジューク・ボックスのコインの投入口)が、ほんの少しだけひらいて見える。あの隙間から、もう一つの世界を覗《のぞ》こうとして夢中になっていたほんの一時間ほど前の狂気がまるで嘘のようだ。欲望がすぎさってしまうと、全裸でいるということは何とユーモラスなことだろう。ここには不浄で、しかし悲劇的な絆《きずな》はもう感じられない。彼女自身もあれほど行為の中で死ぬことをのぞんだ濡《ぬ》れた女体の持主から、忽《たちま》ち「丈夫で長持ちする渥美清ファン」のそば屋の女店員にもどりかけている。そして言うのである。

「それにあなただって、あたしが観に行ったら少しは何時もより、はりきると思うわ。そうでしょう？」

新次は何も言わなかった。彼が〈バリカン〉との試合を心にかけていることは確かだったが、それは決して敵が手強《てごわ》いからではなかった。新次には〈バリカン〉の真意がよくわかった。よくわかればわかるほど、それがひどくわずらわしいことのように思われたのである。

「あいつは、たぶん、俺に殴り倒されようとたくらんでいるのだ。俺の手で徹底的に打ちのめされ、血まみれになって倒れることによって、**俺とのっぴきならない関係を持とうとしているのだ**。それがあいつの罠《わな》だ。だが、そうと知りながら、俺があいつの熱望を充《み》たしてやるために、トレーニングを積まねばならぬとしたら、何て苦々しい試合を引き受けてしまったもんだ」

そう思うと、新次の心は曇天のようになってきた。そのうす曇りの中で、扉がバタン！バタン！とあいたり閉じたりしているのが傍らにいる芳子にもよくわかった。しかし、芳子には、自分がその扉の中にそっと侵入してゆくことが不可能であることも同時にわかっていた。しかたなしに、芳子は立ちあがり、枕許《まくらもと》のコップでうがいしはじめた。「どうした？」と、新次が聞いた。

芳子が答えた。「あんたが先刻、あたしの口のなかで射精したのが、あたしの心臓にまでとどいたらしいの」

「いがらっぽいのか？」

「心臓が濡れてるの。胸の中が、雨上りのようにすうっとしているんだわ」

それから、芳子は作り笑いをうかべて、新次をなぐさめるように見遣《みや》るのだった。

第十四章

猟銃音消えさりしあとわが胸にさむざむと何を撃ちしこだまぞ

1

新次との試合が、あと二週間とせまってからでも、まだ〈バリカン〉は新次を憎むことに成功していなかった。憎む、ということは彼のかつて経験したことのない感情だったのである。そこで、彼は新次の写真をサンド・バッグに貼りつけて、それを殴りつけてみた。腕の痛くなるまで殴りつけても、笑ったままの口を閉じようともしない写真の新次。それをじっと睨《にら》みつけているうちに〈バリカン〉は、自分の中に熱く湧き上ってきている感情が、憎しみなどとは全く無縁のものであるということがわかってきた。**あゝ、何とか憎むってことを覚えなきゃな。**と〈バリカン〉は焦った。憎しみ一つ習得できぬ男がどうしてあの群衆を、かきわけ生きてゆくことが出来るものだろう。大きな都会じゃ、憎しみだけで他人とつながりを持って生活している「憎しみ共栄圏」のようなものもあれば、社会生活の代償として憎しみばかり支払っている「憎しみ無宿」のような渡り鳥労働者たちもいるのである。

せめて、簡単なところからでも試みてみようと〈バリカン〉は考えた。たとえば、一匹の老いぼれた犬を憎んでみるって練習はどうだ。足の短い慢性リウマチの老いぼれ犬に、メンチボールでも叩《たた》きつけてやるってアイデアは。

〈バリカン〉は、新聞紙に包んで買ってきたばかりの焼きたてのメンチボールを、老いぼれの犬の鼻先へ突きつけてみた。案の定、老いぼれの犬は鼻を鳴らして従いてきた。何とかそれにありつこうと、下向きに早足で従いてくる老いぼれの犬に、〈バリカン〉はなかなかメンチボールをやらなかった。さあ……どこまででも従いてきてごらん。俺は、この御馳走《ごちそう》をおまえのために買ったんだ……だがなかなかおまえになんか食わせちゃやらないぜ。〈バリカン〉はメンチボールを犬の鼻先につきつけておいて二、三歩とび退った。犬はしょぼついた目で〈バリカン〉をじっと見上げている。〈バリカン〉はそのメンチボールの包みをコンクリートの上に置き、そのうしろでクラウチング・スタイルで身構えてみた。さあ、力づくで奪ってみな。俺のストレート・パンチがおまえの鼻先へ命中するだろう。

だが老いぼれた犬は、その〈バリカン〉を睨みつけようとはしなかった。唸《うな》りもしなかった。ただ、思案にくれたようにメンチボールから三メートルほどはなれた水たまりのまわりをオロオロと歩きまわるだけで、ときどき立止って、なつかしいものでも思い出すように深く息を吸いこんでメンチボールの匂いを嗅《か》ぐだけなのだ。**さあ、どうしたのだ？**

と〈バリカン〉は老いぼれの犬にけしかけた。メンチボールは欲しくないのかね？

躍りかかって、これをむさぼり食ったらどうだい。それとも、この俺のにくにくしい顔の方にガブリ！　と御挨拶《ごあいさつ》してきたっていいんだぜ。え？……腹が空《す》いているんだろう？

食いものなら、ほら、すぐ目の前にある。吠《ほ》えて、腰をかがめて、ジャンプして……そして俺にでもメンチボールにでもとびかかって、この馴《な》れあいをこわしちまおうじゃないか。

俺たちにゃ似合いのエキジビション・マッチだ。メンチボール・マッチだぜ。


だが老いぼれの犬は、しだいにメンチボールから後退《あとずさ》りしはじめた。その目はほとんど哀願さえしていたようだった。やがて〈バリカン〉がクラウチング・スタイルをほどいてまっすぐに立つと、老いぼれ犬はふいにその〈バリカン〉に向って、**芸当をしてみせたのだ。**芸当！　それは、何とみすぼらしい挨拶の仕方だろう。二本足で立って、二本の前足をだらんとたらすチンチンの芸！　かつて飼犬だった頃におぼえたたった一つの知恵。毛のすり切れた腹にイボのような乳首をくっつけて、短い尻尾《しっぽ》をケイレンさせながら、せい一杯の作り笑いをうかべているその老いぼれ犬のへど吐くような社交性。**あゝよしてくれ。**

――〈バリカン〉は目をそむけた。**「俺はもっとマジメにやってほしかったのだ。そんな芸当なんか見たくもない。俺はもっともっとマジメに、メンチボールを介しておまえとぶ**

っつかりあいたかったんだ。だが、おまえのはまるでなってない。自尊心ってやつがまるでないじゃないか。

そんなさもしい芸当にはメンチボールの一かけらもやれないね。たとえ、腐って捨てるとしたって、おまえなんかにゃやりやしないさ。そうだ、このメンチボールは、持って帰って俺が食うことにしよう」

2

ある日、彼は銭湯の帰りに足をのばして二丁目の裏通りへ入って行ってみようと思った。それはもしかして「男」としての初めての体験をしてみたら他人を憎むことが出来るようになるかも知れない、という淡い期待があったからである。京マチ子を思わせる大女が、二、三人の仲間たちと路上で立止って口紅をつけているそばを、〈バリカン〉はわざとゆっくりと通った。彼女らの話題は、〈バリカン〉の日頃の話題とそんなに違ったものではなかった。京マチ子によく似た大女は、大きな声で三割三分だと言っていた。すると、通りをはさんだヌード・スタジオの客引きの四十女が「あら、御立派！」と言った。「三冠王になったときの野村は、三割二分だったわよ。一分も多いじゃないのさ！」

すると京マチ子は首を振って「でも、中日の江藤なんて、もっとすごいわよ。三割三分六厘だもの」とシナを作りながら「このへんでの六厘の差ってのは、少しばかり大きな違いだと思うわ」——〈バリカン〉ははじめは野球の話だと思って立聞きしていたが、それがどうやらこの街娼が声をかけて「モノにした」率の話らしいとわかるとびっくりした。三割三分といえば、三人に声をかけて一人はモノにしたというハイ・アベレージである。〈バリカン〉は急いで逃げ出さなければならない。カーブしよう。と、通りへ抜けようとすると、すでに打席に入った京マチ子から悩ましい声がかかった。「ねえ、いい男」〈バリカン〉は立止った。「遊んでいらっしゃいよ、サービスしてあげるから」夕暮だったので、通りのヌード・スタジオから鰺《あじ》を焼く匂いが流れていて、向うのラジオ修理店からは、洟《はな》声《ごえ》のスピーカーが「経済短信」の放送をしているのがきこえた。この女なら、と〈バリカン〉は思った。「もしかしたら、上手にやってくれるかも知れない」〈バリカン〉が、その京マチ子の案内でラジオ修理店の二階にこわごわとあがってゆくとベッドが一つあって、水差しと洟紙がおいてあった。

「牛乳消費は八十五万三千九百トンで、前年十五・五％の増加です」というスピーカーの音を足の下に聞きながら京マチ子がカーテンを閉めた。やがて仄暗《ほのぐら》くなった部屋の中で、京マチ子が指二本つきたてて〈バリカン〉にしめした。それが代金をしめすものだということがわかるまでに〈バリカン〉には時間がかかった。しかし、〈バリカン〉がそれに承知したとなると、京マチ子はにわかに大胆になって、ベッドの上に自分から仰向けに、倒れてだらしなく大の字になったのである。それを呆然《ぼうぜん》と立ったままで見ているうちに〈バリカン〉は思わず声を出しそうになった。何ということだ。そのスカートからはみだしている足は、カーテンをすかして射しこむ西日あかりに、はっきりと「粗暴でやさしい牡《おす》」なのである。〈バリカン〉は何か言おうとして思わず吃ってしまった。鼻に汗をかいた男京マチ子は、その〈バリカン〉を逃がすまいとしていきなり首根っ子に、唾もないかわいた唇をこすりつけて来た。〈バリカン〉は、それをふりほどこうとして顔をあげ、その京マチ子と目があうと、にわかに腕の力を抜いた。相手の、思いがけない真剣さに圧倒されたのだ。「やらないなら、やらないでもいいわ。でも、すぐには帰らないで」と男京マチ子は言って接吻《せっぷん》していた唇をはなした。「いま、お茶をいれるわ」〈バリカン〉は、仕方なしに、そのベッドに腰を下ろすことになった。またしても、——沈没か——と、〈バリカン〉の心には、太田胃散のような苦い後悔がこみあげてきた。男京マチ子は、茶箪笥《ちゃだんす》をあけて、黙ってカップ二つと、インスタント・コーヒーの壜《びん》を取り出しているようであった。

Come on a my house
my house come on
家へおいでよ　あたしのお家へ
あなたにあげましょ　キャンディ

あゝ、と〈バリカン〉は思った。こんなことなら、来るんじゃなかった。男京マチ子は相撲取りのやさしい手つきで、コーヒーを入れはじめた。〈バリカン〉は、恐縮したようにかしこまりながら、そのコーヒーの黒い粉末が湯に少しずつ溶けてゆくさまをじっと見守っていた。「あたしが男だとわかってびっくりした？」

と京マチ子が言った。「は、は、話には聞いてたけど、見抜けなかったな」と〈バリカン〉が、平静を装って低い声で告白すると「あら、お世辞」と応じて京マチ子が嬉《うれ》しそうな顔になった。「あんた、ゆっくりしてかない？」

「そうもしてら、ら、られない」

と言いながら〈バリカン〉はコーヒーを一息に（勿論《もちろん》、砂糖なしで）飲み下した。「テレビ観てくといいのに」と京マチ子が言った。「どうせお寝んねしなくても、あたし二時間はあんたに買われてるんだから……テレビでも一緒に観てうちとけたいわ。それに今日は『逃亡者』のある日なのよ」

〈バリカン〉は、その番組を観たことはなかった。「逃亡者」に限らず、アメリカ人が日本語で話し、葛藤《かっとう》を演じ、そして破滅したり繁栄したりするドラマは、何一つとして観たことはなかった。「あれ、すごくいいのよ」

と京マチ子が言った。

「番組のはじめに、すごい太い声でデビット・ジャンセンのことが説明されるの。**あると**

きは髪の型を変え、あるときは服装を変え、絶望と孤独の逃亡生活がはじまる。昨日を、今日を、そして明日を生きるために。って言うのよ」〈バリカン〉は、このおかまが、女装したままでたった一人で、アパートのテレビにうつし出される「逃亡者」のテレビを観ている様子を思いうかべた。それはたぶん、ひどく孤独な光景であろう。食後に、一人でテレビを観ているときの「彼女」は、京マチ子ではなくて、松登か若秩父のように皺《しわ》深い表情をしているのかも知れない。

「あたしだって」

と京マチ子から松登になりかけた「彼女」が言った。「絶望と孤独の逃亡生活よ。ほら、こんなふうに髪のかたちまで変えちゃってさ」と「彼女」は、しなを作るようにして自分のぬけ毛を彼にしめした。〈バリカン〉は、すっかり醒《さ》めてしまった。そしてまたこんな裏町のラジオ屋の二階まで、この男は一体「何を逃れて来てるのだろうか?」と疑った。ほんとは何も逃れて来てやしないのさ。ただ、そう思いこみ「**こゝより他の場所**」に流れ流れてゆくように、アメリカの煽動《せんどう》者たちが聴視者をうまくだましているのだ。不満をもった老人や与太者、技術のない労働者や一度も男に抱かれなかった未婚のオールド・ミス、そして帰るべき土地を持たない都会の無宿者たちに、デビット・ジャンセンが語りかけるあの甘い言葉。逃げよ。逃げよ。逃げよ! しかし、どこまで逃げたってこの世に「他の場所」なんてありゃしないだろう。この小さな古いベッドの上で、中年の会社員とおかまの「彼女」とがレッスラーのように裸で抱きあい、髪をかきみだして、お互いの肉体のもりあがったところにぴったりと自分の筋肉の凹《へこ》みをこすりながら転がりまわり、ついにはなまぬるい精液を天井まで高々と噴きあげてみせたとしても、「逃げる」ことになんかなってやしないのだ。

「あんた、どこの人？」と京マチ子にもどったおかまが聞いた。

「あたしは千葉よ」「俺は……」と言いかけて〈バリカン〉は、ふと口ごもった。**俺は一体、どこの人間だろう。**

3

やがて、日は経った。さまざまの試みの揚句〈バリカン〉はついに、憎むという感情を理解できないままで試合を迎えねばならなかった。やさしかったおかまも、みすぼらしかった芸当の老いぼれ犬も、結局は〈バリカン〉に憎しみをもたらしてくれはしなかった。彼は、自分がひどく平和な隣人たちに囲まれて生活していることを恨んだ。

試合の日、〈バリカン〉は合宿ジムの共同洗面所で、いつもより二時間も早くから、髪と髭《ひげ》の手入れをしていた。彼は髪を梳《す》き終って抜け毛のからみついた古い櫛《くし》をアルコールの瓶の中へ漬けてしばらく見つめた。「皆さんの櫛です。清潔に使いましょう」と貼紙してある瓶のアルコールの中で、彼の髪の毛が泳ぎながら、他人の髪を求めるようにからみついてゆくのがわかった。そのスロー・モーション映画のような髪の毛同士の葛藤は、見ている〈バリカン〉の心を暗くした。共同生活における、我慢って奴はどこかしら美しくない。そう美しくない何かがあるのだ。だが、その何かがあんな風に髪の毛同士をむすびつけて、愛のはじまりを暗示してくれたりする。

「新聞を読んだかね」

と言いながら、老トレーナーの島内が入って来た。ジムの屋根裏の「合宿」にである。他に試合日の迫っている選手がいないので、ゆうべこの「座敷牢《ろう》」に泊ったのは〈バリカン〉だけなのであった。「東京の空から鳥がいなくなるんだとよ。驚いた話さね」ふだん、ボクシング以外の話をしないトレーナーが試合当日になって急に「鳥の記事」を話題にしたりするのは、選手から恐怖をとりのぞくための「心理的なコーチ」なのであった。それがわかるだけに〈バリカン〉はかえって素直になれなかった。「排気ガスのせいで空気が汚れ、鳥にも東京は棲《す》みにくくなったって訳《す》だな。嫌になっちまうよ」

「しかし」と〈バリカン〉は反撥《はんぱつ》した。「不忍《しのばず》の池には、朝になると何千って鳥が集まって来るそうじゃありませんか。やつらが東京の空をとばないとすると、毎朝、一体どんな方法で上野までやって来るんですかね？」

「そこまでは記事に載ってなかったな」と島内は言った。「たぶん、新聞記者にもわからなかったんだろうよ」〈バリカン〉は笑った。そして笑いながらこう考えた。**空にかくれようとして飛んでも、鳥は空にみずからを消すことは出来ないのさ。**俺たちだって街にかくれようとしても、群衆のなかにみずからを消すことは出来やしないだろう。そんならいっそ「かくす」ことよりも「あらわす」方に賭《か》けるべきではないか。

「島内さん」と〈バリカン〉が言った。「俺、今日は何だか勝てそうな気がするよ」

新次は最後の肉の一片を、瞑想《めいそう》にふけるようにゆっくりと噛《か》んでいた。試合当日、計量が済んだあとのたった一食の贅沢《ぜいたく》が、彼の生活の中の最上の一刻なのである。「粉チーズはたっぷりお使い下さい」とスナックのテーブル・カードに書いてある。駅ビルの屋上にアドバルーンが上ってるのが見える。もう、肉がなくなったあとでも、彼はパンのかけらで皿に残っているステーキ・ソースを拭《ふ》きとって（肉のように）ゆっくりと味わった……

　ダンス教習所の傍を通ってくれ
　玉突屋の傍を通ってくれ
　死んでも彼にはわかるから

新宿二丁目を通ってくれ
古い女郎屋のある
そして老いぼれ犬を追っかけた裏通りも
彼がほんとに好きだった町だ

ヌード・スタジオも忘れてくれるな
競馬屋と流しの中古ギター
三曲百円のブルースと
情婦が彼のための洗濯物を干した場所

スイングロー・スイート・チャリオットの黒人の唄《うた》を真似て、こんな詩を書いた古賀も、拳闘《けんとう》家をやめて食堂のコックになってしまった。あいつは言ったものだ。「勝つ時代は終ったね。これからは食う時代さ」新次には、この区別がよくわからなかった。ただボクサーが「勝つ」ためには食ってはいけないということならわかる。たしかに減量に苦しむ拳闘家は少なくない。だが「食わない」のと「食えない」のとはまた別の問題だからな。テーブルから立上ったとき、彼ははっきりとした満腹感を感じた。こんなことは前にも何度かあったような気がした。ただ少しだけ違うことは今日の対戦相手が〈バリカン〉だということだった。夕方まで映画でも見ようかな。

緑魔子のいいのがかかってるからな。

——そう彼は思った。

4

試合開始前、新聞記者席では若い記者がもう一人の若くない記者を説得しようとしている。「どんな政治活動だって暴力なしには効果をあげられやしませんよ。いいですか。社会的暴力って奴は人間を故意に物におとしめてしまう。こいつが政治の本性ってものですよ」そう言っている若い記者は、早稲田大学自殺研究会にいた川崎敬三（そっくり）だった。相手の男は、もうヴェテラン記者の「日刊スポーツ」の田中である。彼は、ときどき前座試合のセコンドが両手を突き出したり、指を二、三本あげて合図したりするのにこたえながら、この若い記者の「拳闘論」に手をやいている風であった。

川崎（そっくり）は続けた。「それに立向うためには、人間の方も暴力を用いなきゃね。つまりスキャンダルが必要なんですよ」「きみの言ってるのは犯罪だの違反行為だののことかね。それとも拳闘みたいな、人間を破壊する力のことかね？」

「判んないかなあ。社会的暴力に社会的暴力で立向うのは政治的処理には違いないが、戦争を誘発するだけにすぎないじゃありませんか。われわれは種類の違った暴力を選ぶことが必要なんですよ。人間的暴力というのは、人間同士の暴力のことじゃなくって、社会的暴力の誤謬《ごびゅう》をただすためのスキャンダルのことなんだ」

田中は、川崎（そっくり）を皮肉な目で見つめた。こんな男が、どうしてスポーツ記者などを志したのだろう。まるで熱にうかされている書斎類のうら若い哺乳《ほにゅう》動物にすぎないじゃないか。「きみね。レジスタンス運動時代の詩的な単純さで、世の中がとらえられると思ってるのかね。暴力はあくまで手段なんかじゃない。人間の存在が手段なんかじゃないようにね。暴力ってのは、それ自体で一つの目的なのだ。何かに利用しようとする奴らには、暴力の恍惚《こうこつ》も悲惨もわかるものか」

川崎（そっくり）は田中を睨《にら》んだ。

「じゃあ、田中さんは社会主義国じゃ、ボクシングが必要なくなっているという現状をどう思っているんです？」

田中はもう一本の煙草に火をつけた。

芳子とムギが坐《すわ》ったのは二階の一番後列の席であった。芳子はジム内の熱気、とりわけ肉の焦げるような匂いと、煙草のけむりの霧を大きく吸いこんだ。通路、彼女の座席のわきの通路に散らばっている新聞紙を踏んで古いボロ靴が通る。サンダルが通る。ピカピカのエナメルの婦人靴と下駄《げた》とが通る。ふと立ち止ったズック靴は、小指大の煙草を踏みつけてまた歩き出す。金属的な音で、ひきずるように通ってゆくのは義肢だ。だが、どの足《あし》許《もと》にもリングのスポット・ライトのあかるさはとどかない。ここは血まみれで殴りあっているボクサーに心を奪われている群衆の唯一のアリバイの場所なのだ。ときどきは唾も吐き捨てられる、東京で一番淋《さび》しい場所。

「まだ前座試合よ。いまのうちにホット・ドッグを買って来とこうか」

と芳子が半分腰をうかして言った。「どっちでもいいわ」

とムギが気のない返事をした。

ひろいジムの群衆のなかで、ムギは心細そうに彼女の「女友だち」のことを想い出していた……

いくら電話しても来てくれない一人息子。仮病を使っても、電報を打ってもやって来てくれない成功した一人息子。その一人息子が「あたし、ドラマを書いているのよ」というでまかせの嘘に乗せられて訪ねてきてくれた。成功した息子は駆け出しのタレントなのだ。アパートまで手土産を持って来てくれた息子の前で、「女友だち」はほんとは書いてやしないドラマの構想を話しながら心の中で嬉《うれ》し泣きしていたという。彼女は、前夜見たテレビのホーム・ドラマ、母娘の幸福な結びつきのストーリーを自分のアイデアのような口ぶりで話してきかせた。ところが、彼女が淹《い》れたコーヒーを飲みながらじっと聞いていた息子は、やっと話し終った母親を睨みつけるようにして、「なんだ……そのドラマには俺の役がないじゃないか」

と言って立ち上ったというのだ。バス停留所まで息子を送って行きながら彼女は思ったことだろう。「終る話だからいけないんだ……

こんどは終らないドラマのストーリーを考えなくっちゃ」

「期待できるものはエゴイズムだけですよ。エゴイズムが最高の手段ですよ、社会秩序を維持する上ではね。私が政治家だったら、何よりもこいつを利用して国家の救済を考えるでしょうな」暗いリング・サイドで、肥満した菓子の卸問屋の二代目がそう言った。宮木太一は黙って聞いていた。新次の試合だからジムに来たのではなくて、二代目に誘われたから従いて来たのだ。二代目は彼にとって非常に重要なお客さんなのである。

「次の試合に出る子ね……あれですよ、私の話してた子は」

と二代目は舌なめずりして言った。「首のふといところなど、私の好みにぴったりなんだ。それにほら、すぐに顔を赤らめるでしょう。まるで女の子みたいに」宮木は、二代目の目が指している少年のカーテンレザー・ボクサーを見た。それはよく飼い馴《な》らされた人間家畜といった従順さと思いがけなくひきしまった肉体の持主であった。

「あの子、あれでね、四十男みたいな太い声を出す。今夜勝ったら褒美に箱根へ連れてってやるって話してあるんだがね」

「勝てなかったら？」

と宮木が訊《き》いた。

二代目は淫《みだ》らな厚い口唇に葉巻をくわえていた。「勝てなかったらドライブは止めだ。都内の温泉マークで間にあわせてしまうんだ」

そう言いながら、二代目はボクサーに瞼《まぶた》のねばりつくようなウインクを送った。ボクサーは恥かしそうに視線を外らしてリング・アナウンサーの紹介を待ちうけた。午後七時。場内は次第に熱気をはらんで来たようだ。

「固くなってるね」

と田中は言った。

「どうやら生まれて始めて試合を観るらしいね」川崎（そっくり）は言った。「スポーツなんか何とも思ってやしませんよ。規則のあるものに精神を犯されるほど弱くありませんからね」川崎（そっくり）は言った。「どんなに洗練されたスポーツだって必然的な悲劇とは呼べない。規則さえ変えれば、忽《たちま》ち歴史まで変ってしまう世界じゃありませんか」記者席の受話器が鳴った。

田中は左手でそれを取りあげて、肩と耳のあいだにはさみ、右手でメモ用紙に走り書きした。その間中、川崎（そっくり）は田中を睨みつけていた。時々どっと沸き上る観衆の喝采《かっさい》も彼には遠いものだった。それはまるで時の河の流れだ。どんなに照明の下でうねっていても、すぐに過ぎてしまう他人の問題なのだ。川崎（そっくり）は、グラフで見た百年前のジェム・メイスの時代の拳闘《けんとう》を思い出した。素手でのファイト。夕方からはじめて翌日の暁までつづけられた数百ラウンドのタイトル・マッチ。素手の皮膚がめくれ、肉は落ち、両方のこぶしが指の骨をむき出しながら殴りあいつづけたベアナックル時代の英雄も、今では過ぎ去った時の彼方《かなた》に葬られてしまっている。規則のあるあいだは、真実の強者は現われない。大切なのはむしろ、規則との闘いなのだ

「警察体制の中で、人間が自由だと錯覚させるような認識を植えつける。これが規則ってもんじゃありませんか」川崎（そっくり）は、待ちかねたようにそう言った。

田中は五月蠅《うるさ》そうに答えた。

「だからこそ言うんだ。変革の英雄があらわれうる可能性は、規則の支配している社会だけのものなのさ」

午後七時三十分。カーテン・レザーは終った。クリンチの多いセミ・ファイナルが始まると、廊下に出た一人のサングラスの女が欠伸《あくび》をしていた。「ボクシングって、どうして

こう、ユーモアが無いのかしら」その彼女のすぐ前を、中継のテレビ局員があわただしく歩き過ぎて行った。まるで非常時のような緊迫した顔で、ストップ・ウオッチを手に持ってもう一人の局員が従いて行った。リストンとクレイのような大試合ならば、混雑にもそれなりのエネルギーがある筈《はず》だ。だが、今日の試合はノン・タイトルのマイナー・カードだ。ここには麻薬常習も、肺癌も、アドレナリンも昂奮《こうふん》も嘔吐《おうと》も恐怖も福祉国家のサービスもつけこむ余地がない。「メイン・エベントは何時からだ?」

と報道記者が訊く。

「二分過ぎ頃からだ」

とテレビ局のC・Dが答える。

ビールを立飲みしている中折帽の男が、そのC・Dに何気なく訊《たず》ねる。「今日はどっちが勝つのだね?」C・Dは職業的に答える。「新宿新次でしょうね。五、六ラウンドまでで決まるんじゃないですか?」ジムの正面エレベーター・ボーイは、開いたままのエレベーターの中にひっそりと腰を下ろして、「高3コース」を読んでいる。彼と同年輩の高校生の書いた詩が載っているのだ。

うすみどりの表紙は

電灯に輝くビニール装A五判

数学の問題集かと思ってしまう
そのうえ
中にはやたらに
フランス語やらラテン語やら
ドイツ語やら、の注釈があるものだから
驚いて表紙をひっくり返してみたが
某大学教授著とはなっていない
ので安心した
蜂蜜《はちみつ》の感覚が
ぼんやりとぼくの理性をとらえている
結局インテリ向きなんだね、この本は
後めたい劣等生には
まるでナンテンの実
だけど
人生訓だの讃美歌、南無阿弥陀仏《なむあみだぶつ》
入学式の祝辞
などよりは

ずっと為になるんじゃないかな
駅から十五分
こぎたない古本屋の奥に
五、六冊
しとやかに、つつましく
そして半分あきらめ顔にならんでいた
お前を発見したとき
ぼくは涙ぐんだ
おまえ
とっても神聖だ
インタビューしよう
「ぼくは性典　きみたちのお抱え哲学者
気弱者の味方　くらまてんぐ、さ」[*1]

＊1　高3コース……東京開成高校三年北畑正人の詩。

第十五章

音立てて墓穴ふかくきみの棺下ろされし時きみ目覚めずや

1

新次はリングに上るとガウンのままで観客に挨拶《あいさつ》した。

白いガウンの背には十七の星がマジック・インクの赤で記されてあった。十七というのは、彼が今までに倒した相手の数である。もし、今日勝てばまた星が一つ増えることになるだろう。この彼のガウンの星条旗から連想して彼のことをアメリカン・ボーイと呼ぶ記者もいたが彼は一向に気にとめなかった。彼にとって試合は人生の燃焼だったにしても「勝利」はただのデザインにすぎなかったからである。

彼は観客に向ってかざした片手を、その片隅の芳子にも振って見せた。それからガウンを脱ぎ捨てて、素早くコーナーの柱を二、三発叩《たた》きつけ、グローブの握り具合を確かめた。彼はほとんど無表情だったが、筋肉の方は早くも饒舌《じょうぜつ》になっていた。それはトレーニングばかりではなく快楽によっても作りあげられた見事な人間の肉体であった。〈片目〉が言った。

「手加減することはないぞ。徹底的に打ちまくるんだ」新次は黙ってうなずいた。〈バリカン〉は少し遅れてリングに上った。上ってすぐ、うかがうように新次の方を見たが新次はその時横を向いてマウスピースのはまり具合をためしているところだった。〈バリカン〉はガウンのかわりにタオルを首に巻いていた。サンド・バッグに新次の写真を貼りつけ、毎日それを殴りつけることで育《はぐく》んだ憎悪は早くも挫《くじ》けそうになっていた。やがてレフェリーは、リング中央に二人を呼んだ。顔があうと〈バリカン〉は「しばらくですね」と言った。しかし、新次は返事しなかった。〈バリカン〉は、新次が何かに腹を立てているのかと思った。レフェリーの注意を聞きながら、そっと上目使いに新次を見上げると新次はまっすぐレフェリーを見ている。〈バリカン〉は、かつて自分が剃《そ》ってやった新次の腋《わき》がきれいに剃られているのを見て、かるい失望を感じた。また新しい研究生が入門して、かつて〈バリカン〉のしてやったと同じことを新次のためにしてやっているのだろう。そう思うと〈バリカン〉は言いようのない孤独な感じに襲われた。

試合は間もなく開始された。

場内の灯《あか》りが消えて、四角いリングの上だけにスポットが落ちた。

新次はクラウチング気味のガードから時折、素早いジャブを送り出したが、それはむしろ本能的なものに過ぎなかった。〈バリカン〉は、そのジャブを鼻先に受けて、拒絶されながら接近していた。新次の速い足は、なかなか〈バリカン〉を寄せつけなかった。しかし、〈バリカン〉はべた足で新次に追いつこうと努めた。それはまるで話しかけるボクシングといった印象を与えた。拒絶されても、拒絶されてもなお「話しかける」ように前のめりに顔を突き出してゆく〈バリカン〉に、新次はしだいにうんざりしはじめた。やがて退ると見せた新次が、大きなフックを〈バリカン〉の脇腹へ叩きこんでゆくと虚をつかれた〈バリカン〉は一瞬、横によろめいた。その隙へ新次の力一杯のライト・フックが、こんどはテンプルめがけて炸裂《さくれつ》した。左側面へ二発の強打をうけた〈バリカン〉は危うく膝《ひざ》から崩れそうになるのを、必死でこらえた。〈バリカン〉の顔は屈辱感で真赤になり、早くもこめかみから薄い血が糸をひいていた。観衆は、ドッと歓声をあげ床を踏み鳴らした。しかし〈バリカン〉は、ガードを高く構え直して、また「話しかける」スタイルにもどっていった。

「あなたのは単なる経験論だ」川崎（そっくり）が言った。「経験論は哲学を拒絶する哲学です。一つの眠りに落ちこむまいとして、またべつの眠りの虜《とりこ》になってしまうようなもんじゃありませんか」「だからどうだと言うのだ」と田中は記者席に両肘《ひじ》をのせて（観客の声に奪われまいと）大きな声を出した。

「高いイデーがないじゃありませんか。まるで暴力を『物』だと思ってるみたいだ。しかし、暴力は物ではなくて『事』ですよ。物はいつでも部分的だが、事は歴史的に暴力を集大成できる」「とにかく黙って見たまえ。二人の男が殴りあいの喧嘩《けんか》をしてるんだ」

〈バリカン〉は、真直ぐに構えて立っているつもりであった。しかし、なぜだか左半分が少し沈んで、傾いて立っているように見えた。それはこころ持ち変則的であることが自分にもわかった。新次がスイングを空振りして一息つくと、こんどは〈バリカン〉がストレートを突き出した。やっと自分の番が与えられたにしては、機嫌を伺うような内気なライト・ストレートであった。新次は素速くウイービングすると、その〈バリカン〉の腕を強打した。大枝を伐《き》り落す斧《おの》のような一撃が、まっすぐ突き出された〈バリカン〉の肘の裏にあたった。〈バリカン〉の顔が苦痛に歪《ゆが》んだ。その内ふところへ新次が、漁師のような敏捷《びんしょう》さでとびこんでぴったりと肌と肌とを触れた。〈バリカン〉は、ほっと一息つくのだと思った。しかし、その瞬間頭から足のさきまでしびれるような激痛が彼を襲った。アッパーが顎《あご》にあたったのだ。〈バリカン〉は二、三歩よろけてロープにもたれて、何か言わなければいけないと思った。しかし、彼の口からはみだして来たのは死産したことばのようなゴム――マウスピースにすぎなかった……これで、一ラウンドは終った。

「あいつはフィルターつきの煙草の味のわからん奴だ。何でも直接的じゃないと気がすまないんだ」暗い観客席で映画監督と、プロデューサーとが、ボクサー役に決まった新人俳優のことを噂しあっていた。「ソフィスティケートの理解できない男さ」「つまり、煙草で言えばピースだな。直接の平和だってやつだ。現在形の刺激ばかり求めているんだ」「そうそう、あいつはピースであってホープじゃないよ。ワン・クッションおいて希望するといった理性的なことは出来ない男だ」

監督はサングラス越しにリングを見ながら、無教養で肉体美の新人俳優の顔を思いうかべていた。あいつが、俺のまりこと出来なければいいが……。まりこというのは、同じ映画に出演する女優で監督の情婦であった。「あんな男が」と監督が言った。「主人公の悩みを演じることは無理だろう」プロデューサーが答えた。「当り前さ。あんなちんぴらに、俺の金で悩まれてたまるものか」どの座席もまっくらだった。そしてどの観客も怒っていた。それは「代理人」に託した自分の怒りを正当化するための異様な昂奮《こうふん》と期待でむんむんしていた。芳子は、新次のフット・ワークに胸を躍らせていた。まるでカウボーイみたいだ、と彼女は思った。「早く寝かせろよ、新次!」という野次が彼女の背後で起った。なんていい声。なんてすてきな野次なんでしょう。

2

二ラウンドのゴングがなると新次は元気よくとび出した。動物的な馴《な》れが、しだいに

〈バリカン〉と他の対戦相手との区別を失《な》くしてゆくように思われた。新次は呪文のようなシュル、シュルという無声音をたてて〈バリカン〉をコーナーへと押しまくっていった。時々、威嚇するために繰り出す左スイングまでが〈バリカン〉の右頬を的確にとらえた。今日は行けるな。そう新次は思った。彼は大ねずみの箱の中で、自分の時間をゆっくりとたのしんでいる猫のように追いつめては退り、またとびこんでは右のストレートを叩きこんだ。〈バリカン〉は、何だか自分がとても遠い場所へ来てしまったような気がした。何だか耳鳴りがするな。とても有意義な会話をしているような気がするのだが、**新次のことばが彼の肉体へ痛みとなって伝達されるだけで、意味として浸透してはくれない。**だが、ときどきは俺も返答しなければいけないな。と思う。熱いことばを、新次の肉体に灼《や》きつけるための努力。〈バリカン〉は、かすんだ視野の中で、親しい新次をさがしもとめる。だが、よろよろとリング中央へ踏み出していっても、もう新次は見えない。リングの中央にいるのは、孤独な自分だけなのだ。五メートルに充《み》たない観客席の暗闇までの距離が、何億光年もの遠さに思われて〈バリカン〉は思わずあたりを見まわす。さあ、どうしたのだ〈バリカン〉！　と彼自身の声が彼をはげます。お前の憎しみはどこへ行ったのだ？あれほど長い時をかけて育てようとしたお前自身の憎しみはどこへ行ったのだ？

　陶酔し、歓呼する観客席の暗闇の中でムギだけは一人、醒《さ》めていた。彼女はニュース映画のスクリーンを見るような「無関心」さで、一人の男が他の一人の男を殴りつけるのを見ていた。以前にも、あんなふうに殴られる男を見たことがある。あのとき殴られたのはコックの定さんで殴ったのはマスターの権だった。いつのまにか彼女の中で、遠い港食堂の扉があいたり閉じたりしはじめる。バタン！　バタン！　頭を割られて血を出して定さんは犬のようにテーブルの下へ逃げこんだ。あのとき、定さんは売上金を盗《と》ったりなんかしなかったんだ。バタン！　バタン！　彼女の心臓部の一番暗いところで、回想の鷗《かもめ》が啼《な》きはじめる。マスターの手に持った棍棒《こんぼう》が、ピシッピシッと定さんに打ちおろされるたびに、満員の観客がどっと歓声をあげた……バタン！　バタン！　かわいそうな定さん！　あの売上金を盗ったのはほんとはあたしなんです。だけど今更どうにもなりやしないわ。バタン！　バタン！

定さんは叫んでいたっけ。「俺じゃない、俺じゃない、ほんとに俺は何もしないんだ」〈バリカン〉もそう叫んでいるのかしら。「俺じゃない、俺じゃない。ほんとは俺は何もしないんだ」バタン！　バタン！

三ラウンドに入ると、新次はますますスピードを増していた。〈バリカン〉はロープに押しつけられ、肩をロープでしごかれながら両腕をだらんと拡げて（翼をひろげたままの鳥のように）猛打に曝《さら》された。一発、二発、三発、四発、五発……人間が人間をこんなに連続的に殴りつけることがあるかというほどの激しさで新次は〈バリカン〉を乱打した。レフェリーがその新次を制止させてカウントを数えるあいだも、新次は〈バリカン〉を許そうとはしなかった……

宮木太一は貧乏ゆすりをしはじめた。好試合には違いなかったが、決して愉快な試合ではなかった。彼は、リング上の二人に言いようのない嫉妬《しっと》を感じはじめた。それは、衆目の面前で行なわれる情事を思わせた。どうして、ボクシングってのは第三者を必要としないのだろう。と宮木は思った。野球ならばキャッチ・ボールのボールを媒介とした伝達、その愛の対話としてのボールの往復といった約束に、必ずバッターという悪役が登場する。バッターは木の棍棒を持ってキャッチ・ボールしている二人のあいだに割って入り、その二人のあいだからずっと遠くまでボールをはじきとばしてしまうのだ。それは画期的な事件である。二人だけの大切な約束、球形をした共通の理想をはるか遠くまではじき出してしまうバッターの役割は私にはよく理解できる。だがボクシングってやつは……これはだめだ。まるで他人がいない。二人にとっての共通の他人ってものが、まるでいないのだ。もしかしたら、あの大きい方の男は自殺するつもりだな。と宮木は思った。新次の手で「自殺する」ことで、一生新次に貸しをつくろうとする魂胆と見える。たぶんこれから何年ものあいだ、新次の意識の中に間借りしようという企みなんだ。だが、そんなことも知らずに新次はどんどん誘いこまれてゆく。莫迦《ばか》め。深追いしすぎるととんでもないことになるぞ。

その宮木の膝《ひざ》の上の手を、二代目の手がやわらかく包んだ。二人の中年男の指は、宮木の膝の上でからみあい、やがてじっと制止したまま動かなくなった。宮木は思った。「今日、俺が俺に出した手紙は何時とどくだろうな。労《いた》わりと愛にみちた手紙。あなたという呼称が何十遍も出て来る手紙。俺が一番信頼できる男から受け取る唯一のラブレター」そして、自分自身への愛情にも郵政省が立会ってくれるなんて、何と素晴らしい国家の思いやりなんだろう。


「歴史的な英雄は、彼の人間的特徴によって偉大なんじゃない。彼がたまたま歴史的要求、社会的要求にあてはまるような特色をもっていたってだけのことなんだ」と田中が言う。

「いいえ、先輩。それは、彼が時代に彼自身の性格を反映させたってことになるんじゃありませんか」「きみはどうやら個人の手になる歴史なんてものを妄想にいだいてるようだな」

「あのひと、あたしと寝たのよ」と芳子がムギにうわずった声で叫んだ。「見えて？　とっても強いわ！」ムギはリングの上の暴漢――港食堂のマスターの権の裸の後姿を見つめた。バタン。バタン。「あたしたち、結婚するのよ」と芳子が叫んだ。「結婚！　結婚！　結婚」

彼女の頭の中でドーナッツ盤レコードのバーブ佐竹の歌がくるくるまわりだした。くるくるくるくる。「女ですものひと並みに夢を見たのがなぜわるい……」

3

四ラウンドに入って〈バリカン〉は、新次が自分を見て微笑したと思った。彼は、それに応《こた》えるように重いジャブをくり出した。その手ごたえが、グローブごしにかえってくるたび、彼は自分と新次との確かな関係といったものを感じた。右へまわりながらときどき機械的に送る彼のジャブのことばは、挨拶《あいさつ》のように新次の肉体で受けとめられる。彼は、その反復がいつまでも続いてくれればよいと思った。しかし、ふいに新次は彼の視野から消え去った。そして、彼は脇腹に激痛を感じてよろめいたのだ。それから彼は、新次に抱きつこうとして両手をひろげ、二、三歩新次の方へ踏み出して行った。まるで催眠術にかかったように、ノー・ガードで歩いてくる〈バリカン〉を見て、新次は思わず退った。しかし、〈バリカン〉はなおも新次を求めて、ほんの二、三歩の長い旅路を進もうとした。新次は、その〈バリカン〉の横へとんで、牡牛を殴り倒すような力一杯のフックを〈バリカン〉のこめかみへ叩《たた》きつけた。〈バリカン〉は棒のように真直に倒れてコーナーの柱に後頭部を打ちつけた。そこへ踏みこんだ新次は、発狂したように力まかせのストレートを〈バリカン〉の目へ、鼻へ、眉間《みけん》へと叩きこんだ。〈バリカン〉はまた何か言おうとして口を薄くあいた。それは、感謝にも似たエクスタシーの顔だった。瞼《まぶた》が切れて、眼球の露出しかけた窪《くぼ》みに新次のグローブがめりこむと血が噴水のようにとび上った。タオル！　タオル！　と言う客の悲鳴が、嵐の喚声の中から聞こえていた。新次はなおも殴りつづけた……一発、二発、三発、四発、五発、六発、七発！〈バリカン〉の顔は洗面器いっぱいの血で洗ったようになり、レフェリーは新次を止めようとして、後から新次の肩を抑えつけた。八発、九発、十発、十一発……〈バリカン〉の重い意識の中の暗闇に一匹の牡牛がぼんやりと浮かんでいた。それは吃りの牡牛だった。すこし傾いて悲し気な顔をして〈バリカン〉を見つめていた……十二発、十三発、十四発………もう終ることはないだろう。と〈バリカン〉は思った。それはそれは長い一瞬だった……〈バリカン〉は何かとんでもない場所にいる自分を感じた。彼はそのまま気が遠くなりかけていた。しかし、意識だけは彼の溺《おぼ》れかけている肉体から犬のように這《は》いあがろう、這いあがろう、としているのだった。十五発、十六発、十七発、十八発、十九発、二十発、二十一発、二十二発、二十三発、二十四発、二十五発、二十六発、二十七発、二十八発、二十九発、三十発、三十一発、三十二発、三十三発、三十四発、三十五発、三十六発、三十七発、三十八発、三十九発、四十発、四十一発、四十二発、四十三発、四十四発、四十五発……あゝ、いま俺は殴られているな……と〈バリカン〉の意識は醒めながら思った。だが……これも何時かは終るだろう。始まったものは、何時かは必ず終るのだ……もはや、苦しみは何もなかった……ただ、彼は自分の顔から鼻が剝《は》ぎ落され、歯を粉々に砕かれ、両目に血の泥を塗りこめられてしまっているらしいということが……自分が次第に自分でないものに作り変えられてゆくことだけは……わかった。四十六発、四十七発、四十八発、四十九発、五十発、五十一発、五十二発、五十三発……

ふいに、〈バリカン〉は子供の頃のお祭を思い出した。おミコシがだんだん遠ざかってゆく。おミコシと一緒に群衆も遠ざかってゆく。俺だけはとりのこされているのに、誰もそのことに気がつかない……みんな後向きだ……みんな去ってゆく。親父さん、俺はここにいますよ。親父さん、俺はいま、ここにちゃんといる……だから誰もどこへも行かないでくれ。誰もどこへも行かないで下さい。俺はとうとう「憎む」ということが出来なかった一人のボクサーです。俺は、まだ醒めている。俺はちゃんと数をかぞえることもできる。俺はみんなが好きだ。俺は「愛するために、愛されたい」五十四発……五十五発……五十六発……五十七発……見ていてくれ……俺はまだ、ちゃんと立っている……五十八発……五十九発……六十発……六十一発、六十二発、六十三発、六十四発、六

十五発、六十六発、六十七発、六十八発、六十九発、七十発、七十一発、七十二発、七十三発、七十四発、七十五発、七十六発……七十七発……七十八発……遠い……目の前が一望の……荒野だ……七十九発……八十発……八十一発……八十二発……八十三発……八十四発……八十五発……八十六発……八十七発……八十八発……八十九発……

4

死亡診断書 (死体検案書)

(一) 氏名	二木建夫	①男 2女　年令　満20歳
(二) 発病年月日	昭和40年11月10日	
(三) 死亡年月日時分	昭和40年11月11日	㊀午前 午後 6時40分
(四) 死亡の箇所	文京区後楽1－3 番地	
	1病院 ②診療所 3助産所 (1.2.3の名称 後楽園ボクシングジム) 4自宅 5その他	
(五) 死亡の種類	1病死及び自然死 (外因死) (2不慮の中毒死 3その他の災害死 4自殺 5他殺 6その他及び不詳) 7その他及び不詳	

(六) 死亡の原因	I イ 直接死因	頭部内出血	発病より死亡までの期間	9時間35分
	ロ (イ)の原因	頭部打撲		
	ハ (ロ)の原因			
((ロ)(ハ)は(イ)との直接医学的因果関係の明かなものだけ記入すること)	II その他の身体状況 (注意一参照)			
	手術の主要所見	開頭の結果、脳浮腫	手術の年月日	昭和40年11月10日
	解剖の主要所見			

(七) 外因死の追加事項	傷害発生年月日時分	昭和40年11月10日 午前 ㊀午後 9時05分
	手段及び状況	プロボクシング試合中
	傷害発生の場所 (注意二参照)	文京 市 ㊀区 町 村　1従業中　2従業中でない時
		場所名の具体的記載欄　後楽園の後楽園ボクシングジム

(八) 上記の通り診断 (検案) する	住所称号	横浜市磯子区杉田町567番地
昭和40年11月11日	氏名押印	医師　浜田幸夫　印 (浜田)

あとがき

「あゝ、荒野」は私の生まれてはじめて書いた長篇《ちょうへん》小説である。

この小説を私はモダン・ジャズの手法によって書いてみようと思っていた。幾人かの登場人物をコンボ編成の楽器と同じように扱い、大雑把なストーリーをコード・ネームとして決めておいて、あとは全くの即興描写で埋めてゆくというやり方である。したがって、実に行き当りばったりであって、構成とかコンストラクションとはまるでほど遠いものとなった。しかし、書きながら登場人物がどう動いてゆくかを（登場人物と一緒に）アドリブで決めてゆくという操作は私にとって新鮮な体験であった。多くの場合、小説家たちは一つの決定論に身をまかせた上で、それを書きながらたしかめてゆくという姿勢をとるが、私のこの小説の場合には「最初からわかっていたものは何一つとしてなかった」のである。

私はこれを書きながら、「ふだん私たちの使っている、手垢《てあか》にまみれた言葉を用いて形而上《けいじ》的な世界を作り出すことは不可能だろうか」ということを思いつづけていた。歌謡曲の一節、スポーツ用語、方言、小説や詩のフレーズ。そうしたものをコラージュし、きわめて日常的な出来事を積み重ねたことのデペイズマンから、垣間見ることのできた「もう一つの世界」そこにこそ、同時代人のコミュニケーションの手がかりになるような共通地帯への回路がかくされているように思えたからである。したがって、私はこの長編小説「あゝ、荒野」を文壇とか、作家志望者とか批評家とかに提出して、その文学価値を論議されるよりも、できるだけ多くの人に読んで貰《もら》って、そこから肉声で「話しあえる」場所へ到達する近道を見出《みいだ》すことの方を選びたいと思っている。実際、この小説には東京都新宿区歌舞伎町という共作者兼批評家がいるのであって、私は世界で一番その町が好きだし、安心できるし、信頼もしているのである。

さて、私は本の冒頭に「この本をつつしんで父に捧《ささ》ぐ」とか「愛するAに捧ぐ」とか書いてあるのが好きである。そこでこの「あゝ、荒野」も誰かに捧げたいと思ったのだが、なかなか最適の相手が見つからなかった。私自身に捧ぐというのも気がひけるし、サラブレッドのニホンピローエースに捧ぐといっても馬は書物に無縁である。シカゴの作家ネルソン・アルグレンに捧ぐといってもアルグレンがこの小説を読まねば無意味だと思う。同じことはジェーン・マンスフィールドについても言えるだろう。だからこの小説は、きわめて卒直にお金を出して買ってくれた読者のあなたに捧げたいと思う。シナトラの唄《うた》ではないが、

もしも心がすべてなら

いとしいお金は何になる
という現実主義の名誉にかけて。

一九六六年秋

本書は河出文庫（平成五年四月刊）を底本としました。

本文中には、いざり、唖、色盲、ちんば、跛、吃り、不具、兎口、浮浪者ほか、今日の人権擁護の見地に照らして不当・不適切と思われる語句や表現がありますが、作品発表時の時代的背景を考え合わせ、また著者が故人であるという事情に鑑み、著作権継承者の了解を得た上で、一部を改めるにとどめました。

編集部

あゝ、荒野《こうや》

寺山修司《てらやましゅうじ》

角川文庫 15570

平成二十一年二月二十五日　初版発行

発行者―井上伸一郎

発行所―株式会社角川書店

東京都千代田区富士見二―十三―三

電話・編集（〇三）三二三八―八五五五

〒一〇二―八〇七八

発売元―株式会社角川グループパブリッシング

東京都千代田区富士見二―十三―三

電話・営業（〇三）三二三八―八五二一

〒一〇二―八一七七

http://www.kadokawa.co.jp

印刷所―暁印刷　製本所―BBC

装幀者―杉浦康平

JASRAC 出 0901191-901

定価はカバーに明記してあります。

て 1-15　ISBN978-4-04-131533-0　C0193

角川文庫発刊に際して

角川源義

第二次世界大戦の敗北は、軍事力の敗北であった以上に、私たちの若い文化力の敗退であった。私たちの文化が戦争に対して如何に無力であり、単なるあだ花に過ぎなかったかを、私たちは身を以て体験し痛感した。西洋近代文化の摂取にとって、明治以後八十年の歳月は決して短かすぎたとは言えない。にもかかわらず、近代文化の伝統を確立し、自由な批判と柔軟な良識に富む文化層として自らを形成することに私たちは失敗して来た。そしてこれは、各層への文化の普及滲透を任務とする出版人の責任でもあった。

一九四五年以来、私たちは再び振出しに戻り、第一歩から踏み出すことを余儀なくされた。これは大きな不幸ではあるが、反面、これまでの混沌・未熟・歪曲の中にあった我が国の文化に秩序と確たる基礎を齎らすためには絶好の機会でもある。角川書店は、このような祖国の文化的危機にあたり、微力をも顧みず再建の礎石たるべき抱負と決意とをもって出発したが、ここに創立以来の念願を果すべく角川文庫を発刊する。これまで刊行されたあらゆる全集叢書文庫類の長所と短所とを検討し、古今東西の不朽の典籍を、良心的編集のもとに、廉価に、そして書架にふさわしい美本として、多くのひとびとに提供しようとする。しかし私たちは徒らに百科全書的な知識のジレッタントを作ることを目的とせず、あくまで祖国の文化に秩序と再建への道を示し、この文庫を角川書店の栄ある事業として、今後永久に継続発展せしめ、学芸と教養との殿堂として大成せんことを期したい。多くの読書子の愛情ある忠言と支持とによって、この希望と抱負とを完遂せしめられんことを願う。

一九四九年五月三日

角川文庫ベストセラー

書を捨てよ、町へ出よう　寺山修司
あなたの人生は退屈ですか？　どこか遠くに行きたいと思いますか？　時代とともに駆け抜けた天才アジテーターによる、クールな挑発の書。

家出のすすめ　寺山修司
若者の自由は、親を切り捨て、古い家族関係を崩すことから始まる。寺山が突いた親子関係の普遍性。時代を超えて人々の心を打つ寺山流青春論。

ポケットに名言を　寺山修司
寺山にとっての「名言」とは、かくも型破りなものだった！　歌謡曲、映画のセリフ、サルトル、サン＝テグジュペリ……。異彩を放つ名言集。

寺山修司青春歌集　寺山修司
青春とは何だろう。18歳でデビューした寺山が、みずみずしい情感にあふれた言葉で歌いあげた作品群。多くの若者に読み継がれる記念碑的歌集。

幸福論　寺山修司
裏町に住む、虐げられし人々に幸福を語る資格はないのか？　古今東西の幸福論にメスを入れ、イマジネーションを駆使し考察した寺山的幸福論。

寺山修司少女詩集　寺山修司
詩人・寺山が「少女」の瞳でとらえた愛のイメージを、豊かな感性と華麗なレトリックで織りなす。深くせつなく言葉が響きわたるオリジナル詩集。

さかさま恋愛講座　青女論　寺山修司
「青年」に対し「青女」という言葉があっていい。女らしさの呪縛から逃れ、個性的な人生を生きるための新しいモラル。『家出のすすめ』女性篇。